ADULTERES
Georges Simenon

婚外情

[比利时]
乔治·西默农 著
胡庆余 译

乔治·西默农作品分辑精华选 05

上海文艺出版社

图书在版编目(CIP)数据

婚外情/(比)西默农著;胡庆余译. —上海:上海文艺出版社,2015
 ISBN 978-7-5321-5945-1

Ⅰ.①婚… Ⅱ.①西… ②胡… Ⅲ.①中篇小说-小说集-比利时-现代 Ⅳ.①I564.45

中国版本图书馆 CIP 数据核字(2015)第 273212 号

Georges Simenon
ADULTERES

LA CHAMBRE BLEUE © 1963, Georges Simenon Limited, all rights reserved
蓝色房间 © 2016, all rights reserved
GEORGES SIMENON ® ℰSimenon.tm, all rights reserved
LE TRAIN © 1961, Georges Simenon Limited, all rights reserved
火车 © 2016, all rights reserved
GEORGES SIMENON ® ℰSimenon.tm, all rights reserved
LES INNOCENTS © 1971, Georges Simenon Limited, all rights reserved
无辜者 © 2016, all rights reserved
GEORGES SIMENON ® ℰSimenon.tm, all rights reserved
Simplified Chinese Copyright ©
Shanghai 99 Culture Consulting Co., Ltd. 2016
All rights reserved

著作权合同登记号　图字:09-2015-318

责任编辑:胡艳秋
特约策划:仲召明
封面设计:汪佳诗
版式设计:高静芳
封面绘图:yangmwahaha

婚外情
〔比利时〕乔治·西默农　著
胡庆余　译
上海文艺出版社出版、发行
地址:上海绍兴路 74 号
电子信箱:cslcm@public1.sta.net.cn
网址:www.slcm.com
新华书店经销　山东德州新华印务有限责任公司印刷
开本 890×1240　1/32　印张 13　字数 292,000
2016 年 5 月第 1 版　2016 年 5 月第 1 次印刷
ISBN 978-7-5321-5945-1/I・4748　定价:48.00 元

目录

蓝色房间 / 1

火车 / 135

无辜者 / 263

蓝色房间

第 一 章

"我弄疼你了吗?"

"没有。"

"你恨我吗?"

"不恨。"

是真的。那个时候的一切都是真的。他还活在原来的那个场景里,那时候的他既没有疑问,也并未试图去理解,更没想到有一天要去理解一些事情。一切都是真的,而且实实在在:他,房间,安德妮一丝不挂地躺在凌乱的床上,大腿张开,深暗色的阴部流出一股精液。

那个时候他幸福吗?如果当时有人这样问他,他肯定会毫不犹豫地回答:"是。"

他不想责怪安德妮咬他的嘴唇。这是所有事情中理所当然的一部分,他站着,同样一丝不挂地站在洗手间的镜子前,用毛巾沾着清水擦拭被安德妮咬过的嘴唇。

"你妻子会问你这是怎么回事吗?"

"她不会问。"

"她从来不问吗?"

他们之间的谈话没什么重要的内容。仅仅是为了高兴而聊几句,人们在做完爱之后聊天时身体还有感觉,但头脑里面一片空白。

"你的背很美。"

毛巾染上几块红色的血迹,一辆空卡车在街道上弹起来。一些人在咖啡馆露台聊着天。他们能听到几个词,但是听不清整个句子,所以相当于什么都没听到。

"托尼,你爱我吗?"

"我觉得……"

他想开个玩笑,但没有说出来,因为他一直在用湿毛巾擦拭嘴唇内侧。

"你不确定吗?"

托尼转过身来看着她,很高兴地看着自己的精液与女伴那么紧密地结合在一起。

房间是蓝色的,洗衣液的那种蓝色。有一天他是否会想起这种让他想起自己童年的蓝色?那些用滤布做的小袋子里面装满蓝色的粉末,母亲在最后一遍漂洗衣服前把这些粉末放在洗衣桶里稀释,然后把衣服摊开在草坪油油发亮的青草上。那时候他五岁或六岁,搞不懂为什么蓝色的粉末能神奇地把衣物变白。

在他的记忆中,母亲过世后面容就变得相当模糊了。他不明白为什么那些和他们一样穷的人,虽然穿着打了补丁的衣服,却那么在乎衣服的白净。

那个时候他想到过这些吗?可能他以后才会知道当时到底想过没

有。房间里的蓝不仅是洗衣液的颜色，也是八月炎热午后的颜色，太阳褪去玫红色之后天空的颜色。

那时候刚好是八月。八月二日。下午变短了。五点钟时，金色的云朵像搅拌好了的奶油一样轻巧，爬上火车站上空，火车站白色的正面处在阴影之中。

"你想一辈子都和我在一起吗？"

他没想记住这句话，或者与这句话相关的画面及气味。他怎么可能想到自己将回忆起这个画面几十次，而且每次都在不同的思想状态下，每一次都是从不同的角度。

几个月来，他尽力回忆那些细枝末节，有时他并非自愿回忆。

例如，预审法官指定的精神病医生比戈教授坚决地密切关注安德妮的反应。

"她经常咬你吗？"

"是的。"

"总共有多少次？"

"我们总共在旅行者旅馆约会了八次。"

"一年之内约会了八次？"

"在十一个月之中……是的，总共是十一个月，因为我们是从九月份开始……"

"她总共咬了你多少次？"

"可能三到四次。"

"在做爱时咬的吗？"

"我想……是的……"

是的……不……事实上今天是在做过之后咬的。从安德妮身上抽出来之后，他还趴在那里，透过半眯着的双眼盯着她看。一束光芒将他们两个包围在一起,这让他兴奋不已。

空气很闷热,外面火车站广场上也同样闷热,那里热浪袭人,但在房间里似乎也得接受太阳的炙烤。

他将百叶窗留了一道二十多厘米的缝隙,这是为了能够透过窗户听见这个小城市所有的喧闹,模糊的声音形成一曲悠远的合唱,完全听得分明的近处声音与合唱区别了开来,比如咖啡馆露台客人的声音。

刚才他们疯狂地沉浸在肉体欢愉中时捕捉到了这些声音,这些声音和他们的肉体、唾液、汗水,以及安德妮白色的肚子、极红润的皮肤、把房间一分为二的菱形光线、蓝色的墙壁和镜子里晃动的影子形成一个整体,这个整体里还有着旅馆的气味、残留的乡下的气味、大厅葡萄酒和烧酒的气味、厨房里煨的浓味蔬菜炖肉块的香味,以及床垫里植物纤维散发出的阵阵霉味。

"托尼,你真帅。"

每次约会她都会重复这句话,说这句话时她都是躺在床上。托尼在房间里来回走动,从裤袋里掏出烟来,裤子通常都是被扔到一把藤椅上。

"你还在流血?"

"差不多不流了。"

"如果她问你,你打算怎么跟她解释?"

他耸了耸肩,表示不明白她在担心什么。他觉得此刻没有什么是重要的。他感觉很好,和周围的世界相处和谐。

"我会跟她说,比如在紧急刹车时……撞到挡风玻璃……"

他点燃一支烟,这种烟有股特殊的气味。他将来回忆这次见面的经过时,会想起另外一种气味,那是火车的味道。火车的气味和其他气味不一样。一列货车在楼房后面缓慢行驶,火车头时不时发出几声短暂的汽笛声。

比戈教授头发是红棕色的,身材矮小精悍,眉毛浓密而散乱。他穷追不舍:

"您从来没有想到过她是故意咬你的吗?"

"为什么?"

后来他的律师德马里再次提起这件事。

"我觉得我们可以充分利用咬嘴唇这件事……"

当时他忙于生计,怎么会去想这件事呢?他当时也许想到了什么,但肯定是下意识想到的。他用一种淡淡的诙谐的肯定语调不假思索地回答了安德妮,答案从嘴角拂过,好像没有任何分量。他们不会把那些话当做一回事记在心上。

他们第三次或第四次约会的那个下午,安德妮在说完托尼很帅之后又说:

"你真帅,我真想在火车站广场所有人面前和你做爱……"

他笑起来,但并没有很惊讶。安德妮并未不高兴,他们紧紧地抱在一起,和外面的世界、外面的喧闹声、说话声、晃动的灯、人行道上的脚步声、露台独脚小圆桌上玻璃杯的碰撞声都保持着某种联系。

一次,有一支乐队经过,他们伴随着音乐的节奏做爱。另外一次,暴风雨过后,安德妮坚决要求完全打开窗户和百叶窗。

这难道不是一个游戏吗?不管怎么样,托尼从中没看到什么恶意。安德妮一丝不挂地横躺在床上,故意摆着下流姿势。房门几乎是敞开的,她竭尽全力想要表现得下流。

她有时候会在他们刚脱下衣服之后假装天真地在托尼耳边低声呢喃。她并不是想欺骗托尼,这只是游戏的一部分:

"我渴了。你不渴吗?"

"不渴。"

"你待会儿就会渴的。叫弗朗索瓦送点喝的来……"

弗朗索瓦是这儿的女侍,三十岁左右,从十五岁起就在咖啡厅和旅馆工作,对什么都见怪不怪。

"托尼先生,有什么吩咐?"

弗朗索瓦称他为托尼先生是因为托尼是她老板樊尚·法尔科内先生的哥哥,老板的名字被漆在门面上,他的声音从露台上传来。

"您难道没有怀疑她那样做是出于什么目的吗?"

半小时之内,甚至不到半小时,仅仅在他生命中的几分钟之内,他所经历的一切不仅被别人也被他自己仔细分割成几个有着不同声音的画面。

安德妮很高大。在床上并看不出来,但是她确实比托尼高出三四厘米。尽管他们来自同一个地方,但是她有着一头法国南方人或意大利人般棕色偏黑的头发,这与她光滑的白皮肤形成鲜明对比,她的皮肤在灯光下闪闪发亮。她有点胖,体型丰腴,身体光滑而结实,乳房浑圆,大腿丰满。

托尼三十三岁。他有过很多女人。还从没有一个女人能让他这么快乐,那是一种全身心的快乐,兽性的快乐,完全没有后顾之忧,不会有反感、难受和厌倦之感。

两个小时的交欢后,他们俩一丝不挂地躺在床上,展示出肉体最私密的部分,享受着他们之间的和谐,享受着他们与周遭环境的和谐。

一切都有其重要性。在这个动荡的世界里一切都很重要,即使是停在安德妮肚子上的那只苍蝇也很重要。安德妮嘴角挂着满足的微笑,观察着这只苍蝇。

"你真的想和我过一辈子吗?"

"当然是真的……"

"这么肯定?你一点也不害怕吗?"

"害怕什么?"

"你想象中我们的日子是什么样子?"

如今想起来,这些话似乎具有轻浮和威胁的意味。

"我们最终会习惯的。"托尼不假思索地低声说道。

"习惯什么?"

"习惯我们两个人在一起。"

他单纯,天真。只考虑当前。一个精力充沛的男人,一个骚动饥渴的女人,刚刚达到欲仙欲死、浑然忘我的境界。托尼还在疼,但那是一种健康安全、饶有趣味的疼痛。

"瞧!火车在那儿……"

这不是他在说话。这是他弟弟在外面说话。这话无意之中引起托尼注意,他走到窗户旁,走向透过百叶窗的强烈阳光下。

外面的人能看到他吗?他对此毫不在乎。也许他只是毫不担心,因为从外面看房间应该是模糊不清的。他们在一楼,人们只能看到他的上半身。

"当我想到因为你的错误这么多年被浪费掉了……"

"我的错误?"托尼快活地重复道。

"是谁走了?我吗?"

他们从六岁起就一起去上学。大约三十年后,他们各自都结婚以后……

"托尼,认真回答我……假如我自由了……"

他当时在听吗?火车被白色的火车站遮住。火车停下来,旅客从右边的门走出来,一个穿着制服的工作人员站在门口收集车票。

"你也去争取自由吧?"

火车再次出发前的汽笛声那么响亮,把其他所有声音都掩盖了。

"你说什么?"

"我问你,如果在那种情况下……"

他将头转向蓝色房间,白色的床和安德妮的肉体,但是他视力范围之内的一个图像让他重新朝外面看过去。男男女女,一个母亲怀抱着婴儿,一个大人牵着个小女孩。他在所有这些人影中认出了一张脸。

"你丈夫……"托尼的语气瞬间就变了。

"尼古拉?"

"是的……"

"他在哪儿?他在做什么?"

"他穿过了广场……"

"他朝这儿来了吗?"

"径直过来了……"

"他脸上什么表情?"

"我不知道。他背对着光……"

"你要去哪儿?"

此刻托尼正在捡衣服、内衣和鞋子。

"我不应该待在这里……不能让他发现我们俩在一起……"

托尼不再看她,不再关心她,也不再关心她的身体以及她的所言所想。他乱了阵脚,最后朝窗外看了一眼就冲出了房间。

安德妮在特里安特,尼古拉也坐火车来了,他来这里肯定是基于什么重要的原因。

已经被踏坏的楼梯上要凉快一些,托尼把衣服搭在手臂上,走上一层楼梯。他发现走廊尽头有一扇门是开着的,穿着黑色裙子和白色围裙的弗朗索瓦正在换床单。她将托尼从头到脚打量一遍，然后笑起来。

"哎呀，托尼先生，你们……你们吵架了？"

"嘘……"

"发生什么事情了？"

"她丈夫……"

"他当场捉住你了？"

"还没有……他朝旅馆走过来了……"

托尼焦躁不安地穿上衣服，竖起耳朵准备辨别尼古拉在楼梯里软弱无力的脚步声。

"去看看他在干什么然后快点回来告诉我……"

他挺喜欢弗朗索瓦的，这个健壮踏实的女孩眼睛总是笑眯眯的，她也愿意为托尼效劳。

天花板朝一边倾斜，彩色糊墙纸上布满玫瑰花，一个带耶稣像的黑色十字架挂在胡桃木床的上方。那个蓝色房间里也有一个带耶稣像的十字架，但是要小一点，挂在壁炉上面。

他没有领带，西装在车里。在这近一年的时间里，安德妮和他强迫自己小心行事，这种做法现在终于显示出作用了。

他们在旅行者旅馆约会时，托尼会把卡车留在柳树街，一条安静的古老街道，与甘贝塔大街平行。安德妮把她灰色的2CV轿车停放在市场，离这里最多三百米远。

托尼透过复折屋顶的窗户，发现旅馆后院的尽头有一个牲口棚，几只小鸡在那里啄食。每个月的第三个星期一，在牲口棚对面会有一个牲畜市场，周围有许多农民会赶着马车来特里安特。

弗朗索瓦步履从容地上来了。

"怎么样?"

"尼古拉坐在露台上,刚刚点了一杯汽水。"

"他什么表情?"

这个问题和刚刚安德妮提出的问题几乎一样。

"他没什么表情。"

"他打听妻子了吗?"

"没有。但是他可能是想待在那儿监视着,等着妻子和奸夫出来。"

"我弟弟什么也没对你说吗?"

"你快点从后面逃走,穿过隔壁汽车修理厂的院子。"

他知道那条路。他跳过院子里一堵一米五的墙,到了赦鸿汽车修理厂后面,厂子的汽油泵排列在火车站广场上。那儿有一条通往柳树街的小巷,小巷的出口就在药店和帕坦面包店之间。

"你不知道她在做什么?"

"不知道。"

"你听到房间里有什么声音吗?"

"我没听到。"

弗朗索瓦一点也不喜欢安德妮,可能是因为她有点暗恋托尼,有点嫉妒她吧。

"您最好不要从地下室经过,也许他要去那儿上厕所……"

他想象尼古拉脸色发黄,神情阴郁悲伤,在露台上对着一杯汽水坐着,他本应该坐在杂货店柜台的后面。也许他请他母亲帮他看店?他平时很少到这儿来出差,这次是为了什么而来呢?他知道了什么?谁告诉他的?

"法尔科内先生,您从没想过可能有人写了匿名信吗?"

这个问题是预审法官蒂耶姆先生提出来的,他犹犹豫豫地提出这个问题，让托尼不知道怎么回答。

"在圣朱斯坦没有人知道我们之间的关系。在特里安特除了我弟弟、弟媳和弗朗索瓦也没有其他人知道。我们非常小心。她从甘贝塔大街的小门进来，这个小门开在楼梯脚，她不用经过咖啡厅就可以直接到房间里来。"

"当然，你对你弟弟很放心吗？"

对于这个问题他只是微微一笑。他弟弟就像他自己一样。

"对你的弟媳呢？"

露西娅爱他几乎和爱丈夫樊尚一样多，当然方式是不一样的。她和他们一样，也是意大利人，把家庭看作一切之首。

"那个女侍呢？"

弗朗索瓦即使爱着托尼，也永远不可能写匿名信。

"那么只剩下一个人……"蒂耶姆先生把头转过来，低声说道。这时候阳光在他头发上放肆地跳跃着。

"谁？"

"您不知道吗？请您回忆一下在上一次审讯时您对我重复的那些话。您想要书记官读一下吗？"

他瞬间脸红，摇了摇头。

"不可能是安德妮……"

"为什么？"

但是还有很远的一段距离。他跟在弗朗索瓦身后走下楼梯，尽量不让脚下发出吱嘎的声响。旅行者旅馆是在使用公共马车的年代建造的。托尼在蓝色房间前停留了一会儿，他没听到任何声音。这是否表明安德妮还是一丝不挂地躺在床上呢？

弗朗索瓦把他领到走廊尽头，那里有个拐角，她指了指车库斜屋顶上一扇打开的小窗户。

"右边有一堆草。您跳下去没有任何危险……"

他跳到院子里,一群鸡咕哒咕哒地叫起来。一会儿之后,他穿过墙的尽头,来到一堆旧汽车和拆开的零件中。一个穿白衣服的加油员正在加油站前给一辆汽车加油,并未转身。

托尼赶紧溜走,他发现一条有臭水味的小巷,稍远点的地方传来热面包的香味,面包作坊开了个通风口。

他终于来到柳树街,坐上自己的小卡车。卡车柠檬黄的底色上印着几个黑字:

安托万·法尔科内
拖拉机 / 农用机器
圣朱斯坦-杜卢

一刻钟之前,他还觉得自己与这个世界相处和睦。该怎么形容他此刻舒服的感觉呢?既不是害怕,也没有任何猜疑。

"你看到他走出车站,这没有让你感到不安吗?"

"是的……没有……有一点点,我知道尼古拉的性格和习惯,我还知道他非常关心自己的身体状况。"

为了赶到圣朱斯坦公路,他绕过特里安特,避开火车站广场。在一座横跨奥诺河的桥上,有一家人排成一列在那儿垂钓,其中有个六岁的小女孩刚刚从水里钓到了一条鱼,但是不知道怎么把鱼从钩子上取下来。这些人当然是巴黎人。夏天到处可以看到巴黎人。他弟弟的旅馆也有,他刚才在蓝色房间里听出了他们的口音。

一条道路横穿田野,十五天前人们在这里种了小麦、葡萄树,还有供这个地区所有奶牛吃的牧草。这些奶牛通体浅褐色，但鼻子几乎全黑。

离这儿三公里的圣塞弗兰只是一条很短的街道，路周围散布着一些农场。然后他看到右边有一个小小的树林，人们把它叫做萨雷勒树林，因为这个树林里有个叫萨雷勒的小村庄。

就是在这里，离那条没有铺柏油的马路只有几米的地方，去年的九月份。一切都是在这里开始的。

"跟我讲讲你们是怎么开始的……"

特里安特的警察队长、中尉、普瓦捷的司法便衣警察先后都向他提出了这个问题。后来蒂耶姆法官，瘦弱的精神病医生，他的律师德马里，刑事审判长也问了这个问题。

几句相同的话在几个月之内被不同的人、在不同的背景下反复提及。就这样，春天过去了，夏天来了，然后秋天来了。

"真正的开始？我们从三岁起就认识了，我们住在一个村子里，一起去上学，一起初领圣体……"

"我问的是您和安德妮·德皮埃尔的性关系……你们之前有过吗？"

"什么时候之前？"

"在她和您朋友结婚之前。"

"尼古拉不是我的朋友。"

"就当他是您的同学吧，也许您更愿意说成您的情敌。安德妮在那个时候姓福尔米尔，她和母亲住在城堡里……"

那不是真正的城堡。从前在那个位置确实有一个城堡紧挨着教堂，但是后来只剩下一部分附属建筑了。但一个半世纪以来，也许是从大革命以来，人们一直把那里称为城堡。

"在她结婚之前，您是否……"

"没有，法官先生。"

"连暧昧都没有过吗？您没有抱过她吗？"

"我从没想过。"

"为什么？"

他差点回答道：

"因为她太高大了。"

的确是这样。他从来没有想过会爱上这个大个子女生。她面无表情，让托尼想到雕塑。

另外，她是福尔米尔小姐，福尔米尔医生的女儿，福尔米尔医生死在集中营里。这个解释足够了吗？他也找不到其他的解释了。他们根本就不是一类人。

他们背着书包从学校出来时，她只需要穿过一个院子就能回到家里，她家位于村子中央，但是他得和其他两名同学一起走布瓦塞勒那条路，回到三火村，三火村靠近奥诺桥。

"您回到圣朱斯坦有四年了，结婚生子，您什么时候联系她的？"

"她嫁给了尼古拉，和他一起经营一家杂货店。我有时候会进去买点东西，但通常都是我妻子去……"

"现在告诉我一切是怎么开始的。"

他经过萨雷勒树林边上。那天特里安特并没有集市。每周一赶大集，每周三赶小集。他定期去那儿，去见客户。

尼古拉不开车，因为他的病经常会发作，法官知道这件事。每周一是安德妮开着她的2CV汽车去特里安特，去批发店和半批发店进货。

她每隔一次会在城里待一整天，因为她利用这个机会去理发店。

"在这四年之中，您应该经常碰到她吧？"

"是的，有好几次。有很多圣朱斯坦人去特里安特。"

"您和她说话了吗？"

"我和她打过招呼。"

"隔得很远吗？"

"有时候隔得远，有时候隔得近，不一定……"

"你们之间没有其他接触吗？"

"有时候我会问一下她丈夫怎么样了，她自己怎么样。"

"您完全没有打她的主意吗？"

"什么？"

"档案显示您曾在工作期间与多名女性有过交往。"

"和大家一样，确实有过。"

"经常吗？"

"机会来了就有了。"

"和你弟弟的服务员弗朗索瓦之间呢？"

"一次，"他笑着说道，"不过那差不多只是开个玩笑。"

"您想说什么？"

"她挑衅我，而我不知道怎么回应她，然后有一天我在楼梯上碰到她……"

"楼梯上？"

"是的。"

为什么大家有时候把他看成厚颜无耻的怪物，有时候又把他看作一个天真的怪人呢？

"我们两个都没把这当回事。"

"你们之间一直都只是这种关系吗？"

"当然。"

"您从来没有想过和她好好继续下去吗?"

"没有。"

"为什么?"

"可能是因为,我很快就有了安德妮。"

"这个服务员没有怨恨您吗?"

"为什么要怨恨我?"

我们正在经历的生活与我们经历后又回头审视的生活是多么不同啊!他最终被人们对他的猜疑弄得心绪不宁,弄得不能明辨是非。他问自己,善良在哪里终结的,罪恶在哪里开始的。

比如九月份的那次相遇!那天很可能是星期四,因为安德妮星期四会去特里安特。她很可能在理发店或其他地方耽搁了,因为她比往常回来得晚,那时天已经黑了。

而他不得已和几个客户喝了几杯普通的葡萄酒。他尽量少喝,但是职业不允许他总是拒绝别人的敬酒。

他那时很快活很轻松,和在蓝色房间里一丝不挂地站起来,走到镜子前用毛巾止住嘴唇流血时一样。

他看到路边安德妮那辆灰色的2CV汽车,在夕阳中熄掉自己汽车的头灯。穿着浅色衣服的安德妮示意他停车。

他当然刹住了车。

"托尼,我真是太幸运了,你刚好经过这里……"

大家以后会询问他,好像这已经构成罪名:

"你们已经以你相称了吗?"

"当然,从小学时就这样了。"

"往下说。"

法官会在面前的打印纸张上记录些什么呢?

"她对我说：

"'车上没有多余的地方，我把汽车起重器放在家里了。车胎爆了，你有汽车起重器吗？'"

天气还是很热，所以他也没有穿外套。他记得安德妮敞开领子的那件衬衫袖子比较短，裤子是蓝色的人字斜纹布。

他只能帮安德妮拆卸轮胎，不是吗？

"你有备胎吗？"

他拆轮胎时天已经完全黑了，安德妮站在他身边给他递工具。

"你赶不上今天的晚餐了。"

"你知道，对于干我这行的人来说，这是常事。"

"你妻子什么也不会说吗？"

"她知道这不是我的过错。"

"你是在巴黎认识她的吗？"

"在普瓦捷。"

"她是普瓦捷人？"

"她住在普瓦捷附近的一个村子里。她在城里上班。"

"你喜欢金色头发的女人？"

吉塞勒的头发是金色的，皮肤白皙细嫩，稍微激动就会脸红。

"我不知道。我从没想过。"

"我曾经想过你是不是怕棕色头发的女人。"

"为什么？"

"因为以前你几乎会和村子里所有的女孩拥抱，除了我。"

"我那时可能没想到要去抱你。"

他开着玩笑，用手帕擦着手。

"你想不想抱我一次？"

托尼惊讶地看着她，重复刚刚说过的话：

"为什么？"

托尼在昏暗中难以看清她的样子。

"你想吗？"她又问，托尼几乎听不到她的声音。

他还能回忆起车子后面红色的小灯、栗子树的气味、安德妮嘴唇的气味和味道。安德妮的唇碰到他的唇，抓着他的手放到自己胸上。他惊讶地发现安德妮的胸竟是那么浑圆丰满，那么沉重，那么生机勃勃。

他以前把她当作一尊雕塑！

一辆卡车开过来，他们往后退几步躲避车灯光，但是两个人仍旧紧紧地纠缠在一起。他们退到长着小树的低洼地带。安德妮突然浑身一阵颤抖，托尼从没在其他女伴身上看到过那种颤抖。安德妮把他的整个身体拉向自己，说道：

"你想要吗？"

他们纠缠着一起滚到地上，在高高的荨麻地里。

他既没有对警察说，也没有对法官说。只有精神病医生比戈教授从他嘴里一点一点地挖出了细节：是她自己撩起上衣一直到肚脐那儿，露出乳房，用近乎喘息的声音命令他：

"吻我，托尼！"

她的眼睛里充满征服欲和情欲，事实上，是她占有了托尼。

"我想象中的她不是这样子。"

"您想说什么？"

"我一直觉得她是一个冷淡、高傲的女人，就像她母亲一样。"

"后来她没有表现出任何尴尬之情吗？"

她躺在草地上一动不动，大腿张开，就像在旅店的那个下午一样。

她对托尼说：

"谢谢你，托尼。"

她似乎的确是这么想的。她表现得很谦恭，几乎像个小女孩。

"你知道吗，很久以来我就想这样了！从小学时就开始这样想了。你还记得利内特·皮沙吗？她眼睛斜视，追了你好几个月。"

她现在在旺代当小学老师，每年都会来到父母家度假。

"我有一次撞到你们在一起。你那时可能十四岁吧。"

"在砖厂后面吗？"

"你没忘记？"

托尼笑了。

"我没有忘记，因为那是我的第一次。"

"她也是吗？"

"我不知道。我当时又没什么经验，怎么会想到那个。"

"我恨她。连续几个月的晚上，我在床上想着如何让她痛苦。"

"你找到办法了吗？"

"没有。我希望她病倒或是发生车祸结果毁容。"

"我们最好马上回圣朱斯坦去。"

"再待一会儿吧，托尼。不！不要站起来。我们得找个办法在其他地方见面，不能就这样在路边见面。我每周四会去特里安特。"

"我知道。"

"可能你弟弟……"

法官总结道：

"总之从那天晚上开始，一切都安排好了？"

托尼无法分辨法官的语气中是否有嘲讽。

八月二日，法官还没有出现在托尼的生活中。他回到家里。八九月的这个时候,天还没有黑。西边的天空变成了淡红色,他在羊群后面跟了很长一段时间才开车超过去。

一块洼地上有个村子叫东克尔。前面是平缓的山坡、稻田、草地和一大片天空,过了一个马鞍形路段后,一座崭新的房子映入眼帘,房子是用红砖砌成的,窗玻璃折射出阳光。他女儿玛丽安娜坐在门槛上。她身后一片土地的尽头,他的名字刻在银色的仓库上,仓库里摆满农用机械。

玛丽安娜远远地就看到了汽车,她转向房门,大声叫道:

"是爸爸!"

她不像其他小孩那样叫"爸爸",有时候她也会出于好玩叫爸爸的名字,这可能也是因为她嫉妒妈妈可以叫爸爸为"托尼"。

第 二 章

他的房子矗立在半山腰的左边,周围环绕着一座花园。房子的屋顶是用石灰水泥板搭建的,与莫拉尔姐妹家古老灰白的屋子之间隔了一片草地。这里还有个锻造工场,一百米以下的村子里有真正的街道,一些毗邻的门面,几间小咖啡厅,几间店铺。当地人不喜欢村子这个词,他们一般称之为镇,一个有着一千六百人的大镇,不包括那三个附属于镇的小村子。

"爸爸,你打架了吗?"

他忘记了安德妮在他嘴上留下的咬痕。

"你的嘴巴全肿起来了。"

"我自己撞的。"

"撞到什么了?"

"我在特里安特街撞到了一根柱子。这就是我们走路忘记看前面的后果。"

"妈妈！爸爸撞到一根柱子上了……"

他妻子从厨房走出来，身上系着小格子围裙，手上拿着平底锅。

"是真的吗，托尼？"

"不打紧，你看。"

妈妈和女儿长得很像，有时候当她们俩并排站在一起，托尼觉得很不习惯。

"你热吗？"

"不是很热。现在我得去办公室做完手头的活儿。"

"我们六点半吃饭怎么样？"

"希望可以吧。"

玛丽安娜要八点钟上床睡觉，所以他们每天准时吃饭。玛利亚娜也穿着一条蓝色小格子围裙。她前面的两颗乳牙前段时间刚掉，那两个洞让她看起来几乎有点悲壮。在好几个星期里，她看起来既像个小孩，又像个小老太太。

"爸爸，我可以进来吗？我保证不发出噪声。"

书房面向一条马路，白色的木质书架上堆了一些绿色的纸盒和几叠说明书，托尼焦虑地看着一辆2CV经过。

书房的旁边就是起居室，起居室是家里最大的一间房，这间房既可以做饭厅，也可以做客厅。

第一个星期，端着饭菜来往于厨房和饭厅之间，还要从饭厅跑到厨房去看菜烧好了没有，吉塞勒觉得还真是很不方便，所以最后他们决定在厨房吃饭。

吉塞勒身材高大，性格活泼。厨房后面是用来洗衣服和熨衣服的地方。房子设计得很好，被收拾得干净整洁，永远有条不紊。

"就您所说的来看，您的妻子是个完美的家庭主妇？"

"是的,法官先生。"

"就是因为这个您才和她结婚的吗?"

"我和她结婚时,还完全不知道她是个贤惠的家庭主妇。"

结果分为三个或四个阶段。第一阶段是在他圣朱斯坦的家里。警察队长和中尉分别向他提出一连串他完全不懂的问题。然后普瓦捷的司法便衣警察玛尼向他引述了几个日期,将一些时间进行对照,以此确定他和安德妮约会的时间。

他想问题的方式并没有引起他们注意,特别是那些警察。他们对什么都不以为奇,因为他们自己的私生活和托尼的挺像。

在蒂耶姆法官、精神病医生面前,甚至在他的律师面前,一切都会发生变化。比如,他被从牢房急匆匆地带出来,被囚车运到预审法庭接受审问,而这个时候法官却回家吃中餐或晚餐了。

蒂耶姆法官让他最为难堪,可能这是因为他们年龄相当。蒂耶姆法官比他年轻一岁,但比他早结婚十八个月。他妻子刚刚怀上第一个孩子。法官的父亲没有什么资产,在社保局当办公室主任,娶了一位打字员。他们住在第九区一所简陋的房子里,有三个房间一个厨房。

他们难道不应该互相理解吗?

"您那天晚上到底在怕什么?"

该怎么回答呢?害怕一切。尤其害怕虚无。尼古拉没有坐过火车,如果不是出于什么重要原因,他不会把商店托付给母亲。他也不会去特里安特,更别说坐在旅行者旅馆露台上的桌子前喝汽水了。

托尼走了之后,安德妮还一直赤裸地躺在蓝色房间的床上,没有表现出任何想动的迹象。

"您认为尼古拉是一个粗暴的人吗?"

"我不这么认为。"

尼古拉从小时候起就是个病人，一直生活在自己封闭的世界里。

"您在特里安特时是否想过他带了武器。"

他没有想过。

"您担心家人吗？"

蒂耶姆和他还是不能处在同一个立场，同样的词汇对于两个人的意义并不相同。他们之间始终有隔阂。

他假装在工作，眼前摆一堆的发票，手上拿着一支笔。为了装得像一点，他有时候会在数字旁边划一个毫无意义的十字架。

女儿坐在他的脚旁，玩一辆缺了一个轮子的玩具小汽车。他朝马路那边望过去，二十米之外，过了草地和白篱笆，牧场的下面就是村里的房子，房子后面的小花园里盛开着天竺牡丹。一轮巨大太阳黄色的太阳轮和黑色的核心与一个大木桶旁灰暗阴沉的墙壁形成鲜明对比。

他刚才到家时习惯性地看了一眼闹钟，六点差十五分。六点二十分吉塞勒过来叫他：

"我可以像往常一样上菜了吗？"

"可能还要再等会儿。我想在晚餐前把手上的工作弄完。"

"爸爸，我饿了！"

"亲爱的，不用等很久。如果我需要很久，你就和妈妈先吃。"

就是这时他突然感觉很恐慌，他之前手上拿着衣服躲进旅馆二楼时都没有这种感觉。不由自主的不安，胸口一阵抽紧，突然的一阵焦躁。他站起来走到窗前。

他点烟时手一阵发抖，双腿发软。

是一种预感吗？他将来会跟精神病医生说起这个，更确切地说比戈教授将会引导他说出来。

"您以前从来不这样？"

"没有过。我发生过一次车祸,但毫发无损,但那样的奇迹都没能令我有这种感觉。这一次我也是毫发未损,但却突然变成那样,我坐在田野里哭泣。"

"您害怕尼古拉吗?"

"我对他的印象很深。"

"从小学开始吗?"

幸运的是,闹钟的指针还没指向六点半,2CV就出现在山顶。车子经过门前,安德妮在开车,她丈夫坐在旁边,他们俩都没有看向他这个方向。

"吉塞勒,你想开饭的话就开吧。"

"好吧,开饭。玛丽安娜,去洗一下手。"

他们像往常的夜晚一样开始吃晚餐:汤、火腿摊鸡蛋、沙拉、卡芒贝尔干酪和一些作为甜点的杏子。

窗户下面是他们的菜园。他妻子和他两个人都会料理菜园,他们的女儿玛丽安娜则会蹲在那儿花几个小时拔除杂草。

四季豆攀援上杆顶。格子架后面的鸡舍里有十五只白色的母鸡和一些来航鸡在觅食,他们家的兔子可能在兔穴的阴凉处。

表面上,这一天就像夏天的任何一天一样过去了。温热的空气透过打开的窗户进入到室内,有时候会拂过一阵清凉的风。锻工胖子还在打着他的铁砧。大自然一片寂静,慢慢融进夜色中。

比戈教授的问题几乎总是出乎意料。

"从那天晚上过后,您有没有失去她的感觉?"

"谁?安德妮?"

他很惊讶,因为他从来没想过。

"毫不夸张地说,这十一个月您是在一种所谓的强烈激情中度过……"

他没有想过"失去"这个词。他想要安德妮。几天见不到她,他就会沉醉地回忆他们一起度过的那些嘈杂而喧闹的时光,沉醉在她的气味、乳房、肚子和下流话中。他睡在吉塞勒身旁有时会几个小时睡不着,睡着了又会做噩梦。

"我们去看场电影怎么样?"

"今天是星期几?"

"星期四。"

吉塞勒有点吃惊。他们通常一星期去一次特里安特的电影院,那里距离他们家只有十二公里。

其他晚上,托尼在办公室工作,妻子洗刷完碗筷之后会来到他身边缝补袜子。他们偶尔会停下来交流几句,话题全都是围绕玛丽安娜十月份入学的事。

他们偶尔会坐在房子后面一起看天黑,看着月光下黑色和红色的屋顶,听隐藏在树木巨大阴影中的树叶飒飒作响。

"今天演什么?"

"一部美国片。我看到海报了,但记不起名字。"

"如果你想看,我去通知莫拉尔她们家。"

他们晚上出门时,就会请莫拉尔家其中一个或者两个姐妹来照看玛丽安娜。莫拉尔家的姐姐叫莱奥诺尔,三十七岁或三十八岁,玛尔特稍微年轻点。事实上,看不出她俩有这么大年纪,她们在所有人不知不觉间变成了老姑娘。

她们两人都有满月般的圆脸蛋,脸上像涂了树胶似的。她们穿一样的裙子和大衣,戴一样的帽子,就像双胞胎那样打扮自己。

只有她们俩会在七点钟去做弥撒,她们每天早上在那儿交流,她们也从不错过晚祷和圣体降福仪式。她们帮助卢维特神父维修教堂，用花装饰祭坛，看管墓地，她们还会照看临终之人，为死者装殓。

她们是裁缝，人们经过她们家时会看到她们在窗户后面工作，一只牛奶咖啡色的大肥猫在她们身旁打盹儿。

玛丽安娜不喜欢她们。

她说："她们身上的气味不好闻。"

她们身上的确散发出一种奇特的气味，混合着布匹商店、教堂的气味，还有病人房间的臭味。

"她们很丑！"

"如果她们不过来照看你，你就得一个人留在家里了。"

"我不怕。"

吉塞勒笑了，那是一种只属于她的微笑。她轻轻地笑着，几乎只动了一下嘴唇，好像想尽力把笑容藏在心底。

"您认为您妻子这么笑是因为她很谨慎吗？"

"是的，法官先生。"

"您为什么会这么觉得呢？您觉得妻子能严守秘密？"

还是那些话。

"我脑子里面想的不是这些。她不喜欢引起别人的注意。她担心自己占了别人太多地方，担心打扰到别人，害怕请求别人的帮助。"

"她还像个年轻姑娘？"

"我觉得是的。比如我们从电影院或舞会里出来，为了不让我破费，她即使渴了也不会说出来。"

"她有朋友吗？"

"只有一个，一个比她大的女邻居，她们一起去远足。"

"她身上什么东西吸引了您？"

"我不知道。我自己没想过这个问题。"

"她令您很放心,是吗?"

托尼盯着法官的脸,想尽力理解这句话。

"我想她是……"

他找不到合适的词。

"一个好妻子?"

不完全是这样,但是他为了迎合法官,还是说是的。

"您爱她吗?"

他沉默不言,法官又问道:

"您想和她做爱吗?你们在结婚之前做过爱吗?"

"没有。"

"您不想要她吗?"

可能想要吧,因为他和她结婚了。

"那她呢?您觉得她是因为爱您还是因为被婚姻本身吸引才和您结婚的?"

"我不知道。我觉得……"

如果他提出同样的问题,法官先生会怎么回答呢?他们有一个美好的家,就这样。吉塞勒爱卫生、积极、谦卑,在这个新建立的家庭里完美地扮演了自己的角色。

每天晚上他都很高兴地回到家里,他有过机会,但没有真正的外遇,直到遇上安德妮。

"您从来没想过离婚吗?"

"是的。"

"在最近几个月也没想过吗?"

"是的。"

"但是,您跟情妇说……"

他突然提高声音,还不自觉地朝小陪审团的办公桌上抡了一拳头。

"听着,我真的从来没有说过。是她说的!她赤裸裸地躺在床上。我站在镜子前,身上什么也没穿:我们两个人刚刚……好吧,您比我还清楚发生了什么。在那个时候,我们俩谁也不会在意自己和对方说了什么。我也只能大概听到她说了什么。唉,我曾经观察过一只蜜蜂好长时间……"

蜜蜂的画面突然闪现在他脑海里:他为了让蜜蜂飞出去,将百叶窗完全打开。

"我点头或摇头。我一边想着其他事情一边回答是或者不是。"

"你在想什么事情呢?"

托尼对这样的问答厌烦了。他多么想赶紧回到囚车的牢笼里面去,在那里没人会问这问那。

"我不知道。"

吉塞勒跑到莫拉尔家去通知她们,他把玛丽安娜背到床上。然后他就像将来每次去特里安特与安德妮约会那样,洗澡换内衣。他们家的一楼有三个房间和一个浴室。

"我们要是再有孩子,可以让男孩睡一个房间,女孩睡另一个房间。"吉塞勒曾这样说过,那时候他们这样计划过。

从那时到现在六年过去了,他们还只有一个玛丽安娜。第三个房间只用了一次,吉塞勒的父母来圣朱斯坦度假时住过。

他们住在蒙萨尔托瓦,离普瓦捷六公里。热尔曼·库泰先生是一个管子工,他体型粗壮,结实得像一头大猩猩,脸色红润,声音洪亮。他通常这样开始讲话:

"我总是说……"

"我打算……"

人们觉得他从女儿结婚第一天开始就很嫉妒女婿，嫉妒他明亮整洁的办公室，现代化的厨房，特别是那个摆放着整齐机械的银色仓库。

"我还是觉得一个工人去创业是不对的……"

他在早上八点钟开第一瓶红酒，一整天不停地喝。在村子里各个酒吧都能发现他的身影，在酒吧外面就能听到他雷鸣般的嗓音。暮色降临，他要是还没有醉，会变得更武断，甚至咄咄逼人。

"谁每个星期天去钓鱼？是你还是我？好！是我们中的一个！谁有三个星期的带薪休假？谁在工作一天之后不需要劳心费神地去处理一堆的数据？"

他的妻子肥胖而消极，挺着个肚子，总是尽量不惹他生气。这是吉塞勒性格谦卑的原因吗？

假期快结束时热尔曼和托尼发生了一场口舌，库泰一家人此后再也没来圣朱斯坦度假。

吉塞勒通知了莫拉尔姐妹后，不仅有时间整理餐具，还能换一下衣服。她周围的空气几乎都是凝固的，她永远都是那么不慌不忙，她能像施魔法那样把所有事情都做好。

在温暖而又泛着微光的房间里，两位莫拉尔小姐和玛丽安娜道了晚安之后就出了房间。她们在下面做针线。

"祝你们玩得开心。"

一切都那么熟悉。这个场景重复过很多次了，日子在不知不觉中过去了。

发动机发动起来。他们肩并肩坐在小卡车前面，一下子就把村庄甩在后头，那里正有人在自家花园里用铲翻土，而大部分人坐在屋子前的椅子上安静地乘凉,还有些人在空荡荡的房间里听收音机。

他们刚开始很安静地开着车,各自想着心事。

"托尼,告诉我……"

她没有马上把话说完,但托尼感觉自己的心脏好像被人攥住了。他不知道吉塞勒接下来会说什么。

"你没发现玛丽安娜的脸色好长一段时间都很苍白吗?"

他们的女儿一直很瘦弱,细胳膊细腿,脸上和身上一直没什么血色。

"我今天从杂货店出来时碰到了里凯医生,我和他谈了一会儿……"

吉塞勒刚才没看到尼古拉。她看到尼古拉的妈妈坐在店里的柜台后面不觉得奇怪吗?她一点也不疑惑吗?

"就像他说的,我们那里空气好,但是小孩子需要换换环境。他建议如果我们可以,明年应该带她去海边透透气。"

托尼对医生的这个建议感到异常惊讶。

他反问道:"为什么不今年去呢?"

吉塞勒不敢相信这是真的。他们自从定居圣朱斯坦以来,还从来没有出去度过假,因为夏天是托尼最繁忙的时候。他们用积蓄买了一块地,但是他们还需要工作好几年才能付完房子和库房的贷款。

"你觉得这可行吗?"

他们只出去度过一次假,他们结婚的第一年,那时候他们还住在普瓦捷,他们去莱萨布勒-多洛讷玩了十五天。他们在一个老妇人家里租了一间带家具的房子,吉塞勒在酒精炉子上做饭。

"现在已经八月了。我担心找不到空闲的时间。"

"我们可以去那家酒店。你还记得那家酒店吗?就在沙滩尽头,松树林前面一点点?"

"就是灰岩。不对!是黑岩!"

那天晚上,为了庆祝吉塞勒生日,他们在那里共进晚餐。他点了一条巨大的比目鱼,用一瓶麝香干白葡萄酒把吉塞勒灌得醉醺醺的。

托尼很高兴她做出了这个决定。这样一来,他可以在一段时期内断绝和安德妮、尼古拉之间的联系。

"你打算什么时候……"

"我等会儿再和你谈这个。"

在确定日期之前,他得再和弟弟谈一次,以确保万无一失。事实上,他带妻子来看电影是为了见樊尚。他直接从旅行者旅馆前面经过,开往甘贝塔大街,他在离奥林匹亚只有几米的地方停车。人行道上,从穿着、走路和观看橱窗的样子,可以看出哪些是巴黎人,哪些是当地人。

他们总是坐在影院楼厅的那个老位置上。幕间休息时间里电影院放完新闻、纪录片和动画片之后,他说:

"我们去樊尚家喝一杯怎么样?"

露台上的桌子旁几乎坐满了人。弗朗索瓦帮他们找到一处位置,用手上的毛巾把桌子擦干净。

"弗朗索瓦,要两杯啤酒。我弟弟在哪儿?"

"托尼先生,他在前台。"

咖啡馆里的灯光是黄色的,有些人在玩牌,他们是常客,托尼经常看到他们坐在同一个角落。还有些顾客总来看他们打牌,评论他们打牌的招数。

"什么?"

他弟弟用意大利语回答他。他很少这样,他们出生在法国,只和母亲说意大利语,母亲从来没学过法语。

"我确实不知道发生了什么事情。我只感觉一切都还好。他当时在那儿,在露台上……"

"我知道。我从楼上看到他了。"

"在你走了十分钟之后,她平静地走下来,就像什么也没发生过,她穿过咖啡厅,走到我面前对我说:

"'樊尚,替我谢谢您的妻子……'

"她为了让丈夫听到,故意说得很大声。她用和平常一样的步伐走出去,手里拿着包。在甘贝塔大街角落拐弯时,她假装突然看到了丈夫。"

"你,你当时在干什么?"

"她坐在丈夫对面,我听不清楚他们说了什么。"

"他们看上去像在吵架吗?"

"没有。有时候她会打开化妆包安静地抹一下粉,涂一下口红。"

"他是什么表情?"

"说不清。有时候他会无缘无故对着你笑,对不对?在我看来,安德妮没什么事,顺利混过去了。但如果我是你……吉塞勒在这儿吗?"

"在露台上。"

樊尚过去和她打了声招呼。空气温暖恬静,秋高气爽。一辆快车冲到火车站前,既没有停下来也没有减速。在甘贝塔大街,吉塞勒把手搭在丈夫的胳膊上,这是她和丈夫散步时的习惯。

"你弟弟对他的生意很满意吧?"

"这个季节生意很好,游客是一年之中最多的。"

樊尚还没有买下这套房子,只拥有这里的营业资产,也就是营业权。在他之前经营这个旅馆的房产主幽居西约塔,还不想把旅馆卖掉。

他们俩白手起家,从开始出发的地方一步一步走来,两兄弟都干得不错,已经走上了成功之路。

"你看到露西娅了吗？"

"没有。她应该在厨房里。我没有时间过去和她打招呼。"

他感到一种难以形容的难受，这并不是第一次。吉塞勒知道他下午在特里安特。否则吉塞勒也不会问他是否来过弟弟家了。

有时候，他宁愿吉塞勒问他一些问题，就算是令他尴尬的问题也行。吉塞勒是不是对他在家之外的生活一点都不感兴趣呢？可是每月月末吉塞勒会帮他整理账目，所以其实对他的生意已经了如指掌了啊？

吉塞勒是不是已经有所怀疑但宁愿把怀疑藏在心底？

他们加快步伐，因为听到了电影院的铃声，其他观众也匆匆从影院旁边的小酒吧里跑出来。

刚刚在回来的路上，车头灯使得电影一般的黑白风景变成了红色。托尼在昏暗的车里突然大声说道：

"今天是星期四。"

仅仅是说出这句话他就满脸通红了。他难道没有想起蓝色房间，安德妮柔软的身体，张开的大腿，还有慢慢流出精液的深暗色阴部？

"我们可以星期六出发。我明天打电话到黑岩订房。定两个房间，只剩一个了也没关系，我们可以在房间为玛丽安娜加一张小床……"

"你生意上的事可以放下吗？"

"如果有必要，我回来一两次处理就是了。"

他觉得如释重负，脑子里只想着那个已经躲过了的危险。

"我们可以在那里待两星期，三个人慵懒地躺在沙滩上。"

托尼突然之间对女儿充满无限柔情，怨恨自己怎么没有注意到她的苍白。他还觉得对不住妻子，但是这种歉疚只停留在心里。他没把车停在路边上，将吉塞勒揽入怀里，把自己的脸靠在她的胸前，悄悄地说：

"你知道,我爱你!"

这个念头在他脑子里一闪而过。他经常这样想但从来没付诸行动。是什么让他感到羞愧?他看上去像一个寻求原谅的罪犯吗?

他需要吉塞勒。玛丽安娜需要妈妈。安德妮向他提问时他完全抛弃了她们母女俩。当然,那时候他一边心不在焉地听着,一边用湿毛巾擦拭着嘴唇。他觉得谈她们他会非常尴尬,所以沉默不语。

"你的背好美。"

真荒谬。吉塞勒从来没有对他的背或胸肌发出过赞叹。

"托尼,你爱我吗?"

在一个散发出疯狂性欲气息的房间里,这种话听起来当然很正常。但是在宁静的夜晚,在汽车发动机隆隆的声响中,那种语调和那些话听起来非常不真实。他狡猾地从嘴角滑出几个字:

"我想是的。"

"你不确定吗?"

托尼想玩这个游戏吗?他知道,对安德妮而言,这不仅仅是游戏。

"你愿意一辈子和我在一起吗?"

安德妮在短短十分钟内问了这个问题两次。他以前在那个房间里听到过同样的问题?

他回答说:

"当然!"

他玩弄着轻浮的思想和身体。安德妮感觉那么好,她未经思考就反复说出了那几句话:

"你这么肯定?你不害怕吗?"

他回答得很愚笨,但是眼睛里透着一丝狡黠:

"害怕什么?"

他们之间的对话就是一字一顿的。

"你想象过我们在一起的日子是什么样子吗?"

她没有说是夜晚还是白天,似乎就是指在床上度过的时光。

"我们最终会习惯的。"

"习惯什么?"

"习惯我们两人在一起。"

吉塞勒就在他身边的影子里,和他看着一样的路段、树木、灯柱在一片灰暗中凸显出来,这些东西仿佛马上要在一片虚无中摇曳起来。他想抓住吉塞勒的手,但又不敢。

一天他向比戈教授认罪,教授更愿意在牢房里而不是在牢房里的诊所拜访他。尽管一个狱警给他搬来一把椅子,但是他还是坐在床边上。

"如果我没理解错,您爱您的妻子?"

托尼摊开手很愚蠢地回答:

"是的。"

"只是,您没有找到和她交往的方式……"

他一点都不怀疑生活是极其复杂的。精神病医生说的交往指的是什么呢?他们就像所有的夫妻一样过日子,不是吗?

"为什么在有了玛丽安娜之后,你们没有生其他小孩?"

"我不知道。"

"你们不想再生了吗?"

不对!他本来想要生六个,他本来想生十二个,生满屋子的小孩,就像意大利人一样。吉塞勒说她想生三个,两个男孩一个女孩,他们没采取什么避孕措施。

"您和您的妻子经常有性生活吗?"

"刚开始的时候经常有。"

他很直爽，不想隐瞒什么。他已经陷进了一场游戏中。他抱着极大的热情应对那些问话者。

"当然，在她怀孕期间……"

"所以您习惯去找其他女人？"

"我没办法不这么做。"

"是必须的吗？"

"我不知道。所有的男人都这样，不是吗？"

比戈教授五十多岁了，大儿子在巴黎上学，女儿最近嫁给了一个血液学家，而她在血液学家的实验室当助手。

比戈教授不怎么注意衣着，他穿着皱巴巴的宽松衣服，衣服上总会少一颗纽扣。他随时都会擤鼻涕，就像得了慢性感冒。

怎样跟她解释自己晚上才回去呢？他找不到什么借口。吉塞勒和他说了总共不到二十句话。所以在那时候，他可以肯定下午发生的事情她什么也不知道。不管怎么样，她肯定不知道他和安德妮之间的关系，即使她听过有关他的其他风流韵事。

就是在行驶十二公里的路程中他感受到两个人紧紧地依靠在一起，甚至惺惺相惜。他差点对她说：

"吉塞勒，我需要你。"

他感觉自己需要去了解她，需要她信任自己。

"当我想起因为你的过错而浪费了那么多年的时光。"

这不是妻子的声音，而是安德妮的。来自她肿大的喉咙深处发出的有点嘶哑的声音。她责怪他在十六岁时离开村子去当学徒。

他去了巴黎，在那里的一个车库工作，直到服兵役才离开。他从来没有关注过安德妮。对他来说，安德妮只是一个住在城堡里的非常高大的女孩，她的父亲是地方上的英雄。

一个高傲冷酷的女孩。一尊雕塑。

"你笑什么?"

他在车里笑了起来,几乎是傻笑。

"我回想起了电影里的情节。"

"你觉得好看吗?"

"一般吧。"

安德妮就像一尊获得了生命的滑稽可笑的雕塑,远远地看着他,问道:

"托尼,告诉我,如果我获得了自由会怎么样?"

大家都知道尼古拉有病,活不长,但这似乎与他们的对话无关。他装作没听到。

"你也会获得自由吗?"

火车头猛地响着汽笛。

"你说什么?"

"我问你,在那种情况下你是否……"

假如他回答"是",在走出火车站和穿过广场的人群中,他难道没有认出尼古拉来吗?

他们家的地下室还有点光。莫拉尔姐妹没有忘记时不时看看时间,她们得安排好手上的针线活,准备回家,因为她们通常晚上九点睡觉,有时候睡得更早。

"我把车开进去。"

吉塞勒下了车,绕过房子,从厨房那边进了屋。他把小卡车开进银色车库,停在一些涂着黄色和深红色油漆的怪兽一般的机器旁。

当他回到屋子里,两位莫拉尔小姐正好穿过大门。

"托尼,晚安。"

"晚安。"

吉塞勒环顾四周,确认她们没有落下东西。

"你不想喝点什么吗?你不饿吗?"

"谢谢。"

他在想,等会儿,在某一明确的时刻,她会不会期待他的一个动作、一句话。她是不是已经凭直觉感受到了他们两个人面临的威胁?

通常,他们一从电影院回来,她会马上上楼去听玛丽安娜是否在呼吸。

一天晚上吉塞勒对他说:"我知道这很荒谬,我只有去了外面再回来才会这么做。我在家时会觉得自己正在保护她。"

她又马上纠正道:

"是我们在保护她。我不在她身边时,总感觉她那么脆弱。"

她真的俯着身子焦急地观察着女儿,直到听到均匀的呼吸才放心。

他不知道该说什么。他们像往常的夜晚一样,面对面脱下衣服。吉塞勒生育后臀部变大,但是身体的其他部位还是那么瘦,暗淡的胸部变得更丑了。

在那个他们需要互诉衷肠的夜晚,他都没能让吉塞勒理解他,那么他又怎么才能让其他人理解他爱吉塞勒呢?

"晚安,托尼。"

"晚安,吉塞勒。"

吉塞勒去关床头灯,床头灯安置在她旁边,因为她起得早,冬天她起床时天还是黑的。

吉塞勒会毫不犹豫地在刹那间结束他们今天建立的情绪吗?托尼屏住呼吸。

咔嗒!

第 三 章

他并没有神经质,但为了全面了解他,他们找来很多人在普瓦捷给他做了很多测试。首先是监狱的医生,精神病医生,然后是一个长着一双吉卜赛人眼睛的奇怪女人,这个女人是心理学博士。他有时候觉得这个女博士很可怕有时候又觉得她很滑稽。

他们对他的淡定越来越感到惊讶,甚至想要指责他这种淡定。在重罪法庭,有人,可能是代理检察长或是要求赔偿损失的原告代表会把这种淡定看作是厚颜无耻和挑衅。

总的说来,他确实能够控制好自己,他喜欢随时保持警惕静候事情的到来,而不是提前采取行动。

他们在莱萨布勒-多洛讷度过的两周快乐吗?当然很快乐,但也有点忧伤,因为他对妻子和女儿萌生的担忧时不时萦绕心头。

他们像所有的避暑者一样,去露天咖啡馆吃早餐,玛丽安娜已经穿好了红色的泳衣,他们九点钟就来到沙滩上,立即就占据了一块属于自己的地盘。

他们两天就学会了当地的一些习惯和礼仪,认识了黑岩餐厅里同桌的客人,对同桌的坐在对面的老爷爷和老奶奶微笑。他们对玛丽安娜摆出友好的姿势,玛丽安娜被同桌男子的胡子所吸引。

"如果他的头再低下来一点,他的胡子就会浸到汤里。"

马丽娜每天都在观察他,她确信这总有一天会发生的。

上午和下午,都是同样一群人坐在太阳伞下,金色头发的女士在自己身上涂了一层油,一直涂到肚子上,她泳衣的带子往下垂着,整天都在看书。还有一些没有教养的巴黎小孩,对玛丽安娜吐舌头,在水里推她……

吉塞勒不适应这种闲散的生活,在一旁织着天蓝色的毛衣,这样她女儿开学时就可以穿了,她嘴里默念着针数。

吉塞勒觉得莱萨布勒-多洛讷之行不是个符合实际的好主意?托尼和玛丽安娜在那边玩,教玛丽安娜游泳。水一直浸到肚子上,他把手放在下巴上。他试图教妻子游泳,但是脚刚踩不到地面,她就会惊慌失措,拍着手掌,拼命抓他。有一次一个突如其来的浪打过来把吉塞勒淹没了,吉塞勒朝他望了一眼,他从她眼中看到的尽是害怕。不是对大海的害怕,而是害怕他。

他尽量表现得很镇定,很放松地玩着球,和玛丽安娜散步一直散到海堤那儿。他们一起在城市拥挤的街道上漫步,参观教堂,拍池子里的渔船,渔女们穿着褶裥裙和涂过漆的木鞋在那里卖鱼。

总共大概有十万人在沙滩上,暴风雨来临时,所有人收拾好自己的东西朝酒店和咖啡馆冲去。

为什么他有时候会心不在焉呢?他是不是在责怪自己没有在圣朱斯坦,因为安德妮可能在那徒劳地做着暗号?

"关于这个暗号，法尔科内先生……"

在普瓦捷待了几星期后，他把蒂耶姆法官的问题和精神病医生的问题搞混淆了。他对他们说着一样的话，只是用的词不一样，说法不一样。他们在审讯期间商讨过吗？他们希望他的回答自相矛盾？

"您的情妇和您什么时候决定用暗号？"

"第一个晚上。"

"您说的是九月在路边上的那个夜晚吗？"

"是的。"

"这是谁的主意？"

"她的。我已经跟您说了。她想我们换个地方约会，她马上想到了我弟弟的旅馆。"

"用毛巾？"

"她首先建议放一件事先说好的商品在杂货店橱窗的角落里。"

杂货店有两个橱窗，塞满了货物、棉布、围裙和木底皮面套鞋。德皮埃尔商店坐落在主街上，离教堂只有几步路，人们要穿过镇子必须得经过这里。

店里面很阴暗，有两个堆满商品的柜台，墙边有些酒桶和货物箱，货架上摆满罐头和酒瓶，还有人字斜纹布裤子、柳条筐和悬挂在天花板上的火腿。

他童年记忆中最强烈最特别的气味就是煤油，因为那时候农村和偏僻的农场还没有电。

"哪一种商品？"

"一包淀粉。然后她又担心丈夫在她做饭时把淀粉移了位置，而她对此根本不知情。"

他们怎么能希望，在短短的几周甚至是几个月的时间内，仅仅通过每天两到三个小时的时间,就能完全了解另外一种自己完全陌生的生活?他和吉塞勒的生活,还有安德妮的生活、德皮埃尔夫人和福尔米尔夫人的生活,乡村的生活,以及他往来于圣朱斯坦和特里安特之间的生活。就算只了解蓝色房间,也还需要……

"她最后决定,在每个可以来旅馆和我见面的星期四,挂一条干毛巾在窗户边上。"

他们房间的窗户,尼古拉和她的房间!他们睡在一个房间。就是在商店的楼上,三个窄窗户中有栏杆的那个,透过窗户可以看到一面浅褐色的墙上挂了一幅镶着黑色和金色边框的石版画。

"因此,每个星期四早上……"

"我都会经过他们家。"

他们穿着泳衣在沙滩上嬉戏时,谁知道安德妮有没有向他打暗号呢?谁知道毛巾是不是一直都在栏杆上呢?当然,他看到他们坐着2CV从特里安特回来,但是他不知道他们的精神状态是怎样的。

"法尔科内先生,我在想,您向您的妻子建议去度假是不是……"

"因为她之前跟我说了玛丽安娜脸色苍白的问题。"

"我知道。您想借助这次机会。可能是一次让她信服的机会,一次扮演好丈夫、好父亲的机会,能让她消除疑虑的机会。您怎么看这个解释?"

"不是这样。"

"您坚持想要说明您的目的是为了远离您的情妇?"

他很讨厌这个词,但是又不得不接受。

"多多少少是这样。"

"您已经决定不再和她见面了?"

"我没有明确的计划。"

"在接下来的几个月中您见过她吗?"

"没有。"

"她没有再给您暗号吗?"

"我不知道,因为从那以后每周四早上我都不从他们家前面经过。"

"而这仅仅是因为那天下午您看到她丈夫从火车站走出来,坐在露台上喝了一杯汽水吗?您曾经说过,她是唯一一个让您在性爱中完全满足的女人。您说,如果我没有记错的话,她让您体验到了完全不一样的感觉,您眼界大开……"

确实是这样,尽管他之前没有用过"眼界大开"这个词。在莱萨布勒-多洛讷,他有时候会想起蓝色房间,无意之中,从内心升起的肉欲让他咬紧牙关。有时,他会无缘无故不耐烦,为一点鸡毛蒜皮的事训斥玛丽安娜,心不在焉,眼神呆滞。吉塞勒和女儿相互使个眼色,妈妈假装对女儿说:

"不要在意。你爸爸很烦。"

片刻之后,看到他变得那么温柔、耐心、含情脉脉,她们难道不会感到非常混乱不安吗?

"法尔科内先生,您是野心家吗?"

他不得不认真思考一下,因为他还从没问过自己这个问题。这个世界上真的有人一边看着镜子一边向自己提问吗?

"这得看您想到什么。我十二岁时,为了在假期给自己买一辆自行车,我放了学之后就去干活。后来,我想要一辆摩托车,于是去了巴黎。我和吉塞勒结了婚之后,萌生了自己创业的想法。在普瓦捷,我们用从美国买来的零部件组装农用设备,我的生意很好。"

"您的弟弟在从事了几份职业后也决定创业?"

这两个问题之间有什么关系?

问这些问题的不是蒂耶姆法官而是比戈教授。他问得很慢,好像正在思考。

"我在想,你们的父母都是意大利人,你们都是住在法国村庄里的外国人,这个事实……我听说您父亲是泥瓦工?"

法官整个下午都在问老法尔科内先生问题,他之前派人去布瓦塞勒他的小房子里找到了他。

"您对父亲了解多少?"

"他来自皮耶蒙,那是拉林纳的一个非常贫穷的山村,那里距离韦尔切利三十公里。在那边的山区里,并不是所有人都能吃饱肚子,大部分男孩都移居到国外,我父亲在大概十四岁或十五岁时,像其他男孩一样也出来了。他跟着一个开凿隧道的队伍来到法国,我不知道他们开凿的是哪个隧道,反正是在里摩日大区,然后他又去其他地方挖隧道……"

在圣朱斯坦,所有人都叫他老安杰洛先生,和安杰洛·法尔科内交谈很困难,因为他和其他人不一样。

"他游遍整个法国,从南到北,从东到西,最后决定定居在布瓦塞勒。"

这是令托尼至今仍然惊讶的一件事。从前,在布瓦塞勒距离圣朱斯坦两公里半的地方,有一座古老的城堡,人们用城堡的石头在那建了一座修道院。如今那里荒草丛生,断壁残垣,还有托尼儿童时代钓过青蛙的臭水沟。

那些修道士可能都去从事农业生产了,因为那里还保留了各式各样的建筑物,有牲口棚、工场、酒库,这些建筑围绕在院子四周。

科坦特家族拥有那里大部分地方,并且拥有十多头牛羊、两匹耕马、一头嚼烟的老公山羊。他们租下了那些他们暂时不需要但是还能住人的建筑物。

这是一个混居的小移民地，除了法尔科内家族，还有一户来自捷克的家庭，一些阿尔萨斯人，阿尔萨斯人带来了八个孩子。

"您出生时您的父亲已经不年轻了。"

"他在四十三或四十四岁时回皮耶蒙村把我母亲接了过来。"

"如果我没理解错的话，他认为是时候该结婚了，于是回家乡去找了一位姑娘？"

"我觉得是这样。"

这个年轻的女孩，也就是他母亲，名叫玛利亚·帕萨里，她到法国时才二十二岁。

"他们的婚姻美满吗？"

"我从没听过他们争吵。"

"您父亲继续做他的泥瓦工？"

"他不会做其他工作，也从来没想过换工作。"

"您是他们第一个孩子，三年之后，您的弟弟樊尚出生了。"

"之后我的妹妹安杰利娜也出生了。"

"她住在圣朱斯坦吗？"

"她已经死了。"

"夭折？"

"在六个月大时，我母亲去了特里安特，我不知道她为什么去那儿。在来法国之前，她从未走出过村子。在这个她连当地语言都不会说的陌生国度，她也很少出门。那天，在特里安特，大家猜测她可能把'普瓦捷'听错了，她从不靠站台的那侧车门下了车，上了铁轨。她和怀里的宝宝一起被一列快车给轧死了。"

"那时候您多大？"

"七岁。我弟弟四岁。"

"是您父亲把你们养大吗?"

"是的。他干完活回来还得做饭做家务。以前我对他没有足够的了解,所以并不知道这场灾难是否改变了他。"

"您的意思是?"

"您很清楚。您难道不想问问吗?"

托尼变得咄咄逼人。

"是的。我想知道。"

"您是怎么想的?村子里的流言确实有道理?我父亲不是一个简单的人?"

在圣朱斯坦,人们不说"头脑简单"。只需用一个词"简单"就可以表达这个意思。比戈教授有点尴尬,他只用一个模糊的手势来回答托尼的这些问题。

"我不知道您是否得出了什么结论。这些年来,我的弟弟和我很少听到人们说起他。他七十八岁时,还独自一人住在我们出生的房子里,还在继续到处做零碎的泥瓦工活儿。

"他不愿意搬过来和我们或是和樊尚一起住。他唯一的娱乐就是在小园子里建造一个微型的村庄。他从二十年前就开始着手建了。教堂总共不到一平方米,但是他不放过任何细节。"

微型农庄里有客栈、镇政府、横跨激流的小桥、还有一个水磨,每年都会增加一两座新房子。那是他和妻子两个人家乡逼真的复制品。

他从没展示过自己心灵深处的东西。他是一个粗俗的人,并不是十分聪明,但在过去的四十几年里忍受住了那份孤独。托尼完全明白父亲回到拉林纳是为了在那里找一个妻子。

他找到了玛利亚·帕萨里,她那么年轻简直可以当他的女儿,但安杰洛·法尔科内用自己的方式去爱她。他没有什么甜言蜜语，也没什么深情流露，因为他是一个感情内敛的男人。

她和女儿同时死了之后，安杰洛·法尔科内完全将自己封闭起来，没过多久他就开始在花园里建造他特别的小村庄。

"他没有疯！"托尼突然大声说。

他猜有一些人可能是这么想的，可能还包括比戈教授。

"我也没有疯！"

"从来没有人说他疯了啊。"

"那么您为什么问我这个问题六七次？就因为那些报纸把我说成了恶魔？"

他们已经离开黑岩了。在那里的时候，他们生活在沙滩上，嘴里都是沙子的味道，在床上和口袋深处都能找到沙子。

在十五天中，他只开心了两次。一次是太阳直接照在眼睛和皮肤上，让他产生眩晕的感觉；第二次是他长时间地盯着浪尖白沫四溅的波涛，看到波浪从远处大步缓缓地一浪接着一浪打过来，又全都破碎，变成千万颗闪耀的水珠在眼前奔腾。

玛丽安娜喜欢看从云端射出来的阳光。几天之后，托尼的皮肤晒成了棕色，他晚上脱衣服时，青灰色的皮肤勾勒出泳衣的轮廓。只有吉塞勒因为总是躲在太阳伞下，皮肤的颜色没有变。

在圣朱斯坦，德皮埃尔家昏暗的商店里发生了什么事情呢？安德妮和尼古拉晚上会当着彼此的面脱衣服吗？

安德妮有没有放一条粉红边饰的毛巾在窗格上作为暗号？总是板着脸的尼古拉的母亲，有没有穿过花园，试图掌控大局，找儿媳妇的茬？

普瓦捷的民众、警察、法官和医生，以及那个令人不安的心理学女博士,他们都想把真相告诉给别人,然而德皮埃尔家、福尔米尔家和其他非常想知道真相的人却几乎一无所知。

那托尼知道些什么呢?托尼知道一些事情,不是吗?

在圣米斯坦,德皮埃尔夫人是最重要的人物,甚至比做牲畜生意的镇长本人都重要,都令人生畏。在那个村庄,同一辈的人一起上学,但他们长大后很少有人可以叫她热尔梅娜,更别说以你相称了。对所有人来说,她都是德皮埃尔夫人。

托尼开始当然不知道,因为他到杂货店为父母买东西时德皮埃尔夫人已经三十出头了:托尼无法忘记那时候那个与现在一样长着灰色头发的她。她站在柜台后面,穿着一件灰色罩衫,脸色惨白。

托尼认识她丈夫,一个虚弱男人,也穿着罩衫,但是罩衫太长了。他戴着夹鼻眼镜,举止优柔寡断,眼神怯懦。

有时人们看到他走路摇摇晃晃,由妻子牵着从商店后面走出来。他妻子把门锁上,但是有些人用狡黠的神情观察着,时不时摇一下头。

托尼从流言中得知德皮埃尔先生患有癫痫病,在关闭的门后面,他躺在地板上抽搐,咬紧嘴巴,口水流到下巴上。

他还记得德皮埃尔先生的葬礼,他和学校的其他小孩在送葬队伍的最后面,尼古拉和他母亲走在送葬队伍的最前面。

人们说他们非常富有,但也非常吝啬。他们在镇上有多处房产,还在两个农场有股份,在拉吉伯特也有财产。

"法尔科内先生,您为什么定居在圣朱斯坦,为什么您十几岁就离开了家乡?"

他不是已经回答过这个问题了吗?他们总是问重复的问题,他都不知道该怎么答了。他可能会自相矛盾,因为他自己都不知道这些问题的答案。

"可能是因为我父亲。"

"您很少去看他。"

大概一个星期一次。老安杰洛一个星期来他家两三次,每次似乎都很不自在。吉塞勒完全是个会刺激到他的外人。托尼更愿意自己在周六晚上去布瓦塞勒看望父亲。

大门总是敞开着。屋内没有开灯。只听见旁边沼泽地里青蛙呱呱地叫,两个男人坐在草椅上,就这样让时间在沉默中静静流逝。

"不要忘了我弟弟已经定居在特里安特。"

"您肯定您不是因为安德妮才回去的?"

"又来了!"

"您搬来之前已经知道安德妮和您以前的朋友结婚了吗?"

"不知道。这真的很出人意料。德皮埃尔和福尔米尔两家积怨很深,差不多同龄的两位母亲,代表了完全相反的两类人。"

如果说德皮埃尔夫人是一夜暴富的农民的典型代表,那么福尔米尔医生的妻子代表的就是那些陷入窘迫而又不愿意失掉面子的外省资产阶级。

福尔米尔医生的父亲,公证人巴赫达夫,在维利耶-勒欧克担任公证人。家族的祖辈中经常有人出入地方领主的城堡,和领主们玩桥牌、打猎,这些先辈都自以为很了不起。

他们没给子孙留下什么。福尔米尔医生也没给妻子和女儿留下什么东西,除了一份微薄的年金。尽管她们一直住在城堡里,穿得像城里人,但是连肚子都填不饱。

是德皮埃尔夫人还是福尔米尔夫人提出要和另一家结亲的呢?是杂货店主出于傲慢或者报复心理吗?那位资产阶级夫人是怎么想的呢?她想要看到女儿衣食无忧,知道将来有一天她会变得富有,很可能过不了多久就会变成寡妇?

"在学校,尼古拉好像是同学们嘲笑的对象。"

他身体真的很差,经常受到胃痛折磨,不能和其他同学一起玩游戏,所以当然是那些身体强壮的男生嘲笑的对象。大家把他当作女孩子看待。大家责骂他胆小怕事,躲在母亲的裙子里。此外,他完全不会自卫,只会去老师那里告发大家对他做恶作剧。

托尼不是那一伙打架斗殴者的一员,可能是因为大家并不喜欢外国人。他有点觉得自己被排挤。

有两次,一次是在课间休息时,一次是在放学回家时,他站在尼古拉一边替他说话。那时候尼古拉并不知道自己生病了。

他第一次发病是在十二岁半时,他在课堂上突然就发作了。大家听到他摔在地板上的声音,都转过头来,老师拍着教鞭说道:

"所有人都不准离开自己的座位。"

那是在春天。院子里的栗树正在开花。那年有金龟虫侵袭,大家赶着虫子四处乱飞,金龟虫一会儿撞到墙上一会儿撞到窗户上。

尽管老师警告了大家,所有孩子的目光还是齐刷刷地聚集到尼古拉那儿。他们的脸色顿时变得苍白,因为场面太可怕了,有几个学生差点呕吐。

"所有人都到院子里去。"

这是让大家躲开的意思,但还是有几个胆大的孩子靠在窗户上看老师把自己的手帕塞到尼古拉嘴里。

其中一个孩子冲到杂货店,德皮埃尔夫人穿着她那件灰色罩衫马上赶过来。

"他们在做什么?"其他学生问那几个靠在窗户往里看的孩子。

"没什么。他们把他放在地上。他肯定很快就要死了。"

那天大家都很难受。

"你觉得他是不是吃了什么有毒的东西?"

"不是。他爸爸发作起来也是这个症状。"

"这种病会传染吗?"

十五分钟或半个小时之后——时间已经不重要了——德皮埃尔夫人牵着儿子的手穿过校园,尼古拉恢复平常的样子,但看上去受了惊吓。

他在学校没有再发作。据托尼所知,尼古拉在病发之前几乎总是能感觉到,所以就提前几天在家休息,他妈妈照顾他。

这里说的不是德皮埃尔夫人的家里。而是杂货店,也就是后来原告的家。不知道为什么,所有人都把得这种病当作一种耻辱。

尼古拉没有去特里安特上中学,没有去服兵役,也不去酒吧。他既没有单车,摩托车,也不开 2CV 汽车。

他最长八天不讲话,眼神忧郁多疑,死盯着人,好像别人对他怀有恶意。他不喝白酒,也不喝红酒,他的胃只能承受一些特定的食物。

那个九月的夜晚,在路边,在安德妮半裸的身体前,托尼难道没有局促不安地想到他吗?

"您在潜意识里难道没有怨恨富有的尼古拉吗?"

他耸了耸肩。当然,在知道尼古拉生了病之前,在学校看到他第一次发作之前,他是嫉妒尼古拉,那是一种孩子的嫉妒:他梦想拥有许多短颈大口瓶装的彩色糖果,绿色盒盖的盒装饼干。他想尼古拉可以得到这些,而他自己很久才能得到一些很便宜的甜食。

"您听说他结婚了,有没有想过在某种意义上他买了安德妮或者说是他妈妈为他买下了安德妮?"

可能吧。托尼那时候有点瞧不起"雕塑",因为不相信她是因为爱情才结婚的。

仔细一想，托尼也同情过她。在孩提年代，他有时也吃不饱，但是他没有住过城堡，不需要装出高傲的样子。

他不知道他们的婚前约定是什么。但他知道每位母亲在嫁女儿之前都会提出条件。他们两家的房子几乎面对面。城堡位于教堂右边，在本堂神甫住宅旁边。广场另一边纳夫街的角落是德皮埃尔家的杂货店，背靠镇政府和学校。

他们穿着白色婚纱和礼服在教堂举行了一场隆重的婚礼，还在饭店办了宴会，人们至今对此还津津乐道。但是新婚夫妇没有去度蜜月，而是在商店上面从此属于他们的房间里过了新婚之夜。

德皮埃尔夫人独自一人住到面向花园的平房里，和儿子、儿媳的住处相隔二十来米。

刚开始的一段时间，大家看到两个女人都坐在柜台后面，但仍然是母亲做饭。当地一个穿着男人鞋子的老妇人每天过来打扫卫生。

所有人都在观察他们，人们马上注意到，德皮埃尔夫人和安德妮只会因为生意需要或迫不得已时才会说话。

到了吃饭时间，母亲回去准备饭菜。几个月之后，人们在商店和房子里都看不到她的影子，而她的儿子每天会穿过花园三到四次去拥抱她。

这是不是意味着安德妮已经掌控了整个局面？她是不是在结婚伊始时就决定，要一步一步排挤婆婆？

托尼和她在蓝色房间里约会了八次，从来没有好奇地问她这些问题。他不愿知道也不愿多想这个赤裸而狂热的安德妮的另一面。

他确实觉得这样他会很混乱，但他不知道怎么解决这个问题。安德妮在八月二日讲了几句话，托尼无知无觉地度过了这个后来被多次谈论的八月二日,他没有想到这一天将备受关注,还有那么多报纸专栏拿它做标题。

巴黎一家大报的记者发表了一句被其他同行争相转载的名言:

《疯狂的情人》
"你愿意和我过一辈子吗?"
他回答:"当然。"

他不否认自己说过这句话。是他自己向法官说起这段对话的。但重要的是说话时的语气。他说的时候不以为然。这句话不是真的。蓝色房间里的一切都不是真的。或者说那里只有一种其他地方没有、令人费解的事实。

他尝试向精神病医生解释清楚。当时比戈教授似乎明白了,但是过了一会儿之后,可能因为其他问题或其他原因,他又表示什么都不懂。

托尼如果打算和她一起生活,肯定不会说:"当然!"

他不知道怎么回答,所以用了这么一个词。安德妮明白,因为她坚持说:"你这么肯定?你不害怕吗?"

"怕什么?"

"你有没有想象过我们在一起的日子?"

"我们会习惯的。"

"习惯什么?"

这是真的吗?他真是这么对安德妮说的吗?她把这当作游戏,她也满足地张开着大腿。

"习惯我们两个人在一起。"

他们两人当时正是在床上，正是在蓝色房间里。房间里弥漫着一股疯狂的气息，就像记者说的，全都是他们的气味。

他们俩从没有一起在其他地方出现过，除了第一次。

"您如果不爱她，怎么解释……"

他们所说的"爱"指的是什么？比戈教授也许能给出解释，但那只是科学领域的解释。他刚结婚的女儿是如何爱丈夫的？

顶着乱糟糟头发的小法官蒂耶姆先生呢？他妻子刚刚生下第一个孩子，就像包括托尼在内的所有年轻父亲一样，他晚上得起床给孩子喂奶。他又是怎么爱妻子的呢？

他最好跟他们讲讲那些他还没讲述过的在莱萨布勒-多洛讷度过的时光，这样才能更好地回答他们的问题。

"您为什么选择去莱萨布勒而不是旺代或是布列塔尼的海滩呢？"

"因为我们结婚后第一年去了那里。"

"所以，您妻子可能认为那是一个圣地，认为您给这个地方寄予了相当多的感情？您这样做是不是想打消她的疑虑？"

他只能紧咬住嘴唇压制心中怒火，但于事无补。

跟他们讲一讲在海边的最后一天？早上……他眯着眼睛睡在太阳伞下面，时不时瞟眼看一下妻子，她坐在条纹扶手椅里，忙着打完手上的天蓝色套领线衫。

"你在想什么？"妻子问他。

"想你。"

"你想了些什么？"

"能遇见你真是我的运气。"

他只是将心中所想说出了一部分。他听到玛丽安娜在身后假装读图画书。他自言自语地说，十二年或十五年之后，她将会恋爱、结婚，她会离开他们和另一个男人一起生活。

总之是个陌生人,因为我们不可能在短短的几个月甚至是两三年的时间之内完全了解和认识那个人。

他和吉塞勒就是这样。他看着她严肃而又放松地织着毛衣。吉塞勒问托尼问题时,托尼刚好在思索她在想什么。

事实上,他不知道吉塞勒对他的看法,对自己的看法,怎么评价她自己的行为举止。

他们结婚七年了。他也曾尝试着设想他们以后的生活。他们会慢慢变老。玛丽安娜会变成一个年轻女孩。他们参加她的婚礼。有一天,她会向他们宣布她怀孕了,在产房,孩子的父亲将走在他们前面。

他和吉塞勒是从那个时候开始相爱的吧?他们需要一起生活很多年,积累了很多共同的回忆,才能互相了解吧?今天将成为他们共同回忆的一部分。

他们的思想可能会沿着这样的思路发展下去,一小会儿之后,他的妻子小声嘀咕道:

"玛丽安娜要念书了,我有种奇特的感觉。"

他是已经结了婚的人!

他们的女儿觉得在这里可以为所欲为,于是放肆地利用爸爸的耐心。那天下午更是如此。她不让爸爸有片刻的休息。

潮水退到远处,到了达不到的地方。他花了一个多小时时间给玛丽安娜建造了一个巨大的城堡,更确切地说是指挥玛丽安娜建造城堡,她总是要求更多的东西:护城河、水沟、吊桥。托尼想到了父亲的微型农庄。

"我们去找一些贝壳来铺院子和碟道。

"当心烈日。把你的帽子戴上。"

他们在集市给她买了一顶威尼斯贡多拉轻舟船夫的帽子。

吉塞勒不敢多嘴,只是说:

"不要把你爸爸累坏了!"

父女俩各拿一个水桶,从沙滩的一边走到另一边,低着头专心致志地在棕色的沙子里寻觅贝壳碎片,有时候不小心绊住躺在沙滩上、脚泡在海水里的人,有时候差点被球打到。

他是不是有种完成任务的感觉,为了请求她们原谅自己的弱点,为自己犯的错误赎罪?坦率说,他自己也不知道。他只知道,陪着时不时发出刺耳声音的女儿在阳光下散步,他觉得既甜蜜又感伤。

他既幸福又悲伤。并不是因为安德妮,也不是因为尼古拉。他记不起自己当时在想什么。他随口说了一句:所有的生活都是幸福并悲伤着。

他们在回去的路上听到娱乐场那边传来阵阵音乐声,眼前的路显得好漫长,特别是对刚学会走路的玛丽安娜来说,目的地显得好遥远。

"你累了吗?"

"有点。"

"你想要到我肩膀上来吗?"

她开心地笑了,露出牙齿间的缝隙。

"我太高了。"

她两三岁时,坐在爸爸肩膀上是她最喜欢玩的游戏。每天晚上,他都在房间里让她一直坐在自己的肩膀上。

她又说了一句:"人家会笑你的。"

他把女儿举起来,女儿抓着他的头,他把两只沙滩桶拿在手上。

"我不是很重吧?"

"不重。"

"我真的很轻吗？"

"谁跟你说的？"

"小罗兰。"

小罗兰是锻工的儿子。

"他比我小一岁，他有二十五斤。而我只有十九斤。在出发前他们给我在杂货店的磅秤上称的。"

"男孩总是比女孩重一些。"

"为什么？"

吉塞勒出神地看着他们走回来，可能有点感动。他把女儿放在沙子上。

"帮我放好这些贝壳。"

"玛丽安娜，你不觉得你有点过分了吗？你父亲是到这里休息的。他后天就要去上班了。"

"是他说要背我的。"

夫妻二人的眼神相遇了。

"这也是她假期的最后一天。"他轻声替女儿辩解道。

妻子没再说什么，她的眼睛里是感激的神情。

感激什么？感激他花十五天的时间来陪她们母女俩？

他当时觉得这是他该做的事。

第 四 章

他坐在预审法庭走廊长凳上等着,手腕上戴着手铐,旁边站着两个警察。几乎每次押解他的警察都不一样。

他不再觉得丢脸,也不再大发脾气。他看着人们从眼前走过,一些在其他门口等待的犯人和证人,还有一些穿着长袍的律师,律师挥舞着像翅膀一样的大衣袖。当有人向他投来好奇的目光或是转过身来看他,他不会因为烦躁而动来动去。

他上了法庭之后会有人过来给他解开手铐,法官示意看守出去。蒂耶姆法官对迟到或者被谁耽搁了道歉,然后拿出银色的烟盒。这成了一种传统,一个习惯。

这里就像在火车站和行政机关,装饰很陈旧了,但有一种让人难以置信的整洁。暗绿色的墙壁,黑色大理石壁炉上挂着一个黑色挂钟。挂钟可能已经挂在那里很多年了,指针指向十二点差五分。

法官马上说道:

"我觉得等会儿您不需要在这儿,特兰凯先生。"

长着棕色八字胡的书记官带着手上的工作走了,谁也不知道他将去哪里办公,但这也就意味着法官将要和他谈的话题不会那么严肃。

"我猜您明白我为什么问那些似乎和案子不相关的问题。可以这样说,我在努力建立一些基础,一份关于您个人的资料。"

他们听到城市的噪音,有人在街对面打开的窗户里做家务。托尼表示需要放松,法官并没有阻止他站起来。他可以来回走动,站到窗边看看外面的风景。

"我想,比如您可以说说自己每天是怎样工作的。"

"您也知道,我的工作每季每天都不一样。这要看展销会和市场的情况。"

托尼想到自己刚才用的是现在时态,露出一丝微笑纠正道:

"更确切地说我得看情况而定。方圆三十多公里内的展销会我都去,维里厄、安巴斯、希龙。您想要我全部列举出来吗?"

"没必要。"

"我早上出门很早,有时候五点就出发了。"

"您的妻子会帮您准备早餐吗?"

"她每次都坚持起床做早饭。不赶集的时候,我就去农场和客户见面,讲解如何使用或修理机器。我有时还要接待来库房的农民。"

"说说你平常的一天是怎么度过的。"

"吉塞勒六点钟起床,每天都是她最先起来。"

她悄无声息地下床,拿着橙红色晨衣走出房间,随后托尼就听到厨房里灯打开的声音,厨房就在他们卧室的下面。吉塞勒随后去花园给鸡和兔子喂食。

接近六点半时,他下楼了,稍微梳理一下那浓密头发然后去洗漱。

餐桌摆在厨房里,没有铺桌布,但覆盖了一层弗米加塑料贴面。他们两人面对面吃着早餐,此时玛丽安娜还在睡觉。他们让她睡到自然醒。

"她上学以后,我们七点钟叫醒她。"

"你们送她去吗?"

"只是在刚开始两三天送了。"

"您送吗?"

"我妻子,她刚好顺便去买东西。否则她得将近九点钟才能去村上的肉店或是熟肉店,还有杂货店……"

"德皮埃尔家的杂货店?"

"圣朱斯坦没有其他的杂货店。"

上午,人们总是会看到,在商店矮矮的天花板下,有六名女人在那边排着队边闲聊着。有一天,他忽然想到那个杂货店就像圣器室,他也不知道自己为什么想到了这个比喻。

"您的妻子从来不给您分配任务?"

"我去特里安特或者其他城市时,她会叫我买一些在村子里买不到的东西。"

他知道这些问题一定不那么简单,但是他还是非常坦率而且尽量详细地回答了。

"您没有去德皮埃尔家?"

"也许两个月去一次吧。比如,某天早上大扫除或者我妻子患了感冒。"

"您家一般在哪天大扫除?"

"星期六。"

就像许多其他家庭一样。星期一是洗衣服的日子,根据天气决定星期二或星期三是否洗床单。村子里有许多家庭都是这样,有些早晨所有的院子和花园里都飘满用别针别在晾衣绳上的床单。

"您是几点钟收到信的？"

"邮递员不会直接把信送到家里来。火车早上八点七分经过圣朱斯坦，邮包立即就被送到邮局。我们的房子在村子外面，所以邮递员从头到尾绕了一圈之后才到我们家，那时候已经到中午了。我宁愿自己去邮局取，但在那儿我经常得等工作人员把信件分拣好。他们在分拣好之前不会给我信的。"

"我们待会儿再详细谈这个。您走路去那里吗？"

"通常是。我只会在出村子办事时才开车。"

"两天一次？三天一次？"

"差不多是两天一次，除了冬天，因为冬天我出去得少一些。"

他最好解释一下工作、时节和耕作的周期。比如，他们从莱萨布勒回来时，正好是展销会的旺季。葡萄收获即将开始，然后是秋耕，他会非常劳累。

回来后第一个星期四，他绕过纳夫街，没有去看安德妮是否在窗户上放了毛巾。他已经和蒂耶姆法官说过这句话，那时候蒂耶姆法官坚持不懈地问：

"您已经决定不再见她了？"

"您不能用'决定'这个词。"

"您也可以通过其他途径获得有关她的消息。"

这一次，从开口的那一刻他就意识到自己犯了一个错误。但是太晚了。话已经说出口了。

"我没有收到有关她的消息。"

他并没有撒谎。他也不是有意要为安德妮撒谎，只是出于男人的忠诚和正直。

托尼记得审讯那天下雨，书记官特兰凯先生坐在桌子的另一端。

"您和妻子、女儿是八月十七日那天从莱萨布勒回来的。回来后的第一个星期四，您没有像往常一样去特里安特。您是害怕碰到安德妮·德皮埃尔吗？"

"可能吧。但是我没有说害怕这个词。"

"不讨论这个问题了。接下来的星期四，您在上午十点钟有个约会，约会的对象是农业合作社秘书费利西安·于洛。约会是在你弟弟家进行的。您和客户在那里吃了午餐，您根本没在市场露面就回到了圣朱斯坦。这一切都是为了避免和情妇见面？"

他回答不了这个问题。事实上，他不知道。他经历了几周的失眠和混乱，他不知道自己怎么了，也无法做出什么决定。

他能坦率地承认，是他感觉安德妮比前几个月离自己更远了，他每天回家回得更晚了，就好像不需要和妻子、女儿接触。

"九月四日……"

托尼努力回忆那天发生的事情。

"九月四日，您收到第一封信。"

他的脸一下子红了。

"我不知道您说的是哪封信。"

"在信封上，您的名字和地址都是粗体字。邮票上盖着特里安特的邮戳。"

"我不记得了。"

他继续撒谎，争辩说过去太久自己已经记不起来了。

"邮局局长布维耶先生还给这封信做了个备注。"

蒂耶姆拿出一份卷宗，读道：

"我对他说：托尼，这看起来像一封匿名信。寄匿名信的人都这样写名字和地址。

"您还想不起任何事情吗？"

他摇头，因为撒谎感到羞耻。他不太会撒谎，脸红了，眼睛直直地盯着前面的一个点，不让别人从他眼睛里看到不安。

那封信没有署名，但不是一封匿名信。内容很短，同样是粗体字。

一切都好。不要害怕。

"法尔科内先生，您瞧，我敢肯定那个给您写信并去特里安特寄信的人故意伪装字迹，但并不是因为怕您认出来而是怕邮局局长认出来。所以他肯定是圣朱斯坦人，是布维耶先生非常熟悉其字迹的一个人。第二周，又有一封一模一样的信寄给您。"

"'瞧啊！瞧啊！'邮局局长开玩笑地对您说道，'我很可能弄错了，但这里面很可能有个爱情故事哦。'"

第二封信和第一封一样短。

我忘不了你。我爱你。

他受的刺激太大，不敢再经过纳夫街。他去火车站都绕道而行，他经常去那儿接收机器零件的快件。

他几周都感觉透不过气来，时而奔走在市场和农场之间，时而穿着工作服在库房忙碌。

他比以前更频繁地穿过房子和库房之间的田野，发现吉塞勒正忙于择菜、用肥皂液洗厨房方砖或者打扫屋子。玛丽安娜在学校时，家里看起来更加空荡。女儿四点钟回来后，他觉得需要去厨房看看她们，她们两个人各自拿着一个果酱罐，面对面品尝着。

刚刚所说到的这些，大家之后还会再谈到，并且会不止一次地谈到。玛丽安娜只喜欢草莓果酱，而草莓会让母亲过敏出疹子，所以她更喜欢李子酱。

他们刚结婚时，托尼觉得吉塞勒的口味很独特，经常拿这个逗她。

她留着金发，脸蛋长长的，脸色苍白，人们总会不由自主地想到天使。

不过她只喜欢那些口味很重的食物，熏咸鲱、放了大蒜的非常酸的沙拉、发酵的奶酪。她在菜园里劳作时，托尼经常看到她大口大口地吃巨大的生洋葱。她不吃糖果，也从来不吃甜食。而托尼特别喜欢吃甜食。

人们还可以在他家发现其他一些反常的事情。他的父母都是善良的意大利人，他们把他和他弟弟抚养大，两兄弟都是天主教徒。他关于童年的记忆中充满管风琴的乐声，弥撒的结束曲。妇女和穿着丝质裙子的年轻女孩只会在星期天早晨搽面香粉和香水。

他熟悉镇上每一座房子和每一块石头。他还记得在从学校回来的路上，曾把脚伸在那块界石上系鞋带。但记忆最深刻的地方还是教堂，燃着蜡烛的祭台区后面有三面彩色玻璃窗。其他的玻璃窗是白色的。这三面窗户上刻着捐赠者的名字，右边的窗户上刻着德皮埃尔，那是尼古拉的爷爷或是太爷爷。

他仍然坚持星期天带着玛丽安娜去做弥撒，他妻子待在家里。她没有接受过洗礼。她的父亲自称无神论者。他一生中读过四五部左拉的小说。

"我只是一个工人，但是托尼，我告诉你，《萌芽》，你知道……"

他们过着和其他家庭完全不一样的生活，在其他家庭中，男人把妻子送到教堂门口后去最近的咖啡馆喝酒,等待弥撒结束。

"法尔科内先生,您敢不敢承认,十月份时,您期待着发生什么事?"

他当时没有什么具体的感受。就像生病之前的不舒服。十月份是多雨的季节。托尼从早到晚都得穿着系鞋带的高筒靴、骑马裤还有棕色的羊皮里上衣。

学校的生活让玛丽安娜非常兴奋,她吃饭时一直在说在学校发生的事情。

"您对第三封信也没有一点印象?显然布维耶先生记忆力比您好多了。他说,就像前几次一样,您是在一个星期五收到信的,大概在十月二十日左右。"

这封信最简短,也最令人不安。

很快了!我爱你。

"我猜您已经把这三封信和之后收到的信都烧掉了?"

没有。他把信都撕成碎片,扔进奥诺河。因为下雨,河水涨高了,浅褐色的河水裹挟着树枝、动物死尸和垃圾碎屑。

"根据我的经验,您肯定马上就会改变策略。在所有其他方面,您似乎回答得非常坦诚。我很惊讶您的律师竟然没有建议您对于这些信件应该采取同样的态度。但我大概能猜到您在十月底的精神状态。"

这根本不可能。他的精神状态随时都有变化。他尽力不去想那些信,他觉得吉塞勒正好奇地也可能担忧地观察着他。吉塞勒不再问他:

"你在想什么?"

她只是忧郁地说道:

"你不饿吗?"

他没有胃口。破晓时分,他去草地里采了三次蘑菇,草地把他们家和锻造厂分隔开来,锻造厂在最高处的一棵大樱桃树旁边。他卖出了几台拖拉机,其中两台卖给了维里厄农业合作社,他们把拖拉机租给小农场主。他们还订购了与拖拉机质量一样好的谷物割捆机,供明年夏天使用。

这真是个好年头,他将能够付一大笔房贷。

"我们来谈谈十月三十一日。您在那天做了些什么?"

"我去维尔莫瓦见了一位客户,那里离家有三十二公里,我花了很长一段时间检查一辆有故障的拖拉机。我最后还是没有找到故障出在哪儿,后来我在农场里吃午餐。"

"您回来时经过特里安特了吗?您去了您弟弟家吗?"

"我刚好顺路,我通常都会去那里和樊尚还有露西娅聊会儿天。"

"您没有把自己的害怕和担忧告诉他们吗?您有没有说自己的生活有可能——非常有可能发生重大改变?"

"什么改变?"

"我们待会儿再来谈这个。您回到家里吃晚餐。随后您看电视,电视机是两个星期之前安装的。我面前有一份您对司法便衣警察确认过的有关这件事情的报告。您和您妻子是同时上楼睡觉的吗?"

"当然。"

"您当时并不知道那天晚上,在离您家只有半公里的地方发生了什么?"

"我怎么可能知道?"

"法尔科内先生,您忘记了那些信。您不承认那些信,这我已经料到了。第二天是诸圣瞻礼节,您在大概十点钟时牵着女儿的手下楼朝教堂走去。"

"没错。"

"因此您从杂货店的正面经过。"

"百叶窗关上了,就像星期天或是节假日那样。"

"一楼的百叶窗也关着吗?"

"我没有抬头看。"

"您这么漠不关心似乎表明,您认为自己和安德妮·德皮埃尔之间的关系已经结束了?"

"是这样的。"

"或者可以这么说,您没有抬头看,是因为您已经知道了?"

"我不知道。"

"有几个人聚在商店前的人行道上。"

"每个周日,大弥撒之前或者之后都会有很多人聚集在广场上。"

"您是什么时候知道尼古拉的死讯的?"

"教堂讲道开始时。卢维特神父一登上讲道台就让信徒和他一起为尼古拉·德皮埃尔祈祷,愿他的灵魂得到安息。他是在半夜死去的,享年三十三岁。"

"听到这个消息,您当时有什么反应?"

"我非常震惊。"

"您是否注意到,神父讲完道之后,有几个人朝您转了过来?"

"我没注意。"

"我这里有马口铁器具制造商皮鲁的证词,他也是在法庭上宣过誓的乡村警察,他的证词可信。"

"可能吧。我不知道圣朱斯坦的居民们是怎么知道的。"

"知道什么?"

"知道我和安德妮的关系。"

"您从教堂出来了之后，一刻也没停留，也没有去您母亲的墓地。"

"我和妻子约定好了，我们下午去墓地。"

"在路上，你们最近的邻居，锻工迪迪埃遇到了你们，他还和你们一起走了一段路。他说：'这迟早有一天会发生的，但是我没有想到会来得这么快。一个有钱女人马上就要诞生啦！'"

"他可能说了吧。我记不起来了。"

"也许您太激动了，没听进去他那些话？"

该怎么回答呢？是的？不是？他无言以对。他觉得非常难受。他只记得玛丽安娜戴着羊毛手套的小手在自己的手心里，小雨又淅淅沥沥地下起来。

法官办公室的电话响了，审讯被这个长长的电话打断，电话涉及一个名叫马丁的珠宝商证人坚持不说出自己所知道的事情。

托尼猜电话的另一头是国家检察官，一个自以为了不起的人。他总共才见了托尼半个小时，但托尼非常害怕他。

蒂耶姆并不让他生畏。和他在一起的感觉完全不同。他们好像不需要花多大力气就能互相理解，甚至成为朋友，但他们不是朋友。

"法尔科内先生，很抱歉。"法官挂断电话之后小声说道。

"没关系。"

"我们讲到哪儿啦？啊！对，讲到您做完大弥撒回来。我猜您肯定把尼古拉去世的消息告诉您妻子了？"

"我女儿告诉她了。她一跨进大门，就松开我的手冲进厨房里。"

屋子里有星期天的气味，是烤肉。吉塞勒半蹲在打开的炉子前面，忙着往烤肉上浇汁。他们每个周日都会吃有丁香花蕾做调料的烤牛肉，配小豌豆和土豆泥。星期二吃蔬菜牛肉浓汤。

他那时并没有意识到这些饮食习惯多么令人心安。

"您还记得您女儿是怎么说的吗?"

"她很欢快地宣布:'妈妈!重大消息!尼古拉死了!'"

"您妻子有什么反应?"

"她转过来问我:'托尼,是真的吗?'"

他又撒谎了,目光避开法官。吉塞勒听完脸色苍白,手上的木汤勺差点掉到地上。其实托尼跟她一样混乱。好一会儿之后,吉塞勒只是低声自言自语道:

"我昨天上午还在他那儿买了东西……"

他可以把这句话复述给法官听。接下来的话没什么危险性,但他不愿在法官面前提及。玛丽安娜插了一句。

"我要去参加他的葬礼吗?"

"小孩子都不参加葬礼。"

"若塞特参加过。"

"因为他参加的是他祖母的葬礼。"

她跑到隔壁房间玩了,这时吉塞勒看都没看丈夫,说道:

"安德妮会怎么做呢?"

"我不知道。"

"你不应该去悼念一下吗?"

"今天不去。在举行葬礼的上午去。"

"不是应该在明天下午或今天下午举行吗?"

一整天,玛丽安娜都跟平时不太一样。

小个子法官又问道:"接下来的几天你都做了什么?"

"我差不多都不在家。"

"您没有试图去弄明白尼古拉是怎么死的吗?"

"我没有去村子里。"

"也没有去拿您的信吗?"

"我去了邮局,但没去更远的地方。"

蒂耶姆在查阅资料。

"杂货店在诸圣瞻礼节那天一直关着门,万灵节那天早上开了门。"

"这是村子里的惯例。"

"谁在柜台后面?"

"我不知道。"

"您妻子那天没有去德皮埃尔家买东西吗?"

"我记不清了。可能去了吧。"

"但是她什么也没跟您说?"

"没说。"

他还记得那天下着雨,大风摇着树。玛丽安娜闹了别扭,因为在这种恶劣的天气里,她不能到外面玩。

"我来告诉您杂货店发生的事情。一连好几天,尼古拉·德皮埃尔都表现得紧张不安、沉默寡言,这通常是他要发病的征兆。

"根据里凯医生的嘱咐,在此期间,他每天晚上都服用一片溴化物,这个医生已经跟我们证实过了。

"十月三十一日,他母亲大概在晚上八点时来看他,这时候夫妻二人吃完饭了,安德妮在洗碗,她在抱怨自己又感冒了。"

托尼对这个故事很熟悉,他已经听人说过。

"法尔科内先生,您知道吗,那天晚上非常例外,里凯医生竟然没有在圣朱斯坦,他直到第二天早上才回来,因为他去尼奥尔看一位生病的修女。"

"我不知道。"

"我猜他也给你们家看病。您知道他几乎从来都不离开圣朱斯坦，他也从来不去度假。前一天，快到中午时，他来杂货店看尼古拉，并告之他将要出门。"

医生的胡子乱糟糟的，他看上去像一只卷毛猎犬。他喜欢到火车站的咖啡馆喝酒玩牌。

"此外，您还需要知道，他没有去看德皮埃尔夫人的感冒。您知道我想说什么吗？凌晨三点，您的朋友安德妮打电话到里凯医生家，好像她不知道医生不在家。接电话的是医生的女佣，因为里凯夫人和她丈夫在一起。

"她穿着晨衣去花园的另一边叫醒婆婆，而不是打电话给特里安特的医生，两个女人来到房间时，尼古拉已经死了。"

托尼听得浑身不自在，不知道该采取什么态度。

"德皮埃尔夫人觉得实在太晚了，所以认为就算请村里其他医生过来也没有用，所以一直到第二天早上十一点钟，里凯医生才赶到尼古拉床边。

"尽管尼古拉有病史，但是里凯医生几乎没有检查就签署了埋葬证。后来，他列出了医学理由，确实，在那种情况下百分之九十的医生都会那么做。

"但从第二天开始村子里就谣言四起。您什么也不知道吗？"

"不知道。"

这次他说的是实话。很久之后，他很惊愕地得知，在那时，在圣朱斯坦，人们把他的名字和安德妮联系到一起了。

"法尔科内先生，您比我更了解乡村。这些谣言很少能传到利害关系者的耳朵里，也几乎不可能传到警察和行政机关那里去。对此您不应该感到好奇。

"让大家对警察说话需要好几个月,需要发生一些新的事情。司法便衣警察玛尼和我一开始很难收集到真实的证词。

"我们孜孜不倦地努力,最终还是做到了。这份厚厚的卷宗已经交给您的律师了。德马里应该已经和您谈过了。"

托尼点了点头。事实上,他没明白。在十一个月中,安德妮和他采取了他们能想象得到的一切措施,避免被怀疑。

托尼尽可能不去杂货店,不得不去的时候,他只会找尼古拉而不是安德妮。如果在特里安特的市场上,他在人群中遇到安德妮,他也只是随便用手势打个招呼。

除了九月在路边上那一次,他们只在蓝色房间约会,他们分开到达,各自从不同的门进去,两个人都把车停在离旅馆很远的地方。

他相信弟弟和弟媳都没说。他也非常相信弗朗索瓦会帮他严守秘密。

"大家把你和安德妮联系起来,在葬礼上所有人都观察着您,并且同情地看着您妻子。"

他感受到了,并且觉得非常害怕。

"很难知道这些流言是怎么产生的,但流言一旦开始传播,就不可阻挡。大家悄悄议论尼古拉死得正是时候,这下他妻子应该轻松了。

"然后有人指出那晚医生不在,对于一个极其渴望从杂货店里解脱出来的人来说,这真的是一个绝好的巧合,这样她就可以让人相信尼古拉只是死于痢疾发作。

"更早的时候,尼古拉仍在世的时候,里凯医生可能还下了另外一个诊断。"

这一切都是真的。他无可辩驳。

"人们同时还注意到在葬礼上您一直站在最后面,就好像要跟您的情妇尽可能拉开距离,您的行为在任何一个人看来都是一种计谋。"

托尼用毛巾擦了擦脸,因为他在流汗。原来在之前的几个月中,别人一直在监视他,圣朱斯坦的每个人都知道他是安德妮的情人,每个人都在寻思着将会发生什么,而他自己对这些竟然毫无察觉。

"法尔科内先生,老实说,您认为您妻子比别人知道得更少吗?她没有像其他人一样料到一些事情吗?"

他无力地摇了摇头,因为他自己没有把握。

"猜想一下,假如她知道您和安德妮的关系,她会跟您说吗?"

"可能不会。"

当然不会,那不是她的性格。证据就是她知道托尼其他的一些风流韵事,但从来没提过。

他不愿意再次回忆那个冬天的事情,当时他有一种从未有过的感觉,他感受到自己是属于她们的,他们三个人是一个整体,他们之间有一种动物般的亲密关系,就好像他和妻子、女儿三人隐藏在一处洞穴里。

屋子里的气氛,还有他们本来选择的那么欢快的装潢的颜色,都变得如此暗淡压抑。当因为生意上的事情而要出门,他只能无奈地从家里出来,因为他意识到在他不在家时可能有危险、不好的事情会发生。

"法尔科内先生,您整个冬天都没再见到您的情妇?"

"我可能远远地见过吧。我保证我没跟她说过一次话。"

"您没有再去您弟弟家和她约会?"

"没有。"

"她不是好几次发出暗号吗?"

"我只看到过一次。星期四一般我会绕过纳夫街。"

"因此你是在某个星期四看到的。几月份?"

"十二月初。在我去火车站的时候,我走了一条最近的路。我惊讶地看到窗户上挂了一条毛巾,我不知道是不是她挂的。"

"您那天没去特里安特吗?"

"没去。"

"您看到一辆 2CV 汽车经过吗?"

"在去的路上没看到。在她回来时看到了。我那时正在办公室,我听到两三声汽车的喇叭声,安德妮好像是故意按给我听的。"

"您弟弟有没有告诉您她去那里了?"

"说了。"

"他告诉您她直接去了蓝色房间,据弗朗索瓦说,她在那里脱光了衣服,在床上等了您半个多小时?"

"是的。"

"她让弗朗索瓦向您转达什么话?"

"告诉我,我们必须得谈一下。"

"弗朗索瓦有没有跟您描述在等了半个多小时之后安德妮的状态?"

"她跟我说安德妮让她感到害怕。"

"为什么?"

"她没有跟我解释。"

"您有没有和您弟弟谈一谈这件事?"

"谈了。他建议我不要管。他就是这么说的。我回答他我已经很长时间没理她了。他反驳道:'可能对于你来说已经结束了。但是对于她来说还没有。'"

雨天一直持续到十二月中,雨水把低处的草都淹没了,随后一场大寒潮来临,在十二月二十日或二十一日,下雪了。玛丽安娜按捺不住喜悦之情,每天早上都冲到窗前确认雪还没有融化。

"我真想让雪一直保持到圣诞节啊!"

她还没有度过白色圣诞节。前几年,圣诞节期间要么是下雨天要么是冰冻天。

现在她长大了,就像她骄傲地说,自从她上学以来,她帮助爸爸装饰圣诞树,在马槽周围摆上石膏做的羊和牧羊犬。

"您试图忘记德皮埃尔家发生的所有事情?"

"通过我妻子,我知道他母亲重回到商店,但是两个女人还是一直都不说话。"

"难道你没听说她上诉了吗?"

"我在一个咖啡馆听到人们在谈论这个。"

他的职业使他不得不经常出入村子里的小咖啡馆,这种咖啡馆大都光线暗淡,人们一动不动地在那待上几个小时,一边喝着酒,一边交谈,声音越来越大。圣朱斯坦总共有六家咖啡馆,其中三家只有开展销会时才有人光顾。

"您也预料到她们会去法庭吗?"

"法官先生,我向您保证,我没关注这事。"

"那您还是知道这个情况吧?"

他当然知道,所有人都在谈论这件事。老德皮埃尔夫人老奸巨猾,不过大家不希望她得逞。不管怎么样,安德妮即将成功。

"您不知道这是不是真的?"

"我怎么会知道?"

"在你们交往的十一个月中,您的情妇没有告诉您她是共同财产拥有人之一吗?"

"我们从来没提过她的婚姻。"

事实上他们谈起过几次,他们更愿意避开这个话题。但蒂耶姆法官不止一次谈到他们在蓝色房间的最后一个星期四。

"然而您提到了你们两个人的将来。"

"那是一些没有条理的话,我们都没有当真。"

"安德妮也没当真吗?您确定吗?请允许我提醒您一下,在她丈夫死前两个月,她就已经在考虑这件事了。"

他正要辩解,蒂耶姆继续说道:

"她也许没用很确切的词。她用她将要自由这句话来试探您的态度,这时候她已经在暗指尼古拉快要死了。"

他全身紧张起来,伸了伸手和脚,瞪大眼睛,不想错过任何一句话。他想到自己不能反抗,只能默默地听着,觉得这是一种耻辱。他讨厌那个站在镜子前的托尼,那个托尼擦拭着嘴唇上的血,以赤裸地站在阳光下而自豪,以有人欣赏他美好的躯体而洋洋自得,因为看到自己的精液从一个女人的阴部流出来而高兴。

"你想要和我过一辈子吗?"

一小会儿之后:

"你还在流血?"

安德妮咬了他,为他回家不得不在女儿妻子面前展示他们作乐之后的痕迹而感到得意!

"如果她问你你会怎么回答?"

这里的她,说的就是吉塞勒。托尼轻描淡写地回答,好像她一点也不重要。

"我会跟她说我撞上了挡风玻璃,因为,比如太突然刹车。"

他感觉那么好,这句话已成为一种背叛。当玛丽安娜而不是吉塞勒问到他为何嘴唇肿了,他换了一种解释,他说的不是挡风玻璃,而是柱子。

"你想要和我过一辈子吗?"

如果火车没有鸣响仿佛警告的汽笛,那她低声说出的话,会产生什么结果呢?

"托尼,告诉我。假如我自由了……"

他开始讨厌这些话了!

"你也去争取自由吧?"

他能向法官承认这些话在他耳朵里嗡嗡作响了整个冬天,当他们在玻璃都蒙上水汽的厨房吃饭时,甚至当他女儿在圣诞树下发现玩具时,这些话仍在脑海里回荡吗?

蒂耶姆无情地继续说道:"纳夫街的杂货店,房子,农场,拉吉伯特村如今差不多等于是这两个女人的,安德妮·德皮埃尔为得到她那部分遗产,有权要求将所有的财产公开拍卖。"

他尽量不去打破这长时间的沉默。

"问题主要在圣朱斯坦人,不是吗?"

"我觉得是的。"

"人们肯定会想到,老德皮埃尔夫人肯定不会眼睁睁地看着自己的一部分财产落入陌生人手中。难道这不是她又回到商店坐在她讨厌的不愿意跟她说话的儿媳旁边的原因吗?决定权在安德妮手上。而安德妮作出什么决定又取决于您……"

他不可抑制地跳起来,张开嘴想要来驳斥这些流言蜚语。

"我只是重复一遍流言蜚语。他们在观察您,并猜测您会站在哪一边。老德皮埃尔夫人是村子里的人,与村子已经融为一体,即使人们责怪她吝啬无情。

"相反,大家从来都不喜欢安德妮自以为是的样子,大家只是看在她父亲的面子上才忍受着她。

"而您呢,您是个外国人,又离开小时候居住的地方十年,人们在猜测您回来的原因。"

"您到底想说什么?"

"没什么具体的。大家已经公开打赌了。许多人预测安德妮不管如何都会借助法律卖掉财产,一旦钱财到手了,她将会和您一起离开圣朱斯坦。

"人们最同情的人是您妻子,尽管她和镇上的人关系一般。您知道有些人是怎么叫她的吗?一个含辛茹苦的温柔小妇人。"

蒂耶姆微笑着把食指放在一个案宗上。

"今天我跟您重复的所有话,都能在这里找到,白纸黑字。它们最终会透露出真相。您的律师有份一样的材料,我也对他说了同样的话。他可能会参加审判。他希望您能敞开心扉,您也同意了。"

"是的。"

"我知道。但我还不明白为什么。"

还有什么好解释的,他想要坦白时,铁丝网后面的神甫没有使他不自在,但第三个人的在场使他不舒服。蒂耶姆装作很惊讶,其实他已经很了解托尼了,问到棘手、私人的问题时,他会叫书记官离开。

"法尔科内先生,现在我们继续谈十二月末和一月二十的那两封信怎么样?"

第 五 章

他的律师也坚持让他谈一下那些信。

"为什么在这个问题上您不像对待其他问题那样坦白?您肯定收到了这些信。不可能是圣朱斯坦邮局局长自己造出这些信的吧?"

他就像一个撒谎的小孩那样,傲慢地坚持自己的谎言:

"我不知道你们说的是什么。"

但他不是傲慢,可能是对蓝色房间保留最后一点忠诚。他从来没有打算娶安德妮。即使他们两人都自由了,即使他们两人都没有结婚,他也不会考虑娶安德妮为妻。

为什么,他自己也不知道。

比戈教授说道:"您是否承认她的热情让您感到害怕。九月在小树林旁边的那个晚上,您发现那个您称作冷静高傲的雕塑能转变成一个奔放狂热的女人,这可能给您产生了一种冲击。"

"我确实很惊讶。"

"可能也有满足。因为从一些事情看来，她好像非常真诚地想要表明，从上小学以来她就一直爱着您。"

"我觉得我有点责任。"

"对这种热情负责？"

"不是这个意思。似乎我欠了她什么东西。很抱歉打一个不恰当的比方。当一只走失的猫发出哀求的叫声缠着您，然后它不再离开您家的大门了，您会觉得应该对接下来要发生的事情负责。"

比戈教授似乎懂了。这次谈话发生在托尼进监狱的第二或第三星期。警方第一次把他从监狱带到法院时格外小心，因为记者、摄影师和好奇者聚集在大楼梯上观察着他。

他准备上囚车时，监狱长冲了出来，因为检察院那边打来电话提醒可能会有危险，于是他又被带回到单人牢房待了将近一小时。

他第二次被带去法院时，押解他的不是狱警，而是司法便衣警察玛尼和另一名便衣警察。囚车不是停在监狱的院子里，因为为了骗过群众，他已经和另外两个犯人一起被从监狱后门送了出来。

那辆没有什么明显标志的车辆停在法院后面一个小门旁。

两周以来都是这样执行的。被报刊新闻激起的群众对他大发雷霆，威胁要将他处死。

现在两个月过去了，巴黎和大城市的大部分记者都回去了，委托当地记者和通讯社追踪事态发展。

他在杂志和电视新闻里看到一些被警察保护的被告穿过人群向法院和监狱的大门猛冲过去，同时尽力把脸藏起来。

现在他就扮演着这样的角色，只是他的脸没有遮住。像其他人一样，他是否也有那种不明白自己为何已经不属于人类的眼神呢？

他尽量保持冷静。他在预审法庭没有受到围堵。他尽量好好回答，保持良好的修养，表现得特别真诚和清晰，除了涉及信件时。他确信如果他在这个问题上让步，他将卷入一场无止境的错综复杂的风波中。

他在新年前夜收到十二月的那封信，那时冰冻的雪在脚下发出噼啪的响声。大家互相问候：

"新年好！"

"祝你幸福。"

天空明亮，空气干燥、新鲜。孩子们在纳夫街中央开辟一条冰道，轮流冲锋玩耍。邮局局长在给他信时没有说任何话，托尼已经习惯从邮局的角落穿过。

祝我们新年好！

他感觉胸口遭到一阵冲击，一阵抽紧，比任何其他时候都更强烈。他从这种信号里预感到一种深奥莫测的威胁。显然，那些词是故意用的，他想要尽力将它们阐释出来。这个"我们"难道没有揭露出安德妮的内心深处吗？

他把这封年末的信烧毁了，因为奥诺河上覆满薄冰。

第二天早上，他们三个人去给老安杰洛送新年祝贺。他父亲不看玛丽安娜，也不说话。托尼觉得自己知道为什么。玛丽安娜让他想起他自己死去的女儿和妻子。

和往年一样，他们下午去弟弟家，弟弟一家得守着还在营业的旅店和咖啡馆。

清晨很早的时候，他看到妻子一个人在厨房里。他把妻子抱在胸前，让她的头靠在自己肩膀上好一会儿。

"吉塞勒，新年好。"

她有没有感受到他比以往更加热情呢？妻子是否明白他在担心，是否知道接下来会是幸福的一年呢？

"托尼,新年快乐。"

她随后微笑地看着托尼,但是她的微笑从来都只是浮在嘴角的淡淡一笑。托尼感到高兴,但更忧郁。

自从玛丽安娜上学以来,他和妻子每天中午都是两个人面对面吃饭。有很多小孩来自几公里以外的遥远的农场,他们没有时间回家吃午饭。小学办了一个食堂,玛丽安娜非常喜欢学校,她央求父母让自己留在学校吃饭。

"我敢保证,她明年肯定会改变主意。"

坐在吉塞勒面前而不让她看出自己的心事,对托尼而言一直是一件轻而易举的事情。但他们该谈论什么呢?两个人都害怕沉默,他们觉得突然被空虚压抑得喘不过气来时,就会随便聊几句,嘴里蹦出几个毫不重要的词。

最后一封信使事情变得更严重了。这封信差不多是安德妮给出的一个命令,同时是一个提醒,安德妮把这个提醒当作一个承诺。这封信只有三个字,但字体大得覆盖了整张纸。

到你了!

他像往常一样在邮局打开信封。办公桌上有紫色的墨水,一支断掉的羽毛笔,一些电报纸和汇票。他不知道自己随后的反应如何,可能很糟糕,因为布维耶先生在窗口后面关切地问他:

"托尼,坏消息吗?"

邮局局长可能是这样对预审法庭说的:

"我从来没有看到他那样。就好像收到了死刑判决书。他并没有回答我,但是盯着我,我也不确定他是不是在看我,然后他冲向外面,并未关门。"

幸亏他开了车,因为那天他打算去拜访农场。他径直朝前行驶,眼神冷酷,抛开了那些在等他的客户。他漫无方向地开着车,不顾一切地想要准确地理解这三个字,他觉得自己上当了。

安德妮确实想说:

"到你了!"

"当我想起因为你的过错而浪费了那么多年的时光。"

她不打算继续浪费时间了。现在她占有了托尼,终于实现了自己童年和少女时期的梦想。

如果有什么人分散了她的注意力,她还会等托尼那么久吗?

精神病医生似乎相信这一点。也许他遇到过类似例子。

她的意思可以归结为短短的两句话:

"我完成了我的部分。现在该轮到你完成你的那部分了。"

不然呢?这句话的弦外之音太明显了。他当初并没有反对她在他身后说的那句话:

"托尼,告诉我。假如我自由了……"

她自由两个月了,托尼不愿意知道她后来的状况。自由并富有。不用考虑任何人,她有权安排自己未来的生活。

"你也去争取自由吧?"

他没有回答。难道她不知道,他故意避而不答的吗?当然,当时还有刺耳的噪声,火车头发出的轰隆声。安德妮可能想象他说了是或者赞同地点了头。

到你了!

她没有想过托尼会拒绝,她希望托尼采取什么措施呢?

希望他离婚?希望他对吉塞勒坦白自己的想法……

这真是难以想象。他对妻子没有任何不满。他在深知其底细的情况下选择了吉塞勒。他十分确定自己想要娶的不是狂乱的情妇,而是像吉塞勒那样的女人。吉塞勒的谦让没有让他不快。

两个人不可能赤身裸体地在床上、在一个摇曳着阳光的房间里过一生啊。

吉塞勒是他的伴侣,是玛丽安娜的母亲。她早上第一个起床打开灯,让家里保持干净舒适,他回家时什么也不问。

他们将一起变老,两个人会越来越亲近,因为他们会有更多的共同记忆。托尼会想象以后他们年老时,两人的对话。

"你还记得你那时候的激情吗?"

谁知道呢?随着年龄增长,吉塞勒的微笑会越来越成熟,她会完全舒展开嘴唇。他满意而又有点难为情地回答:

"这个词用得太夸张了。"

"你不记得了吗?当你从特里安特回来的时候。"

"我那时候太年轻了。"

"幸亏那时我已经非常了解你。我非常信任你,尽管有时候我忍不住感到害怕。特别是在尼古拉死了之后。她突然获得自由了。"

"她想要……"

"想要让你离婚?其实我问过自己她是不是比我更爱你。"

他们在黄昏中手拉着手。因为他想象这个场景发生在自己家门口,发生在夏天日落时分。

"我同情她。从那时候起,我同情了她好一阵子。"

而她太过急切地要求托尼和吉塞勒做个了断!

到你了!

他不停地想这三个字,这三个字简直就是脑袋里的一场灾难。安德妮没有离婚。尼古拉死了。在杂货店上面的房间里,尼古拉临终时只有她一个人在场。她在等待尼古拉断气,然后走到花园深处通知婆婆。

那么她确实想要他离婚吗?

到你了!

他开着车行驶在不认识的道路上,疯狂地尖叫:

"到你了!到你了!到你了!到你了!"

他能用什么方法来驱逐这个噩梦呢?去安德妮家找她吗?坚定地告诉她:

"我永远都不会离开妻子,我爱她。"

"那我呢?"

他敢不敢回答:

"我不爱你。"

"但是……"

她能够直接击中托尼的心灵深处,并用眼神向他提出挑战:

"但是,你让我杀了尼古拉。"

托尼得知消息后立即就怀疑是她做的。吉塞勒也是。镇上大部分居民也是。但那只是个猜想。大家不知道真正发生了什么。可能她只是并未施救,任由尼古拉死去。

尼古拉活着没有任何意义。

"安德妮,你知道……"

他甚至无法带着家人离开圣朱斯坦。他还没有付清房子、库房和设备的钱。他刚刚获得成功,刚刚让家人过上舒适的生活。

所有的胡思乱想都不可靠，不明智。他最后决定在一家旅馆前停下来去喝一杯。人们知道他很少喝酒，服务他的那位女士一边留意着坐在地上的婴儿一边担忧地看着他。将来她也要作证。

乡下人的沉默没有让司法便衣警察玛尼气馁，他一再走访。

"您想要我读一下邮局局长关于最后一封信的证词吗？"

"没有必要。"

"您一直声称他撒谎，是他捏造了'没关门'这个细节吗？"

"我不是这个意思。"

"那天早上约好跟您会面的小农场主打电话到您家确认您是不是迟到了，或是不来了。您的妻子回答说您已经在路上了。是这样吗？"

"可能吧。"

"您去哪里了？"

"我不记得了。"

"您的记忆力一向很好。您在四风旅馆没有喝啤酒或葡萄酒，您喝的是烧酒。您很少喝烧酒。您总共喝了四杯，一杯接一杯地喝下去，然后您看着柜台后面的时钟，似乎非常惊讶已经到中午了……"

他开得非常快，为的是赶回家吃午饭。吉塞勒知道他喝了酒。有时候托尼会抱怨吉塞勒。难道因为他娶了吉塞勒，她就有权力观察他吗？他受够了被窥视！吉塞勒什么也没说，如果她责备他，情况肯定会变得更糟糕。

他是自由的！他是一个自由人！不管妻子是否开心，他都是一家之主。是他养活她们，是他辛苦工作，把她们从中下等的生活水平中解放出来。他可是负责人！

她保持沉默，坐在桌子另一端的托尼也沉默不语。有时托尼会偷偷地看她一眼，但看完后又有点不好意思，因为从内心深处他知道自己错了。他不应该喝酒。

"你知道，这不是我的错。和客户一起，我无法拒绝。"

"布拉布瓦打电话来了。"

为什么非得撒谎呢？这让他觉得受到了羞辱，他内心充满仇恨。

"我没有时间去他的农场，因为我在另外的地方被留住了。"

到你了！到你了！到你了！

吉塞勒就在那儿，就在他面前，在吃着他不知道是什么的东西。她尽量不去看托尼，因为她感觉到托尼很暴躁。

安德妮打算对她做什么呢？杀了她？

好吧！他总算到了。他终于敢直视那些在脑子里翻腾了很久的想法。教授问问题时太谨慎，像螺旋钻一样一点一点向前深入，托尼当然会顺利到达这一点。

当然，他没有全部说出来。尽管证据确凿，他继续否认那些信件。

那一天，就是收到最后一封信的那天，他喝了四杯烧酒。六十五度的本地烧酒灌下去，他感觉喉咙烧着了。他在和妻子吃饭时问自己：

安德妮要求他杀了吉塞勒？

没有任何过渡，醉意突然变成多愁善感。他是有罪的。他感觉自己需要请求宽恕。他从桌子上把手伸过去，想要抓住妻子的手。

"听着！不要怨恨我。我只是有点醉了。"

"你吃了饭之后休息一会儿吧。"

"你很伤心吗？"

"没有啊。"

"我知道我肯定让你心痛了。我做了不应该做的事。"

直觉警告他，他正在一个危险的领域里冒险。

"吉塞勒，你恨我吗？"

"恨你什么?"

"你肯定因为我而忧虑不安,承认吧。"

"我更希望看到你幸福的样子。"

"那么你觉得我现在不幸福?是这样吗?我还缺少什么?我有世界上最好的妻子,一个长得像她而且我很爱的女儿,一所漂亮的房子,我的生意蒸蒸日上。我为什么不幸福呢,说啊?好吧!有时候我确实有些烦恼。对于一个出生在布瓦塞勒既没有电也没有水的破旧简陋小屋的人来说,创业可不像人们想象的那么容易。想一想自从我和你在普瓦捷相遇的那天开始我走过的那些路。我那时还只是个工人。"

他说着说着就振奋激昂起来。

"吉塞勒,我是全世界最幸福的人,如果有人说我不是,替我告诉他,他在撒谎。世界上最幸福的人,你听到了吗?"

眼泪从托尼的眼睛里涌出来,他马上就要哭出来了。他冲向二楼,跑到洗手间,把自己关在里面。

吉塞勒没有再和他说话。

"法尔科内先生,很抱歉,我要再问您一次。这将是最后一次。您收到那些信了吗?"

托尼摇着头,好像他除了否认无法说其他话。蒂耶姆已经料到了,他转向书记官。

"请您去把德皮埃尔夫人找过来。"

托尼浑身颤抖,但从外表看不出来。不管怎么样,他不会表现出法官期待的那种激动。对于圣朱斯坦所有的人来说,德皮埃尔夫人代指尼古拉的母亲,而不是他的妻子,没有人会称他妻子为德皮埃尔夫人。安德妮是儿媳,而对于年长者来说,她只是福尔米尔的女儿。

他在想老杂货店主的证词会如何使信件的事情变得明朗。一想到要面对她,托尼就很不舒服,但除了不舒服也没有其他感受。他不由自主地站起来。他站在那儿等着,将半个身子转向门的方向。

突然,门打开了,站在他对面的竟然是安德妮。一个高大肥胖、看上去乐天随和的人,还有一个警察跟着她。但是托尼只看到了她,她的脸很白,她身上穿的黑裙子把她衬得更白。

安德妮也盯着他,表情很平静,似有似无的微笑让脸部轮廓变柔软了。大家都觉得她平静地占有了托尼,把他拉入了自己所在的阵营。

"托尼,你好。"

她的声音从喉咙里发出来,有点嘶哑,但是挺动听的。托尼没有回答:

"安德妮,你好。"

他不能。他也不想。他不自然地用头向她打了一下招呼,一边朝蒂耶姆转过去,好像在寻求他的保护。

"把她的手铐松开。"

她把手腕伸向警察,她一直保持着微笑。大家听到两声松扣的声音,托尼对这声音很熟悉。

尼古拉死了之后,托尼在圣朱斯坦见过她几次,托尼注意到她没有戴孝。在监狱里,她的脸变得臃肿,胖胖的身体被衣服紧紧裹着。这是托尼第一次看到她穿黑色长筒袜。

看守出去了,人群中有一些骚动。所有人都站在一个狭小的小厅里,太阳火辣辣地照着大家。书记官首先在桌子尽头一堆文件前重新坐下来,安德妮高大肥胖的律师突然惊讶地说道:

"我的同行德马里不在这里吗?"

"法尔科内先生不希望他在场,但他也可能在今天这场对质中改变主意。如果法尔科内先生改变主意,我不用到处找德马里,因为他告诉我他六点前会待在法院。法尔科内先生,您是怎么决定的?"

他吓了一跳。

"您想要我帮您叫您的律师吗?"

"为什么?"

于是蒂耶姆法官和律师卡帕德走到窗边低声开始了一段专业谈话。托尼和安德妮一直站着,他们两人之间相距一米。他几乎能碰到安德妮。安德妮一直盯着他,那眼神就像一个小孩收到一件意想不到的玩具后那般惊喜。

"托尼……"

安德妮几乎是在自言自语。只有嘴唇在动着,念出他的名字。托尼尽量看着其他地方,法官和律师的谈论结束,他才松了一口气。法官叫人拿了一把椅子给这个年轻女人。

"您请坐。法尔科内先生,您也坐。审查官这里还有一把椅子。"

所有人都坐下来,他在一堆文件中搜寻着,拿出一个被一块黑漆布捆起来的小记事本,这种本子杂货店里有卖。

"德皮埃尔夫人,您认识这个东西吗?"

"我已经告诉您了,我认识。"

"是的。我不得不再次问您一些最近问过的问题,我想提醒您,您的回答已经写进记录本了,也许您会修正之前的声明。"

托尼表现得更正式,几乎有点夸张,可能是因为律师在场。

法官翻开记事本,他小声说道:

"我们在这些纸张上发现了买东西、看牙医和去裁缝店的备忘。这是去年的一个记事本,您和法尔科内·托尼先生约会的日子都用线条标记了。"

托尼没有料到这个记事本将起到重要的作用，也没想到如果他早点知道里面的内容，他本可以避免至少一项指控。

"我最后一次问您，这些圆圈是什么意思？我发现每个月都有。"

"我已经告诉过您，我也记录了我来例假的日子。"

她说这句话时丝毫没有故作腼腆。几个星期之前，他们也问了托尼一些同样私密的问题。

"圣朱斯坦的所有人都知道，"蒂耶姆对托尼说，"尼古拉没有生育能力，甚至是性无能。他们结婚八年了，他妻子还没有怀上小孩。此外里凯医生也确认，尼古拉非常有可能患有不孕不育的病。您知道这些吗？"

"我听别人说过。"

"好！您现在回忆一下您之前跟我详尽叙述的八月二日你们在旅行者旅馆，您说的蓝色房间约会时的情况。我得说您在和情妇做爱时没有采取任何避孕措施。"

托尼没回答，法官继续说道：

"您和您妻子之外的其他女人做爱时从来不采取避孕措施吗？"

"我不知道。"

"您还记得一位叫让娜的女孩吗？她是您一个农民客户的女儿。司法便衣警察玛尼询问过她，他向她承诺不会把她的名字记在卷宗上，也不会在公审时读出她的名字。您和她有过三次性行为。你们第一次做爱时，她看上去很害怕，您在她耳边轻声说道："

"'不要害怕。我会及时抽出来的。'"

"因此我得出您有这个习惯。如果您否认，我可以去调查其他和您有过性关系的女人。"

"我不否认。"

"那么请告诉我,为什么和安德妮·德皮埃尔,只和她一个人,您不采取这种基本的避孕措施?"

"是她……"

"她要求的吗?"

不是,但他第一次试图挣脱安德妮的拥抱时,安德妮拉住了他。他很惊讶,差点问她:

"你不害怕吗?"

在萨雷勒树林边上,他想安德妮回家后会采取必要的措施。之后在旅行者旅馆,他发现安德妮什么措施也没做。

他没有一下子就明白法官的这个问题与对他的指控有什么关系,不过他很快就明白了。

"因此你们决定不管发生什么事情,都要团结在一起,难道你们不是这样做的吗?法尔科内先生,您不害怕安德妮怀孕,难道不是因为怀孕并不可怕,怀孕只会让您加快脚步吗?"

这次审讯让托尼非常吃惊,他在想法官是不是一辈子都没有过情妇。

但蒂耶姆似乎不想继续问关于避孕的问题。

"在九月一日的日期上,我看到数字'一'后面画了一个十字架。您能不能告诉我这意味着什么?"

"这是我第一封信的日期。"

"您愿意说得再详细一点吗?您那天写信给谁?"

"当然是给托尼。"

"为什么要给他写信?"

"自从我丈夫八月二日坐火车到特里安特,我知道他有些怀疑,所以我不敢再去樊尚家的旅馆了。"

"因此您没有再发出约定的暗号?"

"是的。托尼看到尼古拉出现在火车站广场后非常震惊。我不想他一边想着事情很严重一边在那儿苦苦等待。"

"您这些话是什么意思?"

"我猜他可能以为我和尼古拉发生了激烈冲突,我丈夫把事情告诉了他母亲。他们联手对付我?不过,我最终给了他们一个我为什么会出现在酒店的一个堂而皇之的理由。"

"您还记得自己写了什么吗?"

"当然。一切都好。我还加了一句:不要害怕。"

蒂耶姆转过来面对着他。

"法尔科内先生,您还要否认吗?"

安德妮惊讶地盯着他。

"你为什么不承认?你收到我的信了啊。"

托尼实在不明白,他在心里问自己,安德妮真的这么无知?也许她真的察觉不到这是别人设的陷阱,就等着她往里面跳。

"我们继续。可能你们待会儿可以交流一下想法。九月二十五日,第二个十字架,这是不是表示你写了第二封信呢?"

她不需要在记忆中搜寻。她都记得,就像托尼永远忘不了八月二日下午他们在蓝色房间的对话。

"这封信不仅仅是问候:我忘不了。我爱你。"

"注意,根据您上次的回忆,您没有写:'我忘不了你。'"

"是的。我写的是我忘不了。"

"您忘不了什么?"

"一切。我们的爱情。我们的誓言。"

"十月十日,也就是在您丈夫死前二十天。在前一次审讯中,您提供了第三封信的内容：很快！我爱你。您这个'很快'是什么意思？"

她一直很镇定，在用眼神叫托尼放心之后，她回答道：

"我们想确定下一次约会。"

"为什么？"

"我做了许多工作使尼古拉不再怀疑我。"

"难道不是因为您知道他活不久了？"

"这个问题，我已经回答过您两次了。他是重病号，他可能会拖延很多年也可能会突然死去，里凯医生在很多年前就已经跟我和我婆婆讲过这个。"

"在什么时候讲的？"

"在尼古拉某次发作时。发作变得越来越频繁，他的胃能承受的食物越来越少。"

托尼极为惊讶地听着。有时，他怀疑其他人，包括安德妮和她那点着头的律师，已经串通好了，故意在他面前演这出戏。

他有许多问题想问，都到嘴边了。这些问题应该由蒂耶姆法官来问，但法官极力回避。

"现在我们来说说十二月二十九日。新年就要来临了。您的记事本上有一个小小的十字架。"

她没有等对方向，就说出了信件的内容。

"祝我们新年好。"

她语气里带着一丝傲慢说道：

"我想了很久。这可能不是标准的法语。我想要强调这一年是属于我们俩的。"

"您是什么意思？"

"您难道忘了尼古拉已经死了吗？"

她主动谈论这件事，表情是那么自然平静，令人吃惊。

"您想说您是自由的？"

"很显然是的。"

"即将开始的一年将完全属于你们，您和托尼，你们不会再有任何障碍了。是这个意思吗？"

她回答是，比任何时候都要安静、满足。蒂耶姆法官再次没有穷追猛打地问下去，而是拿出一个和之前那个一模一样的笔记本。

托尼想到，在过去的两个月中，安德妮也在这个地方度过了很多小时。当然，他之前就从律师那里得知，他被捕十天或十二天后，安德妮就被捕了。因此她不可避免地会遭到审问。但他从来没想象过安德妮接受审问的画面。他没有想到自己的回答对她产生了那么大的影响，不亚于安德妮的回答对他产生的影响。

"德皮埃尔夫人，还剩下最后一封信，这封信最短但是意义最大。只有三个字。"

安德妮挑衅而傲慢地说：

"到你了！"

"您可不可以尽可能详细地跟我们解释一下这句话是什么意思？"

"你们不觉得意思已经够清楚了吗？您说过，我自由了。一旦过了服丧期……"

"等一下！因为您在服丧，所以在您丈夫死后你们没有再约会？"

"这是部分原因。另外的原因是我和我婆婆之间有纠纷，如果事情闹到法庭，可能会对我不利。"

"所以在诸圣瞻礼节之后您没有再把毛巾放到窗户上？"

"放了一次。"

"您的情人赴约了吗？"

"没有。"

"您去那个房间了？"

她厚颜无耻地详细描绘道：

"像往常一样，我脱光衣服，确信他一定会来。"

"您不需要先和他谈一下吗？"

"如果我需要和他谈，就不会浑身赤裸在那儿了。"

"你们在一起难道没有任何问题要讨论吗？"

"讨论什么？"

"比如他获得自由的方式。"

"这很早就决定了。"

"从八月二日就决定了？"

"那不是我们第一次约会。"

"他和您约定离婚？"

"我不确定他是不是这么说的。我当时是这么理解的。"

"法尔科内先生，您听到了吗？"

安德妮瞪大眼睛，朝托尼转过去。

"你没有对他们说吗？"

然后安德妮对法官说：

"我不觉得这有什么奇怪的。每天都有人离婚。我们两个人互相爱着对方。我还是一个小女孩时就爱上了他，我听从家里安排嫁给尼古拉是因为托尼离开了村子，我那时以为他再也不会回来了。

"我们重逢之后，都觉得自己是为对方而存在的。"

他很想抗议，站起来大声叫道：

"不！不！不！我们结束了！一切都是假的！一切都是骗人的！捏造的！"

但是他仍然坐在椅子上,震惊得无法插话。安德妮开口之前想过自己说的话吗?她说得那么爽快,没有一点矫揉造作,好像她所说的事情都是理所当然的,好像不存在任何悲剧,任何秘密。

"所以,您写下'到你了!'时,您在想……"

"我等他。轮到他做点必要的事了……"

"离婚?"

她故意在回答之前表现出一丝犹豫?

"是的。"

法官在继续问安德妮问题之前,会心地望了托尼一眼,似乎是对他说:

"听好了。您肯定会感兴趣的。"

于是,法官既没有讽刺也没有挖苦,还是用刚才那种声音问道:

"您没有想过吉塞勒·法尔科内会悲伤吗?"

"她不会哭很久的。"

"您知道什么?她不爱丈夫吗?"

"没有我爱得多。那些女人没有能力接受一份真正的爱情。"

"那她女儿呢?"

"正好!她可以和女儿互相安慰,她们只需要一点年金就可以把日子过得不错。"

"法尔科内先生,您听到了吗?"

法官对把话题扯到那么远感到抱歉,过度的痛苦和仇恨让托尼的表情看上去很吓人,几乎是冷酷无情。他慢慢地从椅子上站起来,脸部僵硬,眼神呆滞,像梦游者一般。

他握紧拳头,手臂显得异常的长。胖子律师惊讶地转过身来,跳到托尼与他的客户之间。

蒂耶姆向书记官做个手势,书记官跑到门边。

这一幕只持续了短短几秒,但似乎特别漫长。警察进来了,其中一个粗鲁地给托尼铐上手铐。然后警察等待命令。法官犹豫着,轮流地看着托尼和安德妮。安德妮看上去完全没有局促不安,似乎只有惊讶。

"我不知道,托尼,为什么你……"

但是法官打了一个手势,示意将她带走。她的律师抓着她的手臂,将她往门口使劲推。但她还是转过身来说道:

"你知道你自己说过……"

大家没有听到接下来的话,因为门被关上了。

"法尔科内先生,我很抱歉。我也是迫不得已。一会儿等路通畅了之后,我们会把您送回牢里去。"

当天晚上,蒂耶姆在吃晚餐时与妻子谈起了这件事。

"今天我看到了我在职业生涯中看到的最残酷的一次对质,我希望再也不要让他们这么痛苦了。"

托尼在牢房里彻夜无眠。

第 六 章

他在挖苦和嘲笑中度过了两天，他偶尔会因为突然而至的愤怒活动一下。他在自己的牢房里大步走来走去，好像打算撞墙。

今天是周末，所有人都应该出去活动。

他不像其他人那样期待周末。他从一开始就很适应牢狱生活，乖乖听从规章制度和狱警的训导。

这是他感到自己被抛弃的第三天。没有人来看他。也没有人说要带他去法院。他不耐烦地注意着走廊里的脚步声，一有人停在他的窗前他就会马上站起来。

后来，他意识到街道很安静，公路上几乎没有一个人。快四点时，一个狱警对他说这个星期一是假日。

星期二十点，被晒黑了的德马里来到牢房。他把一些文件摊在公文包上，拿出一支烟点上。

"您觉得这三天漫长吗？"

托尼并没有回答,律师轻轻咳嗽了几声,然后以一种鼓舞托尼之态等待着。

"我拿到了您上一次审讯以及和安德妮·德皮埃尔对质的笔录的副本。"

他相信客户是无辜的吗?他会形成新的看法吗?

"我撒谎声称看看笔录对我们好。其实信件的事情对我们很不利,您不承认信件的存在,陪审团会形成非常恶劣的印象。德皮埃尔引述的信件内容是真的吗?"

"是真的。"

"我希望您坦诚地回答一个问题。您坚决否认那些信件存在时,是想让您的情妇难受,还是觉得这些信息对您很危险?"

又来了。他有什么好解释的呢?人人都喜欢去想象别人,人人都觉得一件事的发生总是有原因的。他们第一次谈到信件时,他想都没想就否认了,也从来没有想过他们会去询问邮局局长。

他几个星期前得知司法便衣警察玛尼及其同事做了什么事:他们日复一日地去拜访村子里的女人,直到她们开口。

在圣朱斯坦,在展销会,特别是特里安特展销会上,难道还有居民、农场主、展销会常客没听过他的名字吗?

记者也掺和进来了,所有人都可以在报纸上的秘密话专栏里读到他的故事。

"我见过蒂耶姆了,简要来说,他认为这场对质让您特别难受。最后您似乎失去冷静了。而安德妮一直表现得相当镇定。我猜她到了审判官那儿也会是这种态度。"

德马里努力表现得热忱一些。

"我会尽量打听法官的意见,尽管预审一结束,他的意见就不再起决定性作用。他对您还是流露出了一些同情。但是我估计,他尽管观察了您两个月,但还是没能对您做出判断。"

为什么这么喋喋不休地说这么多毫无意义的话呢?

"我也偶然碰到了比戈教授!一个周五的晚上,在组织打桥牌的朋友那儿,他在一个角落招呼我过去。他跟我说了他的一个十分有意义的发现,不幸的是这个发现来得太迟了。

"您承认了和安德妮在一起时您没有采取您和其他女人习惯用的措施,她也没有采取任何措施,而您一点也不担心,这样陪审团会得出结论:您不害怕让她怀上小孩。"

托尼听着,对最后一句话很是惊讶。

"您知道,安德妮在记事本中记下了她来例假的日期。比戈出于好奇,将它们与你们在特里安特约会的日期对比。蒂耶姆没想到,我承认我也没想到。"

"您知道你们约会的时间是什么日子吗?无一例外,是您情妇的安全期。"

"换句话说,安德妮·德皮埃尔没有冒任何风险,尽管您没有事先声明,这些细节还是能为您辩护。我仍然会用这些细节,但是这个证据的效力现在降低了。"

托尼又变得漠不关心,律师坚持不了太久。

"我觉得您今天下午会被带去法庭。"

"她也是吗?"

"不会。这次只有您一个人。您还不希望我出席吗?"

出席了又能怎样呢?德马里并不比其他人更懂他。他的出现只会让事情变得更复杂。不管怎么样,托尼在得知小个子法官同情自己后很高兴。

他三点钟在小厅里再次看到法官。外面下着细雨,角落里一把伞滴着水,那很可能是书记官的,因为法官是坐着他黑色的4CV来法院的。

蒂耶姆没有被晒黑。他直率地说:

"我利用周末把卷宗从头到尾看了一遍。法尔科内先生,您今天感觉怎么样?我提前通知您,今天的审讯可能会有点长,因为今天我们该说星期三,二月十七日了。您能不能尽可能详细地告诉我您那天的行程?"

他等着。他很惊讶为什么每次有人把他传到法院,那个人自己却还没到。

二月十七日,这是结束日,一切的结束。他没有料想到,甚至在最恐怖的噩梦里都没出现过。然而他事后回忆起来,又觉得一切似乎是必然的,命中注定的。

"您想让我提一些详细的问题来帮您回忆吗?"

他点头。即使跟自己说,他也不知道从哪开始。

"您妻子按往常的时间起床了?"

"比平常稍微早一点。星期二上午一直在下雨,下午过了一半了床单还没干。她打算花一天的时间熨衣服。"

"您呢?"

"我六点半下的床。"

"你们两人面对面地吃了早餐?你们没有聊您白天的安排吗?请尽可能详细地说明。"

蒂耶姆在面前摊开其他次审讯的笔录,那是托尼最初忍受着特里安特警察总监加斯东·约里和司法便衣警察玛尼说出来的话。他以前经常和加斯东在弟弟家喝开胃酒。玛尼是科西嘉人。

"我前一晚,也就是星期二晚上,告诉她我第二天会很忙,我不会回去吃午饭,可能也来不及回去吃晚饭。"

"您跟她说了详细的工作安排吗?"

"我只是和她谈到安巴斯展销会,我说那里有一些客户在等我,我还要去波林斯耶乌赫修理机器。"

"那里应该是在您的服务范围之外吧?"

"波林斯耶乌赫离圣朱斯坦只有三十五公里,我正在拓展业务。"

"您的解释都是假的吧?"

"不完全是假的。"

"您七点钟上楼去叫醒女儿?您经常这样做吗?"

"差不多每天早上都这样。我在洗漱之前叫醒她。"

"您穿上最好的一套西装,您周日才穿的蓝色西装。"

"因为我在普瓦捷有约。我得让加西亚觉得我很富有。"

"我们等会儿再来说他。您下楼了,女儿在厨房里,准备去上学。您去安巴斯和波林斯耶乌赫的路上,得经过邮局和火车站,邮局有您一个包裹。"

"一个活塞,那是我为波林斯耶乌赫的一个客户订的。"

有两到三次,他不由自主地看了看办公桌前的空椅子。蒂耶姆最后想起这是上周安德妮坐过的椅子。

这把椅子很平常,看上去从上周五之后就没有被移动过。它似乎使托尼和法官都感到不快,法官在房间大步走来走去,最后他把椅子搬到墙边靠墙放着。

"您跟女儿提出要开小卡车送她去学校?"

"是的。"

"这是例外情况吗?那天早上,您对她特别温柔。这有什么具体的原因吗?"

"没有。"

"您有没有问您妻子是不是要去村子买一些东西?"

"没有。我已经跟司法便衣警察说过了。我到大门口时吉塞勒叫住了我。

"'你可不可以在经过杂货店时买一公斤糖、两包洗衣粉?这样我就不用换衣服出门了。'

"这是她的原话。"

"你们往常也这样吗?"

有必要再次挖掘家庭生活的细枝末节吗?他已经全都告诉司法便衣警察玛尼了。他们和每个家庭一样,差不多每天都要去不同的商店买一些东西,包括肉店和熟食店。但吉塞勒不让他去这些商店,因为要排队。

"她说这不是男人干的事情。"

那个星期三,她想要尽早开始熨衣服。因为前一天吃的羊腿还剩了一些,所以不需要再买肉。只需要买一点点东西。

"所以您和女儿去了。"

他在后视镜里看到吉塞勒在用围裙擦手。

"您把玛丽安娜放到学校门口,然后去了邮局。再然后呢?"

"我走进了杂货店。"

"您有多长时间没有进去过了?"

"可能两个月。"

"自从收到最后一封只有三个字'到你了'的信之后,您一直没去过?"

"是的。"

"法尔科内先生,您当时激动吗?"

"不激动。我很不想出现在安德妮面前,尤其是当着许多人的面。"

"您担心露出马脚?"

"我感觉不舒服。"

"您进去时还有谁在?"

"我记得有一个小孩,我当时没注意是谁,还有莫拉尔姐妹中的一个,还有一个老妇人,大家都叫她拉鲁苏特。"

"老德皮埃尔夫人也在吗?"

"我没看到她。"

"您在排队?"

"没有,安德妮马上问我:'托尼,你想要什么?'"

"她让您插队?别人没有意见吗?"

"这是一个习俗。差不多哪里都是优先服务男士。"

"'一公斤糖,两袋洗衣粉。'"

"她从架子上把东西拿下来,然后跟我说:'等一下。我收到了你妻子十五天前要我进的糖煮李子。'"

"她消失在商店后面,然后拿出一罐和我平常在家看到的同一个牌子的果酱……"

"她去了很长时间吗?"

"没有很长时间。"

"一分钟?两分钟?"

"反正就是挺正常的一段时间。"

"拿起果酱并回到商店这么长的时间?还是在堆积的其他商品中找这罐果酱这么长时间?"

"这两种都有可能。我也不知道。"

"安德妮·德皮埃尔很激动吗?"

"我尽量不去看她。"

"您还是看到她了,听到她的声音了。"

"我想她很高兴看到我。"

"她没有对您说其他话吗?"

"我开门出去时,她说了一句:'托尼,祝你一天愉快!'"

"她的语气正常吗?"

"当时我并没有注意到那么多事情。那是很平常的一天。"

"事后回忆呢?"

"可能比平时更温柔。"

"安德妮当时对您很温柔吗?"

他必须说实话吗?

"是的。这很难解释。是一种特别的温柔,就像我有时候对玛丽安娜那样。"

"母亲似的温柔?"

"也不是这个词。也许'保护'更合适。"

"因此,第一个巧合:您妻子很反常地派您去杂货店替她买东西。第二个巧合:一种只有她一个人吃的果酱,在商店很多天都没有卖。您的包裹到了,别人交给了您一罐果酱。第三个巧合是司法便衣警察玛尼没有指出来的:那天您没有直接回家,而是先去了火车站。"

"我去拿邮寄给我的活塞……"

"不完全是这样。圣朱斯坦火车站像大部分建筑一样,有四面,一面朝向道路,相反的一面是旅客进出的通道,左边的第三面是火车站长办公室的外门。北边的第四面没有门也没有窗户,是一堵裸墙,完全不透光,您把车子停在这堵墙前面。"

"您如果去过这个火车站，您应该知道这是一个合理的停车位置。"

"站长正在整理清单，他要您直接去货物存放地找自己的包裹。"

"所有人都是这么做的。"

"您在火车站或是火车站附近待了多久？"

"我没有看时间。几分钟吧。"

"站长说过了挺长一段时间后才听到您发动汽车离开。"

"我想确认发过来的活塞是好的，因为他们经常出错。"

"您拆开包装了吗？"

"嗯。"

"在小卡车上拆的？"

"是的。"

"在那里没人看得到您吧？再把这个巧合加进去。回到家后，您把买的东西放在厨房的桌子上。您妻子在花园里把晾衣绳上的衣服取回来，并叠好放进衣物收纳筐里。您走到她身边去了吗？您在离开之前和她拥抱了吗？"

"我没有这个习惯。我又不是去很远的地方。走到门口时，我对她说：'晚上见！'"

"您没有告诉她果酱已经拿回来了吗？"

"为什么要告诉她？她自己会在桌子上发现的。"

"您没有在厨房待很久？"

"我要走的时候，看到火炉旁边的咖啡壶，就走过去倒了一杯咖啡。"

"如果我没弄错的话，这至少是第五个巧合。"

为什么蒂耶姆这么强调巧合呢？托尼什么也不能改变。大家想要他起来抗议或者是发怒吗？他很早之前就度过了这一关，只会用一种不在乎的语气回答问题。他仍旧像二月十七日那样忧郁、懦弱，那天天空一片灰白，天光昏暗，整个村庄似乎变得空荡荡的，到处是暴风雨过后留下的水坑。

"您为什么去特里安特？"

"因为我刚好顺路。"

"没有其他理由吗？"

"我想和我弟弟谈谈。"

"为了征求他的意见？您征询弟弟的意见？"

"我经常和他聊我生意上的事情。此外，只有他知道我和安德妮之间的烦恼。"

"您承认您有烦恼？"

"她的信让我烦恼。"

"在对司法便衣警察玛尼供认之后，烦恼这个词是不是弱了点？"

"那就是它们让我感到害怕。"

"那您做决定了吗？您是和樊尚在谈论您的决定吗？法尔科内先生，您和他在交谈时，您的弟媳在外面做生意，弗朗索瓦在一楼打扫房间吗？"

"每个上午都是这样。我走进咖啡厅时，樊尚已经不在那里了。我听到酒窖里传来酒瓶碰撞声，看到柜台后面的地板门开着，我弟弟在那滗清一天要卖的酒，然后我听到他上来的脚步声。"

"您没有先去告诉他您来了吗？"

"我不想打断他工作。而我有时间等。我坐在窗户旁边，思考着我要对加西亚说的话。"

"您去那里征求弟弟的意见，但实际上您已经做好决定了？"

"差不多。"

"请您解释一下。"

"我料到加西亚会犹豫,因为他是一个很慎重的人,他很容易害怕。这单生意就像猜硬币正反面一样不可预估。"

"您用这种方式来决定您和您家庭的未来?"

"是的。如果加西亚被我说服了,我就能把货卖出去。如果他不想冒险,那我就卖不出去货。"

"那您弟弟的作用是什么?"

"我希望让他知道。"

"没有证人——包括您的弟媳——在场,所以除了樊尚和您,没有人能告诉我们你们究竟谈了什么。你们很团结,不是吗?"

托尼还记得他沿着泥泞或是冰冻的道路带着弟弟去上学的那段时光。他们穿着笨重的厚呢子上衣。冬天他们摸黑出门,在暮色中回家。樊尚经常累得拖着钉鞋走路。在课间休息时,托尼远远地照看着他。他们回到布瓦塞勒等父亲回家时,是他给弟弟切面包。

这些事情并没有什么了不起,但并不是每个人都经历过。法官蒂耶姆就没有经历过。

樊尚当然是和他在思想、感情上最相通的人。樊尚很感激他没有以哥哥的身份自居。意大利语是他们的另一个纽带,因为意大利语让他们想起童年时代,他们只用这种语言和母亲交流。

"我害怕我继续住在这里会不太平。"

"她什么也没对您说吗?"

"还有别人在商店里。我想两三天之后我还会收到一封信,天知道这次信里会有什么内容。"

"你打算怎么跟吉塞勒解释?"

"我还没想好。如果我跟她说这个地区已经没有发展空间,她会相信我。"

他们一起喝着苦艾酒,两个人各自坐在柜台一角,然后汽水送货员来了,托尼朝敞开的门走去。

樊尚对他说:"愿上帝保佑!"

蒂耶姆很难相信他们这么容易地聊完了这个话题,可能因为这兄弟俩从童年起就对苦难早已习惯了。

"他没有试图说服您打消离开本地的念头吗?"

"相反。他看上去松了一口气。他从一开始就不看好我和安德妮的关系。"

"继续说您后面做的事情。"

"我不太情愿地去了安巴斯展销会,这只是冬季的一个小型展销会。我发了一些传单之后,动身去波林斯耶乌赫找我的一个客户。"

"等一下。您妻子知道他的名字吗?"

"我不记得是否跟她提过。"

"您这样去外面巡回做生意,难道不需要告诉她可以在哪里找到您吗?"

"没必要。展销会很简单,因为我差不多总会去相同的一些咖啡馆。我去农场时,她大概知道我的行程,可以给我打电话。"

"您没有跟她说起普瓦捷?"

"没有。"

"为什么?"

"因为什么都还没确定,我不想让她瞎担心。"

"难道您从来都没想过直接跟她坦白事情真相,向她表明您和安德妮·德皮埃尔之间关系令您担忧吗?你觉得这种关系已经结束了,这不是最好的解决办法吗?您从没打算坦白?"

是的。他的回答可能很荒唐,但的确是事实。

"我的波林斯耶乌赫客户名叫当布瓦,是一个肥胖的农场主,他邀请我一起吃午餐。我两点钟干完了工作。于是我不急不忙地前往普瓦捷。"

"请您具体说说您和加西亚的约会。"

"我在前一个周六写信通知他,他一下班我就去接他。加西亚是我在中央仓库工作时的领班。他比我大十来岁,有三个小孩,有个儿子在上高中。"

"继续。"

"我很早就到了。我本来应该到装配车间去,但是去那里得跟以前的同事说话,我没那个勇气。那些建筑矗立在离城市两公里的地方,在安古莱姆路上。我一直开到普瓦捷,然后走进新闻电影院。"

"您什么时候离开的?"

"四点半。"

"您上午几点钟从弟弟家出来的?"

"十点前一点点。"

"也就是说,和往常不同,从上午十点到下午四点半,没有人——包括您的妻子——知道去哪里找您?"

"这没什么奇怪的。"

"假如您女儿发生严重事故……还是不做假设吧!您从电影院出来之后就去等加西亚。"

"是的。他对我的信很惊讶。我们差点就走进对面的咖啡店,但是我们在那儿会碰到一些同事。加西亚骑了摩托车,所以他在城里骑着摩托车跟着我一直到了地球啤酒厂。"

"也没有人知道您在地球啤酒厂?甚至您弟弟也不知道?"

"是的。加西亚告诉我一些他家里的事情，我也说了些我家里的事，随后我们谈起买卖。"

"您告诉他为什么您想离开圣朱斯坦吗？"

"只说了和女人有关。我知道他有闲置资金，他对我说过好几次要自己创业。我可以给他提供正在上升期的生意、房子、库房、装置设备，还有很多客户。"

"他有意向吗？"

"他没有给我明确答复。他说他要再考虑一星期，首先要和妻子以及大儿子商量商量。最让他难以接受的是得离开普瓦捷，因为他的大儿子在高中成绩不错，有很多朋友。我跟他说特里安特有所很好的中学。"

"但如果不寄宿，他每天早晚一共得走十五公里。"

"这次谈话总共持续了多长时间？"

"七点之前加西亚要我和他一起回家。我回答说我妻子在家等我。"

"如果下周加西亚给您肯定答复，您有什么计划？"

"比如，我可能会向公司申请离圣朱斯坦很远的阿尔萨斯北部或东部的代理职务。公司应该会同意，因为我的业绩很好。可能有一天我会再次创业。"

"您把您父亲一个人留在布瓦塞勒？"

"樊尚离他不远。"

"法尔科内先生，您想休息一会儿吗？"

"可以打开窗户吗？"

他需要新鲜空气。这场看上去很平常的审讯从一开始就让他感觉透不过气来。他的反驳中有些可怕和不真实的东西，让他想起了一些很具体的事情。所有可怕和不真实的东西，都与他永远不想提及的一场悲剧有关。

"要抽支烟吗?"

他拿了一支,走到对面的窗户前看着街道,湿淋淋的屋顶滴着水。要是这是最后一次审讯就好了!但就算蒂耶姆的审讯结束了,重罪法庭开庭后,他仍然需要回答问题。

他又安静地坐下来。

"法尔科内先生,我们快结束了。"

他点头表示赞同,对法官悲伤地笑了笑,他认为自己感觉到了法官的一丝同情。

"您直接回到了圣朱斯坦?没在任何其他地方停留?"

"我突然很想赶回家,想见到妻子和女儿。我想我一定开得很快。正常情况下,开完那段路需要一个半小时,但是那天我用了不到一个小时。"

"您和加西亚喝酒了吗?"

"他喝了两杯开胃酒,我只喝了一杯苦艾酒。"

"和在您弟弟那儿一样。"

"是的。"

"您在他家前面经过。您没有下车告诉这次会面的结果吗?"

"没有。那个时间点咖啡厅里总是有许多客人,樊尚肯定很忙。"

"天黑了。您远远地看到家里的灯光。您没有感到惊讶吗?"

"我很惊讶地看到我家所有的窗户都是亮的,这是从来没有过的。我有一种不好的预感。"

"您想到了什么?"

"我女儿。"

"没想到您妻子?"

"在我的意识里,玛丽安娜当然是更脆弱、更可能出事的那个。"

"您没有把车开到库房去,而是停在离家还有二十米的地方。"

"有一半的村民聚集在我家栅栏前,我更加确定出事了。"

"您不得不从人群中挤出一条路。"

"在我前面自动分出了一条路,但是我发现大家不是同情地看着我,而是怒气冲冲或不解地盯着我看。锻工胖子迪迪埃围着皮质围裙,双手叉腰,挡在我面前,朝我鞋子上吐唾沫。

"我走过草坪时,听到身后传来威胁的嘈杂声。我不需要开门,因为门已经打开了,一个面熟的警察接待了我,我经常在特里安特市场上碰到他。

"'到这来!'他指着我办公室的门命令我。

"我发现警察队长朗格尔坐在我的位置上。他不像往常一样叫我托尼,而是低声叫道:

"'坐下,卑鄙的家伙!'

"然后我叫道:

"'我的妻子在哪儿?我的女儿在哪儿?'

"'你比我更加清楚你妻子在哪儿!'"

托尼没再说话。他并不激动,非常平静。蒂耶姆不催他,书记官手中的笔停在空中。

"法官先生,我什么都不知道。很混乱。朗格尔一会儿之后告诉我玛丽安娜被莫拉尔姐妹带走了,叫我不要担心她。

"'你就承认你都知道了并且不期待看到她们活着吧!婊子养的!下流胚!'

"他站起来,我明白他只想找个机会来打我。我重复问道:

"'我妻子在哪儿?'

"'在特里安特的医院,如果你真想知道的话.'

"然后他看了一下手表,说道:

"'只是现在她很可能已经不在人世了。大家都想知道,你一整天都在哪儿?你躲起来了吧?你不想亲眼看到这些吧?大家在想你是否会回来,你是不是还没出发.'

"'吉塞勒发生了什么意外吗?'

"'意外!对,就是你把她杀了。你故意远离现场.'

"警察总监开着车到了。

"他问队长,'他说什么了?'

"'正如我所料,他装作很无辜。意大利人最会撒谎了。他说他根本不知道发生了什么事.'

"警察总监和下属一样,没有表露出丝毫同情,但是警察总监尽量保持冷静和镇定。

"'您从哪儿来?'

"'普瓦捷.'

"'您一天都干了什么?我们到处找您.'

"'几点钟的时候?'

"'四点半以后.'

"'四点半时发生了什么事?'

"'里凯医生给我们打电话.'"

这时,托尼变得不知所措。

"长官,请告诉我,到底发生了什么事情?我妻子发生了意外吗?"

特里安特警察总监加斯东·约里盯着他的眼睛。

"您在演喜剧吗?"

"我以我女儿的人头担保没有。发发慈悲吧,告诉我我的妻子怎么样了。她还活着吗?"

警察总监看着手表。

"四十五分钟之前她还活着。那时候我还坐在她床边。"

"她已经死了!"

托尼不能相信这个事实。他听到屋里传来一些奇怪的声音,是二楼沉重的脚步声。

"那些人在我家做什么?"

"他们在搜查,虽然我们已经找到了要找的东西。"

"我想见我妻子。"

"您得服从我们的命令。安托万·法尔科内,从现在开始,您被逮捕了。"

"你们指控我什么?"

"指控您什么由我们说了算。"

他颓废地坐在椅子上,用手撑着头。他无法知道更详细的事情了,因为接下来他就不停地重复自己当天做了些什么。

"您承认是您把这罐果酱带回来的?"

"是的。当然。"

"您妻子没要您带吧?"

"没有。她要我去买糖和洗衣粉。是安德妮·德皮埃尔把果酱交给我的,果酱好像是吉塞勒十五天前打算买的。"

"您是直接从杂货店回来的吗?"

"在火车站停留了一下……备用活塞……"

"就是这罐果酱吗?"

他们把果酱递到他鼻子处给他闻一下。果酱盖被大大地打开了。

"我觉得是的。商标一样。"

"您没有亲手交给妻子?"

"我把它放在了厨房的桌子上。"

"什么也没说吗?"

"我不觉得有必要说什么。我妻子当时正在花园里收衣服。"

"您最后一次去库房是什么时候?"

"今天早上,八点前一点,我去那儿拿车。"

"您没有拿其他东西?您是一个人?"

"我女儿在屋子外面等我。"

这一切就像刚刚发生的,却又似乎非常遥远!整个一天,包括来回的行程,都变得那么不真实。

"法尔科内先生,您还认得这个吗?"

托尼看着那个盒子,觉得很眼熟,它放在库房最高的架子上已经四年了。

"对,这个应该是我的。"

"这个盒子里装了什么?"

"毒药。"

"您知道是什么毒药吗?"

"砒霜或者士的宁。我们住到这儿的第一年时买的。库房所在地以前是个垃圾倾倒场,屠夫把下水都倒到那里。老鼠形成了去那里觅食的习惯,所以德皮埃尔夫人……"

"等一下。哪一个?是老的还是年轻的?"

"老的。她卖了农场用的毒药给我。我不记得是……"

"士的宁。您掺了多少到果酱里面?"

托尼没有发疯。他也没有尖叫,他紧咬着牙关。

"您妻子通常会在几点钟吃果酱?"

他觉得自己有点不正常了,最后回答道:

"十点钟左右。"

自从他们住到乡下,她就起得很早,吉塞勒习惯在十点钟吃点点心。玛丽安娜上学之前她们俩一起吃。玛丽安娜上学后,她们下午时一起吃。

"所以您知道了!"

"我知道什么?"

"知道她在十点钟吃果酱。您知道士的宁的致命剂量是多少吗?两厘克。可能您还不知道在吞下去十到十五分钟之后,毒药就会开始发作,并引发痉挛。十点钟您在哪儿?"

"我刚从我弟弟家出来。"

"您妻子躺在厨房的方砖上。她一个人在屋子里,没有援助,直到您女儿四点钟放学回家,在那之后才有人过去帮她。她独自垂死挣扎了六个小时。安排得很好,不是吗?"

"您说她已经死了?"

"是的,法尔科内先生。我不相信您什么都不知道。很可能在第一次发作之后她稍微缓和了一会儿。里凯医生是这么认为的。我不知道她为什么不利用这个机会来呼救。随后她再次发生痉挛,回天无力了。"

"您的女儿四点多一点回来的,她发现她妈妈躺在地上,我不愿意给您描述当时的情形。她从家里跑了出来,她惊慌地用拳头拍打莫拉尔小姐家的门。莱奥诺尔过来看了后马上打电话给里凯医生。四点十五分您在哪儿?"

"普瓦捷电影院。"

"里凯医生诊断她中毒了,并叫医院派救护车。洗胃已经太晚了,只能给她服用一些镇痛剂。

"里凯医生给我打的电话,告诉我果酱的事。他等救护车的时候,在厨房里四处查看。桌子上还有面包、小刀、一个盛有一些牛奶咖啡的杯子、一个有果酱痕迹的盘子。他用舌尖尝了一点。"

"我要见她!我要见我女儿!"

"您现在还不能见女儿,因为您一出这个门就会被人碎尸万段。莱奥诺尔万分匆忙地一家接着一家通知这个消息。我们的人在查看库房时发现了这盒士的宁。我联系了普瓦捷的检察官。

"法尔科内先生,现在您得陪我过去。我们最好去警察总队办公室根据规定正式审讯一次。您很长时间都不大可能回来,所以我建议您用箱子装上个人用品和衣服。我和您一起上去。"

问题一个接着一个,蒂耶姆要求他重新开始叙述,要求他回忆离开圣朱斯坦-杜卢时的情景。他手里拿着箱子,穿过警察分开的好奇的人群。他们很惊讶,在他经过时训斥他。还有些人惊恐地看着他,好像村子里的这个杀人凶手会让他们自己受害。

"根据法律,您得去辨认尸体。"

他在医院的走廊里等,警察总监和警察站在他旁边。他们给他铐上了手铐。他还没有习惯,每次一动都会被弄疼。

蒂耶姆异常仔细地看着他,说道:

"您妻子刚刚装殓完毕,您站在她面前一动不动,接着走了几步,一句话也没说。法尔科内先生,您当时是不是还没习惯自己的罪犯身份?"

那一刻,他在内心深处的确觉得自己就是罪犯,但他该怎么跟法官解释呢?他试图用一种间接的方式说:

"不管怎么样,她是因为我的错而死的。"

第 七 章

这次在预审法官蒂耶姆办公室进行的审讯应该是最后一次。可能法官还想就某些问题询问托尼，或者是让他跟安德妮再次对质，但是法官在得知罪犯近来状态的最新消息后，决定不再坚持了。

两天后，比戈教授在牢房里发现托尼对他所说的一切都漠不关心，对一切都很冷淡，他的内心似乎已经麻木。

他的血压降了很多，精神医生把他送到诊所观察。他在那里接受了大量的治疗措施，但是状况丝毫没有得到改善。

他该睡觉的时候睡觉，该吃饭的时候吃饭。别人问他时他尽量回答，但是声音相当平淡、冷静。

弟弟的探望并没有把他从消沉沮丧中拉出来。托尼似乎很惊讶地盯着樊尚看，就好像在位于特里安特的弟弟家的咖啡店里那样，他惊讶地看到樊尚出现在诊所这么奇怪的世界里。

"托尼，你没有权利消沉下去。不要忘了你还有个女儿，我们都和你在一起。"

"有什么好消息吗?"

"玛丽安娜很适应家里的生活。我们最近才让她上学。"

他冷冰冰地问道:

"大家跟她说了?"

"她的同学私下互相谈论,这是不可避免的。一天晚上她问我:

"'我爸爸杀了妈妈,这是真的吗?'

"我让她放心。我跟她说这肯定不是真的。

"'那他是杀人犯吗?'

"'不是,因为他没有杀任何人。'

"'那为什么别人要把他的照片放在报纸上?'

"托尼,你知道。说到底,她理解不了,也承受不了这些。"

现在是五月底还是六月初?他不再计算日子,也不再算星期。德马里过来通知他检察院控告他和安德妮谋杀了尼古拉和安德妮时,他一点反应也没有。

"他们把两个案子放在一起,是为了使你们的处境更艰难。"

他的状态很稳定。狱警把他送回牢房,他毫不反抗,还表现出惊人的温顺,继续过囚犯的单调生活。

突然之间,没有探望者了,牢房变得空荡荡的,狱警数量也减少了。司法假期和短假同时开始,成千上万的人行驶在路上,冲向沙滩、山区和乡下偏僻的角落度假。

报纸报道了一条争议消息,专家的争论对整个诉讼有着决定性的影响。

首先一封匿名信出现,然后警方在特里安特展开一场调查,调查确定了托尼和安德妮之间的关系,然后警方把尼古拉的尸体挖了出来,最初的分析结果已经交给普瓦捷的专家,让德尔医生。

让德尔医生在报告里断定尼古拉摄入了大量的士的宁,在托尼被监禁了十二天之后,法院对安德妮·德皮埃尔发出逮捕令。

她的律师卡帕德请求享誉世界的巴黎专家施瓦茨教授过来协助,这位教授严厉批评了让德尔医生的工作,得出了一些没有之前那么绝对的结论。

在三个月内,尼古拉被挖出来两次,这次又要被挖出来,因为里昂的科学警察实验室要求其他采样。

他们也在讨论溴化物药片,这种药片是那个圣朱斯坦的杂货店店主每次感觉要发作时服用的。给杂货店店主提供药物的是特里安特的一名药剂师,他确认药片分为两半,这些药就像盒子一样很容易被分开,可以很容易地往里面掺入任何其他东西。

这又会牵扯出一些什么线索来呢?托尼?他甚至不再去想自己会不会被认为是罪犯,也不再去想拘役期满之后,他的刑罚是什么。

十月十四日,重罪法庭的大厅挤满了人,来了很多律师,他们似乎对托尼的态度都感到很惊讶。报纸把他描绘成一个冷漠无情、厚颜无耻的家伙。

他和安德妮两人坐在同一条凳子上,他们之间有一名警察,安德妮稍微往前探出身子,对他说:

"你好,托尼。"

托尼听到她的声音后,并没有转过头去,也没有浑身颤抖。

在较低处的另一条凳子上,辩护律师和他们的书记官忙碌着。除了卡帕德律师,安德妮还请了巴黎律师界一个头面人物佛利耶律师。人们贪婪地盯着他看,好像他是荧幕明星。

仲裁长有一头丝一般漂亮的灰色头发;他的一个很年轻的陪审官

看上去不是很自在，另外一个在用铅笔速写。

托尼将这些图像记在心里，但并未把它们联系起来，他有点像透过火车窗户看外面飞逝的风景。他被那些陪审员吸引住了，他一个一个盯着看了很久，以至于第二次开庭时他已经对他们容貌的任何微小细节都很熟悉了。

他站着，恭敬地接受了预备审讯，他用以前应对教理讲授那样的语气勉强回答问题。这种场面他经历了那么多次，他每一次都专心回答任何问题，难道这一次还会有什么不同吗？

首先到庭的是一位老妇人，大家都叫她拉鲁苏特。大家得知她是第一个看到安德妮从小门走进旅行者旅馆的人，那天她刚好从特里安特火车站出来。

巧合的是两个小时之后她又从甘贝塔大街经过，当时，一个年轻的女子，也就是安德妮，刚好从旅店里出来，然后走进咖啡店。拉鲁苏特提前等着回程火车，发现托尼也在场。

一切都是从那时候开始的，法尔科内现在才意识到全部谣言都是从那时候开始的。司法便衣警察玛尼耐心地追查谣言的根源，最后查到拉鲁苏特这里。

其他人在他眼前闪过，他认识这些人，他对其中许多人直呼其名，他和其中一些人从小学起就以你相称。他们穿得像星期天去参加弥撒一样，有时他们的回答和态度无意地制造出喜剧效果，引起人群阵阵发笑。

老安杰洛在那儿一动不动，脸上毫无表情，他坐在第二排，在整个审判期间似乎一直坐在同一个位置上。他陈述完后是樊尚陈述，他待在证人大厅等樊尚，弗朗索瓦和老德皮埃尔夫人也在那儿。

"您是被告的弟弟，不能在法庭前宣誓。"

大厅内很热，弥漫着人群的汗臭味。卡帕德律师的助理，一位年轻漂亮的女律师递一些薄荷糖给老板。卡帕德又给安德妮几粒，犹豫片刻之后又递了几粒给托尼。

在这所有的景象中，托尼脑子里只保留了一些杂乱的东西，鼻子、眼睛、微笑，张开的嘴巴露出了发黄的牙齿，女人帽子突兀的红色，还有一些不需要花力气一句一句连接起来就能弄懂的句子。

"您说，几乎每个月都会有一次，您哥哥在您旅馆的房间里和女被告约会，那是三号房间，但是你们都叫它蓝色房间。因此我们是不是可以问，您经常在您的宾馆里隐藏偷情犯？"

可怜的樊尚此刻受到公然羞辱，其实他之前一直请求哥哥结束这段婚外情！

仲裁长在审讯托尼时说了一句话：

"您如此疯狂地爱着安德妮·德皮埃尔，以至于毫不犹豫地将你们的婚外恋关系隐藏在您弟弟和弟媳的屋檐下。"

那是一家旅馆，不是吗？他勉强地笑了笑，好像事不关己。仲裁长在寻找最能给人强烈印象的、讽刺而残忍的语言来攻击他，仲裁长知道记者就潜伏在四周，报纸将争相转载他说的话。

巴黎来的著名律师似乎迫不及待，他表示需要站起来陈述一份惊人的证据。

德马里建议托尼选择此人作为自己的第二辩护人，但是托尼拒绝了。

他确信所有的一切都是徒劳。他现在又得把已经告诉过给法官蒂耶姆的那个长长的故事讲给陪审员和公众听了。

而且这次更加庄严，有了更多的参与者和旁听者，他还用到了一些惯常用语、修饰词，但故事的实质是一样的。

他们按日期一天接着一天重新回顾两位被告的行踪,当说到信时,不仅是原告和被告,在律师中间也引起了一场很大的混乱。信里的每个词都被详细地分析了一番。佛利耶律师手上甚至还挥舞着一本利特雷字典,他举出了那几个每天都被使用的词的不同意义。

安德妮穿着黑色衣服,兴致勃勃地关注着辩论,有时会弯一下腰叫托尼作证,或是对他微笑一下。

专家的争论发生在第三天。

仲裁长说:"到目前为止,我一直在想,法律严禁贩卖毒药,只能通过处方获得剧毒药品。你们是如何看待这件事的?

"在农用机械库房里,一个整天都打开在那儿的旧可可粉盒子里面装有五十多克士的宁,根据那些毒物学论著,这些药足以毒死二十多号人。

"在德皮埃尔杂货店后面,我们在食物旁边发现两公斤士的宁和相等重量的砒霜。"

一位专家反驳道:"我们都为事件感到遗憾,可是法律就是法律。在药店销售毒药受到严格限制,但农业合作社、药品杂货店和乡下的一些商店,毒药销售比较自由,方便农民灭除有害动物。"

仲裁长、陪审员、律师、警察、记者、好奇之士从早到晚都在同样的位置。记者和好奇之士有办法守住自己的座位,证人在短暂出庭后还得重新找位置。

有时,那群聚集在小门旁边的律师中的一个会溜出去,去另一个分庭为另外的客户辩护。暂停审理期间,大厅内的喧闹声此起彼伏。

他们把托尼带到一个阴暗的房间,房间只有三平方米,唯有的一扇窗户开着。安德妮很可能在另外一个相同的房间里。德马里给了托尼汽水。法官们应该也喝汽水了。随后一声铃响，所有人又回到原来的位置上，就像在剧院或电影院那样。

老德皮埃尔夫人的脸色比以往任何时候都要白，她一进来就引起了轰动。仲裁长对她说话时语气比对其他人温柔，因为可以说她也是受害者。

"我一直不赞成我儿子的这桩婚事，我知道他不会有好下场。不幸的是，他爱这个女人，我没有勇气提出反对……"

托尼为何会在这时想到一句话？

"夫人，我不得已勾起了您那些悲伤的回忆和您儿子的死。"

"如果她没有把我从我自己的房子里赶出来，我就能照顾我儿子，那么什么也不会发生。您知道这个女人从来都没爱过他。她只想要我们的钱。她知道我儿子不会活到老。她有了情人之后……"

"您知道她和被告人之间的关系？"

"圣朱斯坦所有的人都知道，除了我可怜的尼古拉。

"不过从去年八月份开始，他有点怀疑了。

"我很希望尼古拉当场捉住他们，并把她扫地出门。但是尼古拉没有做到，反而被她的花言巧语哄骗得更糊涂了。"

"您看到儿子死了之后第一反应是什么？"

"我马上就怀疑他不是死于病情发作，而是他妻子为了一些事情有意为之。"

"然而您没有证据。"

"我在等着他们对他的妻子下手。"

她用手指着托尼。

"这个必定会发生。我被通知要出庭时就明白自己的预感是对的。"

"法尔科内夫人死了两天之后检察院收到一封匿名信，是您寄的吗?"

"专家并没有说那是我的笔迹。所以谁都有可能。"

"请您说一说装有果酱的包裹。是谁在店里接收的?"

"是我。在前一天,也就是二月十六日。"

"您打开了吗?"

"没有。我从商标看出里面装的是什么,我直接把它拿到铺子后面去了。"

这是能让托尼专心的为数不多的时刻。他不是唯一一个对德皮埃尔夫人的陈述非常感兴趣的人。托尼的律师站了起来,为了听得更清楚,他向前走了两步。他可能是想扰乱证人,但希望落空了。

托尼的命运在很大程度上由德皮埃尔夫人的回答来决定。

"您早上几点钟到了商店?"

"十七日早上吗?像往常一样,七点。"

"您看到包裹了吗?"

"它一直在那个地方。"

"上面还有未被解开的细绳和涂了胶水的纸带?"

"是的。"

"您在柜台前一直待到八点差十分,然后您儿媳妇过来接替您,您回去吃了点东西。对吗?"

"是的。"

"您离开时商店里有多少人?"

"四个。我为玛格丽特·舒瓦特服务过后,看到这个男人穿过街道朝我们走了过来。我从花园那边回去了。"

她在撒谎。她忍不住用眼神向托尼发出挑战。他敢肯定,那个包裹当时已经打开了,可能前一天就已经打开了。安德妮提前把毒药混在了果酱里。

如果包装没有被拆开,安德妮无法在两分钟的时间里下毒。

德皮埃尔夫人觉得,光安德妮为尼古拉的死付出代价还不够。托尼也要为此付出代价。

"我想提醒大家……"德马里律师说道,这时大厅内发出一阵喧闹。

"你在陈述辩护词时,有充足的时间向陪审团陈述您的观点。"

托尼没有看安德妮。记者们事后说那个时候她在微笑,有份报纸还说那是贪婪的微笑。

他看到莫拉尔姐妹坐在出口左边。这是他第一次发现莫拉尔姐妹穿着相同的裙子,戴着相同的帽子,膝盖上放着相同的包。在大厅混浊的光线里,她们的脸无比虚幻。

安德妮在预审期间——她比托尼更早接受预审——就像发表宗教信仰或政治主张一样,骄傲地宣告:

"我没有毒死我丈夫,但如果他太晚死我也许会这么做。我爱托尼,现在还爱着他。"

"您打算怎么澄清自己与法尔科内夫人之死之间的关系呢?"

"那与我无关。我写信给托尼。我对他说:到你了!我满怀信心地等着。"

"等着什么?"

"等着他自由,因为我们决定一等我自由了他也将寻求自由。"

"您没有预料到他会杀死妻子?"

她高高地抬起头,用那嘶哑而美妙的声音宣告:

"我们爱着对方!"

喧闹声那么大,仲裁长不得不威胁大家如果再不肃静,将把他们驱逐出去。

从第一天开始，结果就注定了。这第一天不是尼古拉死的那一天，也不是吉塞勒死的那一天。

这第一天是去年的八月二日，在闪耀着阳光的蓝色房间里，托尼赤裸地伫立在镜子前对自己洋洋自得，镜子反射出安德妮纵横四等分的影像。

"我弄疼你了吗？"

"没有。"

"你恨我吗？"

"不恨。"

"你妻子不会问你吗？"

"我不知道。"

"她之前问过你吗？"

吉塞勒那时还活着。他们说完这些话后不久，他在他们的新家里看到她和玛丽安娜。

"你的背很美。"

"托尼，你爱我吗？"

"我想是的。"

"你不确定吗？"

托尼爱她吗？一个警察把他们分开了，安德妮不时俯身用在蓝色房间里的那种表情看着他。

"你想要一辈子都和我在一起吗？"

"当然！"

这些话再没有意义了。或者说，他们用一种可笑的正经在为一些已经不存在的事情、为一个更加不存在的男人操心。

总律师满脸汗水,他说了整个下午的话,最后询问了这两个被告面临的主要刑罚。

第二天一整天都是辩护阶段,到晚上八点陪审团才开始审议。

"我们还有一个机会。"德马里律师一边在小房间里走来走去,一边说道。托尼比他镇定。

律师相信他是无辜的吗?这已经不重要了。律师不停地看表。九点半,恢复开庭的铃声还没有在走廊里响起。

"这是好的迹象。一般来说,审议延长表明……"

他们又等了半个小时,然后每个人回到各自的座位上。天花板下的一盏灯烧坏了。

"我再次提醒大家,我不能忍受任何示威行为。"

陪审团主席站起来,手里拿着一份文件。

"关于福尔米尔,安德妮·德皮埃尔,陪审团的答复:是。第二个问题:是。第三和第四个问题:不是。"

陪审团认为她谋杀了丈夫,但对于吉塞勒的死她是无辜的。

"关于安托万·法尔科内,陪审团的答复是……"

他们认为对于尼古拉的死他是无辜的,但是他谋杀了妻子。

然后法院院长低声对陪审员说话,一会儿俯身向这个说一下,一会向那个说一下。听审者因为不耐烦身体微微颤抖,大厅内一片寂静。

最后,陪审团主席宣布判决。陪审团的建议,判两位被告终身劳役,而非死刑。

接下来就是一阵喧哗,所有人都站了起来,位于法庭两边的人互相打着招呼。安德妮也站了起来,她缓缓地转向托尼。

托尼不能把头转向她,尽管安德妮的脸庞是那么吸引他。在他们两个肉体结合得最紧密时,他都没觉得她是如此漂亮、容光焕发。她那柔软的嘴唇从来没有像现在这样对他微笑,向他诉说他们的爱情胜利了。她从来没有像现在这样用目光将他深深地吸引住。

"托尼,你看",她对托尼叫道,"他们没有把我们分开!"

火 车

第 一 章

我醒来时,黄色的阳光透过坏布窗帘射进屋子里,我对这阳光非常熟悉。我们二楼的窗户没有百叶窗。街上所有房子都没有百叶窗。我听到床头柜上闹钟的滴答声和旁边妻子均匀的呼吸声,那呼吸节奏和电影里面正在做手术的病人一样。她已经怀孕七个半月了。她和以前怀索菲时一样,由于肚子太大,只能仰着睡。

我没有看闹钟,一只脚从床上滑下来。让娜动了一下,含糊不清地说了一句似乎是从很遥远的地方传来的话:

"几点钟了?"

"五点半。"

我每天都起得很早,特别是我在疗养院待过那些年之后,因为在那里,他们夏天六点钟就来给我们测体温。

我妻子仍然迷迷糊糊的,她的一只手臂横着放到了我刚刚离开的地方。

我悄无声息地穿上衣服，按顺序地做每天早上都要完成的事情，有时候瞟一眼我女儿。我女儿还跟我们睡一个房间，但是睡在她自己的床上。其实我们给她准备了一个非常漂亮的房间，就在我们对面，与我们的房间相通。

但是她不愿意去那里睡。

我手上拿着拖鞋离开房间，赤脚走到楼梯下面才穿上。这时我听到轮船的汽笛声，轮船在离这里将近两公里的 Uf 船闸旁边。按照规定，船闸从日出起为大驳船打开，因此那里每天早上都会奏响同样的汽笛音乐会。

我在厨房点燃煤气，往炉子里添水。这又将是阳光明媚、炎热的一天。最近每天都是烈日炎炎，我还能准确地在房子不同的房间里指出太阳光每个小时照射的地方。

我打开院子的大门，我们在院子里盖了一个玻璃天篷，这样我妻子任何时候都能在院子里洗衣服，我女儿也能在这里玩耍。我又看到一辆玩具车和一个布娃娃躺在天篷后面黄色的方砖地上。

我没有马上走进修理作坊，因为我得坚持规则，就像坚持时刻表一样。时刻表是在习惯中慢慢建立起来的，它不是根据需要来定的。

炉子在烧水时，我往蓝色旧釉盆里装满玉米，盆底已经生锈，不能作其他用了。我端着盆穿过花园去喂鸡。我们有六只白色母鸡，一只公鸡。

露水在蔬菜上，在我们唯一的一棵丁香树上闪闪发光，丁香树今年提早开出淡紫色的花来，我一直听到默兹河船上的喊叫声，还有柴油机的喘气声。

我要说明的是，我不是一个不幸的人，也不是一个悲观的人。我在三十二岁时，把应该做的事都做了，提前实现了所有期待。

我有妻子、房子、一个四岁的女儿,女儿有点神经过敏,但威廉斯医生说她以后会好起来的。

我自己一个人干,我的客户日渐增多,尤其在最近几个月。因为一些重大新闻,每个人都想拥有一台收音机。我卖新机器,也维修旧机器,因为我们住的地方离码头只有几步之遥,船只晚上停靠,我有一些客户是船员。

我听到左边邻居马特雷家开门的声音,这对老夫妇很安静。马特雷先生在法国银行当了三十五年到四十年出纳,他每天早上也起得很早,因为他每天早上都会去园子里呼吸新鲜空气。

街道上所有的花园都是一样的,花园和房子一样宽,中间被矮墙隔开,围墙的高度刚刚够我们看到邻居的脑袋。

一段时间以来,老马特雷先生习惯守着我出现,因为我的收音机可以收到短波。

"费龙先生,今天早上没什么新闻吗?"

那天我在他问我之前就回屋了,我把开水倒进咖啡中。眼前熟悉的东西都在它们的位置上,让娜和我让它们固定在那儿,或者说随着时间的流逝,它们最终把自己黏在那里了。

我妻子如果没有怀孕的话,我应该已经听到她在二楼的脚步声了,因为通常我起床之后她也会马上起床。我在去修理作坊之前一般都会泡一杯咖啡,这是我早晨的第一杯咖啡。我们遵循一些惯例,我猜想每个家庭都这样。

她怀第一胎时很痛苦,分娩时非常困难。让娜把索菲的神经过敏归结为她出生时医生必须用产钳,产钳把孩子的头碰伤了。她再次怀孕以来一直担心难产,她担心给世界带来一个不正常的小孩。

她非常信任的威廉斯医生都不能让她安心。她会好几个小时甚至整晚睡不着觉。我们上床很久后，我还能听到她辗转反侧，到最后她总会差不多是叹着气问我：

"马赛，你睡着了吗？"

"没有。"

"我在想我的身体缺不缺铁，我在一篇文章里看到……"

她试图使自己朦胧入睡，但是她每天都要到凌晨两点才能睡着。但她还是会经常突然坐起来，惊慌地叫道：

"马赛，我又做噩梦了。"

"做了什么噩梦？"

"不。我最好还是不要去想它。太恐怖了。很抱歉把你吵醒了，你明天还得工作……"

最近一段时间，她快七点时起床，然后下来准备早餐。

我端着咖啡走进修理作坊，打开通向院子和花园的玻璃门。在那一刻，我享受到了一天之中的第一缕阳光，阳光就照耀在门左边一点，我很清楚阳光什么时候会照到我的工作台上。

这不是一个真正的工作台，而是一张很大很沉的桌子，来自于一个修道院，是我在一个拍卖会上买到的。桌上总是有两三台收音机要修理。我的工具摆放在墙边的工具架上，伸手就能拿到。修理作坊四周，带镂空格子的白色木质家具里塞满收音机，收音机上贴着写有客人名字的标签。

我坐下来工作之前总会旋转收音机按钮。这是一种类似于拨慢钟表的游戏。我心里毫无缘由地在想："也许我能听到今天的突发新闻。"

那天我真的听到了突发新闻。我从来没有听过播音员的声音这么紧张。无论我选择哪种电波，广播都断断续续，噪音、汽笛声、德语、荷兰语、英语、法语混杂到一起，我感觉到一种危险的频率。

"昨天晚上,德意志帝国的军队对……发动了一起大规模袭击……"

被攻击的不是法国——不管怎么样,还没说到法国,只说到了荷兰,荷兰刚刚被侵占。我听到的是比利时电台。我搜索巴黎电台,但是所有巴黎电台一片寂静。

日光的影子在灰色的地板上微微颤抖,花园尽头,我们的六只白色母鸡在公鸡周围晃动,索菲把公鸡取名为内斯托尔。我为什么会突然之间想象起我们的小家禽饲养场会变成什么样呢?我几乎同情家禽的命运。

我旋转其他按钮,在短波里寻找信息,大家可能正在短波里同时播音。我收到片刻军乐,随后信号中断,我都没来得及弄清是哪个国家的军乐。

一个英国人在念新闻,他重复的每个句子我都听不懂,他似乎在向一个记者口述。随后我又收到一个我从没听过的台,一个乡下台。

电台应该属于军队,离这里不远。十月份假战开始以来,军队就驻扎在这一带。

两个对话者的声音如此清晰,他们好像在跟我打电话一样。我猜他们在济韦,他们的对话没有一点重要内容。

"你的上校在哪儿?"

这个人有很重的南部口音。

"我只知道他不在这里。"

"他应该在这里。"

"你想要我做什么呢?"

"你该去找他。他肯定藏在某个地方睡觉,不是吗?"

"反正他不在自己的床上。"

"那么，在哪张床上呢？"

一声大笑。

"不固定……"

收音机的杂音使我没能听到后面的对话。我看到马特雷先生的白色头发和红色脸蛋出现在墙上方，他放了个旧箱子在围墙后面当小梯子用。

"费龙先生，有什么新闻？"

"德国人侵占了荷兰。"

"是官方新闻吗？"

"比利时人公布的。"

"那么巴黎呢？"

"巴黎的电台在放音乐。"

我听到他边冲进屋子边喊道：

"日耳曼人！日耳曼人！好了！他们进攻了！"

我也在想"好了"，但是这句话对我和对马特雷先生的意义不一样。我有点羞愧，我感觉松了一口气。我甚至问自己，是不是从十月份开始，甚至从慕尼黑协定开始，我就迫不及待地期待这一刻的到来。每天早上，我转动收音机按钮，听到军队没有战斗，而是互相对峙，我是不是有一点失望？

那是五月十日。我肯定是周五。一个月前，在四月初的八号或九号，德国人占领丹麦和挪威时我还抱有一线希望。

我不知道怎么解释，我想有没有人能够理解我。大家都说反正我一点都不危险，因为我近视，肯定不能入伍。我有十六度的屈光度，这意味着，如果不戴眼镜，我就像一个在黑夜中或者浓雾中的人一样会迷失方向。

我害怕自己在街上摔一跤后把眼镜打碎,然后会非常恐惧。所以我的口袋里随时都有一副备用眼镜。我还没说我的身体,我从十四岁到十八岁在疗养院待了四年,一直到几年前我都小心。而这一切与我将要尝试解释的迫不及待没有任何关系。

我从疗养院出来之后,没有什么机会过正常人的生活,更别说找到合适的工作,组建家庭。

但是我如今成了幸福的人,我应该牢牢记住这一点。我爱妻子。我爱女儿。我爱我的家、习惯,以及一直通向默兹河的那安静而阳光明媚的街道。

但战争爆发那一天,我确实感到一种宽慰。我很惊讶地高声说道:"这应该发生。"

妻子惊讶地看着我。

"为什么?"

"没有为什么。我很肯定而已。"

在我脑子里,这件事与法国和德国,波兰和英国,希特勒、纳粹或者共产党都无关。我从来都不关心政治,我对政治一无所知。我几乎很难列举出曾经在收音机里听到的法国三四个部长的名字。

不!这场战争在一年的虚假平静之后突然爆发,与我和自己的命运有关。

我已经经历过一场战争,那时我就住在这个城市:菲迈。那时我还是个孩子,一九一四年我才六岁。一个暴雨的早晨,我看见父亲穿着军装离开,母亲整天眼眶红红的。我听了将近四年的大炮声,特别是站在高处时。我还记得德国人,他们尖尖的头盔、军官的披风、墙上的布告、定量分配、劣质面包,糖、奶酪和土豆紧缺。

十一月的一个晚上,我看到妈妈浑身赤裸地回到家里,头发被剃光了。她朝跟在她身后的一群年轻人吼出一些粗鲁的和骂人的话。

我那时十岁。我们住在市中心的二楼。我们听到到处都传来尖叫声、音乐声还有爆炸声。

她穿衣服，没有看我，神情像疯了一样。她说着一些我从来没有听她说过的话。她穿好了衣服之后，用披巾在头上围了一圈，然后似乎突然才意识到我的存在。

"雅迈夫人会照顾你，直到你父亲回来。"

雅迈夫人是我们的房东，她住在一楼。我太惊恐了，都没哭出来。她没有抱我。她走到门口时犹豫了一下，但什么也没说就走出去了，街道那侧的门砰的一声关上。

我并不是在试图解释。我想说这件事跟我在一九三九年和一九四〇年的感受可能没有任何关系。我只是如实地把我回忆到的东西说出来而已。

四年之后我患了结核病，接着又得了两三种其他的病。

总之，第二次战争爆发时，我的印象是我将再一次受到命运的玩弄。但我一点也不惊讶，因为我几乎可以肯定这一天总会到来的。

这一次不会再是细菌、病毒和一种我不知道的眼睛某一部分的先天性畸形——医生们对我的眼睛也没有定论。这是一场让成百上千万的人互相残杀的战争。

我这个想法很可笑。我知道，但我准备好了。我从十月份就开始等待，已经等得不耐烦。我有点不明白了。我不知道为什么本应该发生的事情没有发生。

难道会像慕尼黑协定一样。他们会在一个晴朗的早晨向我们宣布事情全都安排好了，生活恢复正常。大战只是一种错觉？

这种发展态势难道不是意味着某些事情并没跟我的命运联系起

来吗?

阳光变得温和了,笼罩在院子上空,停留在洋娃娃身上。我们房间的窗户被打开,我妻子叫道:

"马赛!"

我站起来,走出修理作坊,向后面探出头去。我妻子脸上长了黄褐斑,和她怀第一个小孩时一样。她脸上的皮肤太紧绷了,我觉得她的脸有些动人,但似乎又有些陌生。

"什么事?"

"你听到了吗?"

"是的。是真的吗?他们进攻了?"

"他们占领了荷兰。"

我女儿站在后面问道:

"妈妈,什么呀?"

"睡觉。还没到起床的时候。"

"爸爸说了什么?"

"没什么。睡吧。"

她几乎马上就下楼来了,身上还带有床上的那种气味。因为肚子很大,她走路时两腿微微张开。

"你觉得他们会让他们过去吗?"

"我不知道。"

"政府说什么?"

"什么都还没说。"

"马赛,你打算怎么办?"

"我还没想好。我会尽量再搜一下其他新闻。"

我搜到的一直都是比利时电台广播的消息,断断续续的悲戚的声音。这个声音在凌晨一点宣布喷气战斗机和斯图卡俯冲轰炸机飞过比利时上空,在很多地方投放了炸弹。

大批装甲车进入阿登高原,比利时政府郑重请求法国政府援助。

荷兰打开堤坝淹没大片疆域,最糟糕的结果是,把侵略者拦在阿尔贝运河前面。

这时我妻子在准备早餐,摆盘,我听到釉陶碗碟的碰撞声。

"有新消息吗?"

"到处都有坦克穿越比利时边境。"

"然后呢?"

一天之中的某些时候,我的记忆那么清楚,我可以写出一份时间精确的报告。其他时候,我只记得阳光、春天的气味,和我初领圣体时那蓝色天空。

整个街道都苏醒了。那些与我们家几乎一样的屋子里的生活开始了。我妻子打开街道那侧的门去拿面包和牛奶,我听到右边的邻居,小学教师皮耶德博夫人在说话。他们有一个长着鬈曲头发、玫瑰红肤色、蓝色眼睛和洋娃娃般长睫毛的模特般的小女儿,她每天穿得都像过节般。一年前,他们买了一辆汽车,他们每个星期天都开着汽车出去散步。

我不知道我老婆在和她说什么。我根据声音判断,不只有她们俩站在外面,很多人都在自家门槛上与别人打招呼。让娜回来时脸色苍白,看上去比平常更疲惫。

"他们走了!"她对我说。

"去哪儿了?"

"去南方了,我不知道具体是哪儿。我看到街道尽头有车辆经过,车顶上放着床垫,比利时人居多。"

我们已经目睹他们在十月,在慕尼黑协定之前经过这里。一些比利时人现在再次前往法国南方,他们中的一些富人可以再等等。

"你打算留在这里吗?"

"我不知道。"

我很诚实。我看到我等待了那么久的、那么遥远的事情就要到来,我还没有提前做好任何决定。我似乎在等待一个信号,我似乎在等待某种巧合出现,让这个巧合帮我做决定。

我不再负责。我刚刚想解释的可能就是这个词。前一天我还在主导着自己和家人的生活,赚钱养家,进行一切该进行的活动。

现在不再是这样了。我刚刚失去了我的根源。我不再是马特雷·费龙,不再是默兹河旁菲迈的一个几乎全新街区的收音机商人,而是千千万万颠沛流离的百姓中的一个。

我离我的房子、习惯原来越远。就在刚才,顷刻间我就像在空中跳跃了一下。

从那时起,决定再与我无关。我开始感受到一种普遍的心跳,而不是我自己的心跳。我不再按照自己的节奏生活,而是按照收音机、街道、比我更早醒来的城市的节奏生活。

我们像往常一样在厨房里安静地吃饭,耳朵高度紧张,但因为索菲在旁边,我们故意不对外面的声音做出什么反应。我们的女儿自己可能也害怕提问,她安静地观察着我和她妈妈。

"喝你的牛奶。"

"那边还有牛奶吗?"

"哪边?"

"好吧!大家去哪儿?"

我妻子脸上挂满泪珠,她把头转过去。我毫无感情地看着熟悉的墙壁,五年前我们用心挑选一件件家具,那时我们还没结婚。

"索菲,你去玩吧。"

我妻子等女儿走后马上对我说:

"我可能得去看一下我父亲。"

"为什么?"

"看一下他们在干什么。"

她父母都还健在,还有三个已婚的姐妹,其中两个住在菲迈,另外一个和她的糕点商丈夫住在沙托街。

因为她父亲我才创业,因为他对女儿期待很高,不想把她们嫁给工人。

也是因为他我才买了这个房子。二十年付清,我还要偿付十五年的贷款。但是在他眼里我俨然已经成了一个有产阶级,他对我们的未来放心了。

"马赛,我们不知道您会发生什么。您已经痊愈了,但是您可能还会生其他病。"

他的人生是从在德尔莫特板岩矿当矿工开始的,随后他成了一个工地的头。随后他拥有了房子和花园。

"我们可以买下一处房子,如果丈夫死去,妻子还可以用房子来还债。"

今后这个世界上没有一个人能对明天有把握。在那天早上想到这个是不是很奇怪?

让娜穿好衣服,戴上帽子。

"你照顾孩子好吗?"

她去父亲家了。越来越多的汽车开过去,都是往南的。我觉得有两三次我听到了飞机的声音。飞机并没有投弹。可能是法国人或是英国人，我不得而知，因为飞机飞得很高，太阳很刺眼。

我打开商店，这时索菲在院子里玩。这其实不是一个真正的商店，因为这个房子建造得不像商业用房，顾客必须走过走廊，一扇普通的窗户充当玻璃橱窗。不远处的乳品店跟我这里的构造一样。在北方市郊，这种情况很常见。我们不得不开一扇进门，我在商店进门旁安装了门铃。

两个水手过来拿他们的收音机。收音机还没修好，但他们还是把收音机带走了。其中一个水手要回雷特尔，而那个弗拉芒人打算不惜一切代价回到家乡去。

我正在刮胡子，我边忙于梳洗，边透过窗户看管我女儿，我还看到街道两边所有的花园都青葱翠绿、繁花似锦。人们在矮墙边说话。因为窗户是打开的，又是在同一层，所以我听到了马特雷家传来的对话。

"你打算怎么带走这所有的东西？"

"我们会用得着。"

"我们可能会需要，但是我不知道怎么把这些箱子搬到火车站。"

"我们可以叫出租车。"

"那但愿我们还能找到出租车！我都不知道还有没有火车了。"

突然之间我很害怕。我想象着所有人都涌向火车站，就像现在这些开往南方的汽车一样。似乎应该要出发了，似乎时间已经不多了，似乎只剩下几分钟了。我责怪自己怎么让妻子去了她父亲家。

他会给她什么建议呢？难道他知道的比我还多？

说到底，她从来都没有脱离娘家。她嫁给了我，和我生活在一起，为我生了一个小孩，将要为我生另一个小孩。她的名字随我的姓，但她仍然还是范斯·唐特，她动不动就跑到父母家或是某个姐妹家去。

"我应该去问问贝尔塔……"

贝尔塔是糕点商的妻子，姐妹中最小的一个，也是嫁得最好的一个。可能是因为这个，让娜总把她当成权威。

我们得走，我突然之间对这一点很肯定，不用想为什么，是时候离开菲迈了。我没有汽车，我可以用手推车运行李。

我不用等我妻子回来，我爬上阁楼把几个手提箱还有一个装着旧衣服的黑色行李箱卸了下来。

"爸爸，我们去坐火车吗？"

我女儿悄无声息地爬上来，盯着我看。

"我想应该是的。"

"你还不确定啊。"

我紧张起来。我在心里埋怨让娜这个时候怎么不在家，因为我害怕随时会发生什么事情，德国坦克可能暂时还开不到城里来，但是空军的炸弹可能会把我们炸得支离破碎。

我时不时来到索菲的房间看看街道上的形势，这个房间之前没派上用场，因为我女儿不愿意在里面睡。

三所房子前面有人往汽车上装载行李，其中一所是我邻居。小学教师的女儿米谢勒就像星期天去做弥撒一样，披着卷卷的头发，穿着白色的裙子，手里拿着一个装着金丝雀的笼子，神清气爽地在那等着她的父母，她父母还在汽车顶上扣了一个手提箱。

我把我们的母鸡和公鸡内斯托尔赶到一起，索菲特别珍爱这只公鸡。因此我们说这是索菲的公鸡。三年前我在花园尽头用铁丝网建造了一个小屋形状的鸡舍。

让娜想要给孩子吃新鲜的鸡蛋。当然这是因为她父亲一直养母鸡、兔子和鸽子。他还有些信鸽，星期天展览会结束后，他会待在花园尽头一动不动好几个小时，看他的鸽子回鸽子窝。

我们家的公鸡每星期飞过墙头两三次，我得挨家挨户才能找到它。邻居们抱怨公鸡在他们的花园留下了粪便，抱怨被它喔喔的叫声吵醒。

"我可以带着我的娃娃吗？"

"可以。"

"那玩具车呢？"

"玩具车不行。火车上没这么多地方。"

"我的娃娃睡在哪里呢？"

我没有回答她，心里有点恼火。洋娃娃昨天晚上是在院子里的方砖上过夜的。我妻子终于回来了。

"你在干什么？"

"我在打包行李。"

"你打算走吗？"

"我想这是最谨慎的做法。你父母打算怎么办？"

"他们留在这里。我父亲发誓不管发生什么事都不离开他的房子。我还去了贝尔塔家。他们几分钟之后就要出发了。他们说要抓紧时间，因为好像到处都塞车，尤其是梅齐埃附近。一些斯图卡俯冲轰炸机超低空飞过比利时，用机枪扫射火车和汽车。"

她没有反对我的决定，但可能是因为她父亲，她没有表现出要急于离开的样子。也有可能她也更愿意待在家？

"有人说一些农民推着乡村小推车，车上装着所有他们可以带走的东西，车子前面是牲畜。我远远地看到火车站了。广场上黑压压的全是人。"

"你准备带些什么走？"

"我不知道。不管怎么样，索菲的东西都是要带走的。还要带点吃的，特别是给她吃的东西。如果你能找到一些炼乳就好了……"

我去隔壁街的杂货店，与我所料相反，店里一个顾客也没有。因为从十月份开始，大部分居民就已经储备好物资了。戴着白色围裙的杂货店主像往日一样镇定，我对自己的焦躁不安有点羞愧。

"您还有炼乳吗？"

他给我指了指一个装满东西的货架。

"您要多少？"

"十二盒。"

我猜想他肯定不愿意卖给我这么多。我还打算买几包巧克力，一些火腿，一整个长圆形大面包。现在已经没有了规则和价值标准。谁也说不准这些东西会不会变得很珍贵。

十一点时我们还没有准备好，让娜呕吐又耽误了我们一会儿。我犹豫了，我可怜她。我在想，她这个状态，我到底能不能把她带到一个未知的世界去。她没有抗拒我的决定，来回地走着，她的大肚子时不时碰到家具和门框。

"母鸡！"她突然尖叫道。

可能她隐约地希望我们能因为那些母鸡留下来，但是我在她之前就想到了。

"勒韦塞先生会把它们和他的鸡养在一起。"

"他们不走吗？"

"我过去问问他。"

他们住在码头上。勒韦塞家里有两个儿子在战场，一个女儿在济韦修道院当修女。

老勒韦塞先生对我说："我们听凭上帝的支配。如果他想保护我们，他会像保护其他地方的人一样保护在这里的我们。"

他的妻子默默地数着念珠。我说想把母鸡和公鸡托付给他们。

"我怎么把它们拿过来?"

"我给您留下钥匙。"

"责任重大啊。"

我恨不得立马就把那些牲畜送过来,但是我在想着火车、被人群包围的火车站以及天空中的飞机。难道现在还有时间去捉那群鸡吗?

我其实应该把鸡送过去。

"很可能这些留下来的东西最后我们一件都找不到了……"

我一点都不后悔。相反我有一种忧郁的快乐,就像毁掉一样自己亲手耐心制作的一样东西。

重要的是离开,离开菲迈,不管其他地方是否有危险在等着我们。这当然是逃亡,但在我看来,这不是因为德国人而逃亡,不是在他们的大炮与炸弹前逃亡,不是因为害怕死亡而逃亡。

我在认真思考过后,保证这就是我感受到的。我觉得对于其他人来说,这次离开的重要性并不是很大。而对于我,就像我已经说过的,这是我与命运相遇的时刻,一个我很久之前就与命运定下的约会的时刻。

让娜在离开家时使劲用鼻子吸气。我在手推车的纵梁后面,都没办法转过身去。最后我告诉勒韦塞先生,让他照看我们家的鸡。我把房门打开了,以便那些客户如果还要那些留在我这里的收音机。这仅仅是我诚实的想法。如果真的有人想要偷东西,他们难道不会破门而入吗?

一切都过去了。我推着小推车,让娜走在人行道上,索菲跟在她身边,将布娃娃紧紧地抱在胸前。

我难以钻进那么拥挤的人群中,有时候我以为我把妻子和女儿弄丢了,但是随后又在不远处找到她们。

一辆军事车辆疾驰而过,警笛声轰隆。我在离我不远的一辆比利时汽车上看见了弹痕。

所有人都一样,带着行李箱和包裹往火车站赶去。一位老妇请求把她的行李放在我的车上,她和我一起推车。

"您认为火车站还在吗?有人告诉我线路被切断了。"

"哪里的线路被切断了?"

"往迪南去的。我的女婿在铁路上工作,他看到一辆载满伤员的火车经过。"

大多数人眼中都是迷惘和慌乱,但都是焦急引起的。大家都想离开。都想及时到达安全的地方。每个人都确信肯定有一部分人将会落在后面,将会牺牲。

那么那些留在家里的人岂不是更危险?在窗玻璃后面,一张张脸在观察着逃亡者。我看着他们,觉得他们冷静如冰。

我渐渐认出我经常去取包裹的那栋大楼。我要走到那边去,我对家人做着手势让她们跟上来,抄这条路能让我们赶上火车。

铁轨上有两列火车。一列是军车,军车上的士兵袒胸露臂,用嘲弄的眼神看着人群。

我们还没有坐上另一列火车。大家都没有。一些警察在指挥着人群。我停下手推车。一些戴着袖章的年轻女子来回走动,照看着老人和小孩。

其中一个年轻女子看到了我妻子的大肚子,还有我妻子牵着的女儿。

"到这儿来。"

"但是,我丈夫……"

"货物车厢里有男人的位置。"

她不再说话。让娜愿不愿意都得跟着她走。让娜转过身来,不知道会发生什么,努力在人头攒动中寻找我。我叫道:

"小姐!小姐!"

戴袖章的女孩向我走过来。

"把这个给她。这是那个小女孩的食物。"

那也差不多是我们带的所有的食物。

我看着她们踩上脚踏板,上了头等车厢,索菲朝我挥挥手——事实上只是朝我所在的方向挥,因为我消失在黑压压的人群中,她已经找不到我了。

有人推了我一下。我摸了摸口袋,确保备用眼镜还在,眼镜永远是我最担心的事。

"请不要拥挤!"一个长着胡须的小个子先生叫道。

另一个绅士重复道:

"不要挤!火车一个小时之内都不会开。"

第 二 章

  那些戴袖章的夫人和小姐还没有让所有的老人、孕妇、儿童以及残疾人都坐上车。不光我一个人在想一个问题：最后火车上究竟还有没有座位留给男人。讽刺的是，我根本就没有预料到我妻子和女儿会离开而我自己将会被迫留下来。
  那些警察已经受够了拥挤的乱糟糟的人群。他们突然打开路障，人群立刻向五六节货车车厢冲过去。
  我在最后一分钟把食物给让娜时，也将装着她们一部分物品的手提箱塞给了她。我一手拎着更重的一个手提箱，另一只手拖着一个黑色的箱子。我每走一步，腿都会被箱子撞一下。我已经感觉不到痛了。我的脑袋里一片空白。
  我爬了上去，其实是被我后面的人推上去的。我尽量往滑动板旁边靠，成功地把黑色的箱子靠在隔板上。然后我坐在箱子上面喘了口气，把行李箱放在腿上。

刚开始，我只看到同行所有男女的下半身，后来才看到他们的脸。刚开始我觉得我一个人都不认识，这让我很惊讶，因为菲迈是一个小城市，大概只有五千居民。车厢里有很多来自周边的农民。这个我十分了解的人口稠密的城市被清空了。

每个人都匆匆忙忙地安顿下来，准备保护自己的地盘。车厢深处传来一个声音：

"已经满了！请你们不要再让其他人上了！"

我们听到最前面传来几声紧张的笑声，车厢的气氛变得稍微轻松了点。人们已经开始攀谈起来。大家坐定，身边放着手提箱和包裹。

火车车厢两头的入口打开，我们看到在站台上的一大群人已经不再对我们这列火车感兴趣，他们在等待下一列车。餐车和酒吧台被推过来，人们传递啤酒和其他酒。

"嘿，那边……是的，你，红葡萄酒……你能给我递一升红葡萄酒吗？"

一刹那，我突然想要去看一下我妻子和女儿安顿好了没有，告诉她们我找到了一个位置，让她们放心。但是我没有去，因为我担心回来时自己的位置已经没有了。

我们没有像警察说的那样等了一个小时，而是等了两个半小时。火车好几次突然跳了一下。最前面，火车车挡互相碰撞着。火车每次跳动我们都屏住呼吸，期待它能开动上路。最后火车又跳动了一下，那是他们在后面增加了一节车厢。

男人们待在打开的车门旁，告诉那些看不到的人外面的最新消息。

"他们至少加了八节车厢。现在车厢已经延长到火车弯道的中央了。"

已经在火车上安顿下来的人，多多少少确信要离开了，他们团结在了一起。

一个男人从站台上走下来数车厢。

他宣布:"二十八!"

那些被撇在站台上以及火车站广场上的人对我们都不重要了。刚刚蜂拥而至的人也与我们无关。我们都在祈祷火车在更多的人蜂拥而至之前赶紧离开。

我们看到一个护士用轮椅推着一个老妇人朝头等车厢走去。老妇人戴着一顶淡紫色的帽子,帽子上有一朵白色小堇菜花,她的手上缠着白色绷带。

随后,一些人抬着担架往同样的方向去了,我在想他们不会把已经上车的人叫下车吧,因为大家开始流传医院里的病人也要撤离。

我感觉很渴。我的两个邻居朝另一条铁道跳过去,跑向站台,拿了一些酒瓶回来。但是我不敢这么做。

我渐渐习惯周围的面孔,大部分是上了年纪的男人(因为年轻的都入伍了),乡下的妇女。一个十五岁左右的孩子长着瘦长的脖子,亚当般轮廓突出的脸。一个九或十岁的小女孩辫子上捆着一根鞋带。

我认出了一两个认识的人。首先是费尔南·勒鲁瓦,以前我和他一起去上学,他后来成为阿歇特书店的店员,书店就在我妻妹的糕点店旁边。

他在车厢另一头被卡住了,他向我打了个招呼,我也向他打了个招呼。我已经很多年没和他说过话了。

第二个人是菲迈的传奇人物,一个老酒鬼,所有人都叫他朱尔。他经常在电影院门口发宣传单。

我花了些时间才辨认出第三个人,她离我比先前那两人都近,但她大部分时间都躲在一个肩膀比她宽两倍的人身后。这是一个三十岁左右的肥胖女人,她在吃三明治。她名叫朱莉,在港口附近经营一家小咖啡馆。

她穿着一条很紧的丝哔叽布料的蓝色裙子(裙子在大腿处皱缩上去),还有一件白色衬衣,衬衣被汗水浸湿,整个身体凸显出来,别人能看到她的胸罩。

她身上散发出香粉和香水的气味,三明治上落下了口红印。

军车朝北方出发。几分钟之后,我们听到一列火车来到军车之前所在的铁轨上,有人大声叫道:

"它又回来了!"

但不是同一列火车,而是一列比我们这列更加拥挤的比利时火车,上面只有平民。车上拥挤的人群一直站到脚踏板处。

一些人朝我们的车厢扑过来。警察跑过来,大声呵斥。不知道安放在何处的高音喇叭广播说,任何人都不得离开自己的位置。

一些插队者还是成功地从站台背面的门钻进来,他们中间有个发色暗淡的年轻女人。她穿着一条黑色裙子,裙子上面布满灰尘,她没有一件行李,甚至连手提包也没有。

她胆怯地悄悄溜进我们的车厢,表情悲伤,脸色苍白,谁也没对她说话。大家只是互相交换了眼色。她背靠一个角落,蜷缩成很小的一团。

我们再也看不到汽车了,我肯定我们中没有一个人还会关注汽车。门口附近的那些人只盯着可以看到的一片一如既往的蓝色天空,一边想着德国的空军飞行小队会不会随时出现,炸掉火车站。

比利时火车到达后,流言说边境另一边有很多火车被炸掉了,还有人说那慕尔火车站也被炸掉了。

我很想描绘一下我们车厢的气氛,尤其是那种惊讶的状态。这列还没开动的火车，已经成了一个小世界，这个世界的未来悬而未决。

我们被与其他人隔离开来，我们在等一个信号、一声汽笛、一下蒸汽喷射、铁轨上轮子完全合拢的声音。

那一刻最终到来时，大家难以置信。

如果我们被告知前面的线路已经被切断，火车已经不能前行，我的同伴们会怎么做呢？他们会拎着包袱回家吗？

我想我不会屈服，我会沿着铁轨走下去。往回走已经太晚。与过去之间的裂缝已经产生。要回到我的街道、房子、修理作坊、习惯，还有那些贴了标签躺在格子柜上等着我去修理的收音机，我似乎难以接受。

站台上的人群开始慢慢地向后退去，对于我来说，他们根本不存在。那个我之前一直生活的城市（除了在疗养院的四年），都变得虚幻了。

我没有在想坐在头等车厢的妻子和女儿，也没有在想：现在她们离我真远，似乎比几百公里还远。

我没有在想她们此刻在做什么，她们是如何忍受刚才的等待的，也没有想让娜是不是又在呕吐。

我更担心我装在口袋里的备用眼镜，用手保护着，提防邻居的每一个动作。

从城市出来之后，首先映入眼帘的便是马尼塞国有森林，我们经常去那儿的草地上度过周日的下午。在我眼里，这不是那个森林，可能因为我是从火车上望过去的。金雀花盛开，火车行驶得那么慢，我甚至能看到蜜蜂在花丛间穿梭，发出嗡嗡声。

火车忽然停下来，所有人互相望着，眼睛里流露出相同的担忧。一位铁路员工沿着铁轨奔跑。最后他大声说了一些我没听懂的话，火车再度开动。

我不饿。我已经忘记了口渴。我看着绿色的树木在我几米之外溜走,有时几乎只有一米,到处盛开着白色、蓝色、黄色的野花,我不知道花的名字,我似乎是第一次看到这些花。朱莉的香水味一阵阵向我袭来,特别是在火车过弯道时,香水味中还混含着她浓重但不恶心的体味。

她的咖啡馆就像我的商店一样。那不是个真正的咖啡馆。把挡风窗帘拉下来时,外面的人看不到里面有什么。

柜台很小,没有金属保护层,后面也没有洗餐具的地方。架子上有五六瓶酒,厨房里用的那种架子。

有时我经过时会看一眼,墙上有一只固定不动的杜鹃鸟,国家关于醉酒的法令,以及一张日历。这些东西旁边贴着一张广告,广告上有一个金发女郎,女郎手里端着一杯冒着泡的啤酒。一只像香槟酒杯一样的玻璃杯给我留下了深刻印象。

我知道这些东西没有意义。我提起这些是因为我那时刚好想到了。车厢本身的气味就很重,这节车厢之前拖过牲口,车厢里散发出农场院子会有的气味。

我的一些同伴在吃大面包和馅饼。一个农民带了一块巨大的奶酪,她在用菜刀切奶酪。

大家还在交换好奇的眼神,彼此仍然小心翼翼。只有那些来自同一个村子或者同一个居住区的人才会高声交谈,特别是在辨认火车刚刚经过的地方时。

"看!德德农场!难道德德还留在那儿?不管怎么样,他的奶牛还在牧场里。"

我们穿过一些停靠点,一些荒废了的小站,路灯下面还有许多篮鲜花，墙上还贴着旅游广告。

"科西嘉，你看到了没有？我们为什么不去科西嘉？"

火车经过雷万之后跑得更快了。在到达蒙泰梅之前，我们看到一个石灰窑，还看到一排排工人房。

火车头进入火车站前，发出一声快速列车一样的凄厉汽笛声。火车经过一些建筑物和挤满战士的站台，停在一个火车站信号楼旁边，这里遍布荒废的铁轨。

我们的车厢离一个水泵很近，水泵在接二连三地滴出很大一滴的水，我又感觉到口渴了。一个农民从火车上跳出去，光天化日之下在旁边一条铁轨上小便，眼睛盯着火车头。这引发了大家的一阵笑声。大家需要发笑，有些人还故意说了一些笑话。老朱尔睡着了，手上拿着一升已经打开的葡萄酒，肚子上的布袋里还装着几瓶。

在小便的男人说道："他们，那些小伙子把火车头从钩子上取下来了！"

又有两三个人下车了。我一直都不敢。好像我无论如何都应该牢牢地死守在那里，好像这对我特别重要。

十五分钟之后，一个新的火车头把我们朝相反的地方拉去。我们不是穿过蒙泰梅，我们上了第二条路，这条路沿着瑟穆瓦河通往比利时。

我从前和让娜去那里游玩过，那还是她成为我妻子之前的事。我在想是不是那天，八月的一个星期天，决定了我的命运。

我眼中的婚礼和一个正常人眼中的意义并不一样。难道自从那晚看到我母亲光着身子头发被剪光回到家之后，我的生命中就再也没有真正正常的东西了吗？

母亲的事是不是震撼了我？当时我不理解，也没有尝试去理解。

在那之前四年，人们把很多事情都归结于战争，再没有什么神秘的事能让我震撼了。

我们的房主雅迈夫人是一个寡妇，她做缝纫赚钱，生活得不错。她照顾了我十来天，直到我父亲回来，我当时没有马上认出父亲来。他还穿着军装，但是与之前走时穿的那套不一样；他的胡须散发出一股酸腐的酒气；他的眼睛闪耀着，好像得了伤风。

总之，我勉强认出他来了，我们只有他一张照片，是他和母亲结婚那一天拍的，就贴在碗橱上。我一直在想为什么他们俩都长着歪脸。索菲会不会在我们的结婚照上觉得我和她妈妈的脸也是歪的呢？

我知道他在索沃赫先生那里工作，索沃赫先生是种子化肥商，他的办公室和仓库在码头上占据了很好的位置，那里有一条私人道路跟货站直接相连。

我母亲曾在街上把索沃赫先生指给我看，那是一个小个子男人，肥胖，脸色苍白。他大概有六十岁，他走路慢吞吞，小心翼翼的，好像非常害怕被什么东西撞到。

"他有心脏病。他可能在大街上走着走着就死掉。他上一次发作时，有人及时救了他，后来他好像叫了巴黎一个大专家过来给他看病。"

当时我还是个小孩，我用眼睛紧紧地盯着他看，看他会不会在我眼前发作。我不知道索沃赫面临我们面临的这种威胁时，是不是能够像大家一样来回走动着，脸上还没有悲伤的神情。

"你的父亲是他的得力帮手。他从十六岁就开始在他家负责采购，现在，他有一份签了字的协议。"

什么协议？我后来才知道我父亲真的是一个代理人，他的职位真的如我母亲认为的那么重要。

他重操旧业，我们慢慢习惯两个人的生活，我母亲再也没出现，他们的结婚照一直挂在碗橱上。

我需要一段时间去理解父亲的脾气为何一天一个样，甚至这一小时和下一小时都不一样。他有时候很温柔、多愁善感，把我放到膝盖上，这让我有点难为情。他满眼噙泪地对我说，他在这个世界上只有我，我对他来说已经足够了，在他的生命中，除了儿子，其他任何人都不算什么……

几个小时之后，他似乎很惊讶地发现我在他家，他像对一个仆人一样对我发号施令，大声责骂我，尖叫着说我比我母亲也好不到哪儿去。

最后我终于听说他喝酒了，更确切地说是他开始喝酒了，从战场上回来后找不到妻子，借酒消愁。

很长时间以来我都认为是这样。后来我开始思考。我还记得他回来的那一天眼睛闪闪发亮、动作一颤一颤的，还有他身上散发的酒气，他马上去杂货店找酒的情景。

他和朋友们聊起战争时，我听到了只言片语，并觉得很惊讶，我怀疑他在前线染上了酗酒的恶习。

我不怨恨他。我也从来没有怨恨过他，甚至他摇摇晃晃地走回来，身边还有个从街上带回来的一个矮胖女人，并把我锁在房间里，同时对我大骂脏话时我都没有怨恨过他。

我不喜欢雅迈夫人哄着我，把我当作一个受害者对待。我躲着她。我习惯在放学之后自己去买东西、做饭和洗碗。

一天晚上，两个路人把我父亲送了回来，他们在人行道上发现了他，他当时一动不动。我想去找医生，但是他们觉得没什么用，他们说我父亲醒酒后就好了。我和他们一起帮父亲脱了衣服。

索沃赫先生因为可怜他才把他留下来,我知道。他好几次用脏话辱骂索沃赫先生,但到了第二天他又哭着请求原谅。

没有什么大不了的。我想说的是,我从来没有过童年生活。我十四岁时,他们不得不把我送到萨瓦大区圣热尔韦一座山上的疗养院。

我是一个人坐火车去的——那是我第一次坐火车——我当时觉得自己肯定不能活着回来。这个想法并不让我悲伤,我开始明白索沃赫先生的那份从容。

不管怎么样,我从来都不像其他人一样。在学校,糟糕的视力使我什么游戏都不能玩。此外我还得了一种被认为具有遗传性的疾病,一种几乎令人羞耻的疾病。有哪个女人会愿意嫁给我呢?

我在山上的疗养院里度过了四年时光,跟现在在火车上的感受有点类似。我想说的是,过去和未来,在河谷,在远处的城市发生的事情其实都不重要。

他们宣布我痊愈并把我送回菲迈时,我已经十八岁了。我发现父亲跟我离开时差不多,只是面容更加颓唐,眼神更加悲伤和胆怯。

他看着我,等待着我的反应。我知道他感到很羞愧,他其实并不希望我回来。

我最好从事一种经常坐着的工作。我去了蓬硕家当学徒,他在城里经营一家很大的钢琴、唱片和收音机店。

我在山上的疗养院中养成了每天读两本书的习惯,并且把这个习惯坚持了下来。每个月,后来是每三个月,我都会去梅齐埃拜访一位专家,我对他说的那些话表示很怀疑。

一九二六年我回到菲迈。我父亲一九三四年死于脑栓塞,而那时索沃赫先生还好好的。我那时刚认识让娜,她在肖布莱的一家手套商店做营业员,离我工作的地方相隔两家店。

我二十六岁,她二十二岁。我们一起在夕阳下的街道上散步。我牵着她的手去电影院,接着我获许在星期天下午带她去乡下玩。

我几乎不敢相信。对于我而言,她不仅仅是个女人,更是一种正常的、有规律的生活的象征。

我肯定,就是在瑟穆瓦河谷游玩的那一次——在那之前我已经请示过她父亲了——就是在那儿游玩期间,我确信她可能会接受我,会愿意嫁给我,愿意与我一起建立家庭。

我感激涕零。我高兴地跪在她脚下。我之所以说得这么详细,是为了强调让娜对于我的重要性。

然而,在这个牲口车厢里,我没有想她。她怀着七个半月的身孕,这场旅行对她尤其艰难。我在想其他事情。我在想他们为什么把我们放到第二条线上,我们将要去的地方比我们刚刚逃离的地方更加危险。

我们停了下来,停在乡下一条已经被切断的村级道路的平交道口旁,我听见有人说:

"为了让军队通过,他们清理了道路,让军队畅通无阻。那边应该需要援军。"

火车不动了。我们什么也听不到,突然传来鸟的歌声和泉水的淙淙声。一个人跳到旁边的斜坡上,又有一人跳上去。

"喂,老大,我们还有很久才能到吗?"

"一到两个小时。但我们得先在这里过夜。"

"火车没得到通知不能出发吗?"

"火车头回到蒙泰梅去了,另一辆火车头会从那边开过来。"

我敢肯定确实有人把火车头从钩子上取下来了,我看着火车头孤零零地在森林和牧草中远去,跳到地上,首先跑到泉水处喝水。我像孩提时代那样用手掌去接水喝。水和我童年记忆中的味道一样,但多了青草和我身体的味道。

每个车厢都有人下来。人们刚开始犹豫，随即更加从容。我重新登上列车，努力朝里面寻找。

"爸爸！"

我女儿挥舞着手朝我喊。

"你妈妈呢？"

"在这儿。"

两个年纪相仿的女人挡住了我的视线，无论如何都挡在那儿，她们以责怪的表情看着我激动的女儿。

"爸爸，打开车门。我打不开。妈妈想跟你说话。"

车厢是老式的。我终于打开车门，发现两排坐八个人，一动不动，他们就像坐在牙科医生候诊室一样愁眉苦脸。只有我妻子和女儿没到六十岁，我觉得对面角落的一个老人肯定有九十岁了。

"马赛，你还好吗？"

"你呢？"

"挺好的。我还在想你怎么吃东西。幸好车停了，吃的都在我们这儿呢。"

她被卡在邻居的熊腰虎背之间，勉强能移动一下，艰难地给我递来一条长棍面包和一整个长圆形大面包。

"那你们俩呢？"

"我们受不了大蒜味，你知道的。"

"面包里有大蒜吗？"

我早上在杂货店时没有注意到这点。

"你坐得舒服吗？"

"还可以。"

"你能不能给我去找点水来？出发之前他们给了我一瓶水，但是这里这么热，我们已经把水喝完了。"

她把水瓶给了我，我跑到泉水处把瓶子装满。我跪下来洗脸时，发现那个从比利时火车上过来的女孩。

"您是在哪里找到瓶子的？"她问我。

她的外国口音听上去既不像比利时人也不像德国人。

"别人给我妻子的。"

她不再问，用手帕擦着身子，我朝头等车厢走去。在路上我的脚碰到一个空酒瓶，于是我折回去捡起来，如获至宝一样。我妻子误解我了。

"你喝啤酒了？"

"没有。只是用来装水。"

这真的很神奇。我们像陌生人一样交谈。更确切地说，像很久没见、并且不知道说什么的远房亲戚。是不是因为有一些老妇人在旁边？

"爸爸，我可以下去吗？"

"你想下去的话就下吧。"

我妻子担心起来。

"如果车子开了怎么办？"

"现在没有火车头。"

"我们得待在这里了？"

这时我们听到远处传来一声沉闷的巨响，我们吓了一跳。一位老妇像听到响雷一样闭上眼睛画十字。

"那是什么？"

"我不知道。"

"没看到飞机吗?"

我朝天空望去,天空和早上一样蓝,两朵金色的云慢悠悠地漂浮着。

"马赛,不要让她走远。"

"我会看着她的。"

我牵着索菲的手,沿着铁轨寻找瓶子,我幸运地又找到一个,比第一个还大。

"你想拿来做什么?"

我有点撒谎了。

"装食物。"

我又找到了第三个,这个瓶子里还装了点酒。我想至少给一个给那个穿黑裙子的女人。

我远远地看到她站在我们车厢前面,她沾满灰尘的黑缎子裙,她的身姿,她那所有旁边的人看了会觉得奇怪的凌乱头发。她在专心地活动着双腿,我注意到她的鞋跟很高很尖。

"你妈妈没有觉得不舒服吧?"

"没有。有个女人一直说话,她说火车会被炸掉。是真的吗?"

"她什么也不知道。"

"你觉得火车不会被炸掉吗?"

"我确定不会。"

"我们在哪儿睡觉?"

"火车上。"

"那里没有床。"

我去洗三个瓶子,将它们冲洗了很多次,尽量冲掉啤酒和葡萄酒的气味,然后我将瓶子装满清水。

我返回我的车厢，索菲一直跟在身边，我拿了一瓶水给那个年轻女人。

她惊讶地看着我，看着我女儿，点头表示感谢，爬上车厢把瓶子放好。

除了道口看守员的房子，在这里只能看到一座房子。稍远处的小山丘上有一个很小的农场，一个围着蓝色围裙的女人正在喂养家禽，好像战争根本不存在。

"你坐在这儿吗？在地板上？"

"我坐在箱子上。"

朱莉被一个面色红润、长着灰色浓密头发的男人吸引住了，那男人暧昧地看着她，他们时不时发出笑声，那种笑声就像城郊设有露天舞场的小咖啡馆的凉亭里发出来的。男人手上拿着一瓶红葡萄酒，让他的女伴用嘴对着瓶口喝。她的衬衫上留下紫色的污迹，她每爆出一声大笑，巨乳都会跳动个不停。

"我们去找你妈妈。"

"现在就去啊？"

我们这群人形成了更细的分支。一个分支是客车的人，另外一个分支是我们，牲口车厢和货车上的人。让娜和我女儿属于前者，我属于第二种，我不自觉地急着让索菲离开。

"你没有吃东西吗？"

我在道砟上打开的车门前已经吃了东西。我们不能说重要的事情，因为两边各坐了一排面孔僵硬的人。他们的目光从我妻子、我和女儿身上来回扫着。

"你认为我们能很快重新出发吗？"

"他们应该会让军队的火车先走。一旦铁轨空出来，就轮到我们了。看！火车头来了。"

我们听到了，也看到了。火车头一阵阵白烟，孤独地沿着河谷铁路的弯道驶来。

"快回到你的座位上去。我好害怕你赶不上车。"

终于可以走了，我松了一口气，亲了亲索菲，但不敢在大家面前亲让娜。一个刻薄的声音朝我吼道：

"您应该把门关上！"

几乎夏天的每个星期天我都会和让娜，或者和让娜还有女儿一起去乡下欣赏风光，我们经常在草地上吃午餐。

我今天重新找到的不是乡下的气味和味道，而是我童年记忆里的气味和味道。

很多年以来，星期天我都是坐在一块空地上，和索菲玩游戏。我采花为她编织花环，但是这一切都是平淡的。

为什么在今天，世界又重新有了滋味呢？马蜂发出的轻轻的嗡嗡声，让我想起从前我屏住呼吸观察一只绕着我的面包片打转的蜜蜂的情景。

我感觉车厢里的那些面孔更加熟悉了。而且我们产生了一种默契，比如观察到朱莉和马商的伎俩之后，我们会互相眨眨眼睛。

我不知道自己为什么会说马商这个词。这个词没有什么重要含义，也不是一个确切的职业。他看上去像马商，我在心里就是这么看他的。

这对男女互相搂着腰站着，男人的肉手在揉捏着朱莉的胸部。火车突然跳动几下，然后开始行驶。

穿黑裙子的女人一直紧贴在最里面的隔板那儿，她离我两米远，没有可以坐的地方。像很多其他人一样，她本可以坐在地板上。有个角落里坐了四个人，他们在打牌，仿佛是坐在旅馆的桌子旁。

我们最终到了蒙泰梅,随后我看到了莱维泽水闸,十来艘配有发动机的驳船在波光粼粼的水面上颤动。船员们不需要火车,但是水闸挡住了他们,我猜他们一定非常焦急。

天空变成玫瑰红色。三架飞机低空飞过,上面有令人放心的三色国旗标志。飞机飞得如此低,我们能看到一个飞行员的脸。我肯定他们在用手跟我们打招呼。

我们到梅齐埃时夕阳已经西下,我们的火车没有进站而是停在一片废弃的铁轨上。一个我没看清军衔的军人沿着火车走过,一边喊道:

"注意!所有人都不能下车!绝对禁止下车。"

火车外没有站台,一小会儿之后,安装在炮床上的大炮全速从我们身边飞快地过去。它们刚消失警报器就响了起来,这时和刚刚一样的声音命令大家:

"每个人都待在自己的座位上。下火车有危险。每个人……"

我们听到一些设备的隆隆声。城里变成黑漆漆的一片,火车站所有的灯都熄灭了,旅客可能都冲下了地道。

我不觉得害怕。我坐在那儿一动不动,盯着对面的那些脸庞,听着越来越响随后似乎远去的发动机的声音。

周围陷入一片死寂,我们的火车还在那儿,就像被遗弃在一片复杂铁轨区的中央,只有几节空车厢在移动着。我在其中看到了一节酒桶车厢,上面用黄色大字写着蒙彼利埃一个葡萄酒批发商的名字。

不管我们愿意与否,我们就这样被搁置在那儿,大家默默地等待警报结束,警报在半小时之后才结束。警报期间,马商的手一开始离开了胸部,但朱莉重新把他的手放上去,态度坚决,随后男人的嘴唇贴上女人的嘴唇。

一个农民低声骂道:

"在小姑娘面前这样也不觉得害臊!"

嘴上沾着口红的马商反驳道:

"小姑娘总有一天要学习这件事!你那么大的时候应该已经会了吧?"

我不习惯这种粗俗和下流。我想起母亲朝那些跟在她身后笑着的年轻人吐出的成篇脏话。我用眼睛寻找棕色头发女孩。她的眼睛盯着其他地方,就像没注意到也没感觉到我的关注。

我从来没有因为什么事情喝醉过,我不喝啤酒也不喝葡萄酒。但我觉得夜幕降临时自己好像处在喝多了的状态。

可能是因为下午在河谷山泉处晒了太阳,我的眼皮发痒发烫,我感觉脸通红、四肢麻木、脑袋一片空白。

一个人擦亮火柴看手表,低声宣布时间,我吓了一跳:

"十点半……"

时间似乎既快又慢。说实话,我们已经没有时间概念了。

有一些人睡着了,还有些人在低声说话。我坐在黑色箱子上,头靠着隔板,处于半睡半醒状态。火车静止不动,被黑暗和寂静包围。我感觉到附近有一阵规律的动作。过了一会儿我才明白是朱莉和同伴在做爱。

我对此并不是很反感,可能因为我的病,我总是非常腼腆。我就像听音乐一样听他们的节奏。我承认我的脑子里渐渐形成清晰的画面,一种激情蔓延至我的全身。

我重新入睡时,朱莉低声细语,可能是对另一个男人说的:

"不要!现在不要。"

很久之后,大概接近半夜时,一阵碰撞把我们惊醒,好像我们的火车又开动了。有些人沿着铁轨来回走动,一边说着话。有人说:

"这是唯一的办法。"

另外一个人说:

"我只会听警卫指挥官的命令。"

他们边说边走远了,火车开始运行,几分钟后又停下来。

我不再关心那些在我看来不可思议的事。我们已经离开了菲迈,我们无法回去,我对任何事都无所谓了。

这时响起几声汽笛声,车厢碰撞的声音,蒸汽喷射的声音,突然停车的声音。

我对那晚在梅齐埃以及世界上其他地方发生的事情一无所知,除了荷兰和比利时正被侵略,成千上万的士兵将奔赴战场,天空到处都是飞机,防空警报随时响起。

我们听到远处传来连续的爆炸声,铁轨旁的公路上驶过一列长长的卡车。

我们的车厢里伸手不见五指,呼噜声听来有一种奇异的亲切感。有时,一个极度疲劳的人被噩梦所折磨,无意识地发出呻吟。

我最终睁开眼睛时,我们的火车开动了,一半的同伴都醒了。天亮了,乳白色的光线照亮我不认识的乡村,山丘上长着树,开阔的空地上有农场。

朱莉睡着了,嘴巴半张着,上衣的搭扣解开了。穿着黑色裙子的年轻女人靠坐在隔板上,一缕头发垂在脸颊上。我在想她是不是整夜都是这个姿势,她这样能否睡着。她的目光和我的相遇了,她朝我微笑,因为我给了她一个水瓶。

"我们到哪儿了?"我身边的一个同伴醒了之后问我。

"我不知道,"门前的那个人答道,他的两条腿悬垂在半空中,"我们刚刚经过一个叫拉弗朗赦维勒的火车站。"

我们又经过另一个火车站,还是那么荒无人烟,但繁花盛开。我在蓝色和白色的牌子上看到几个字:布勒泽库赫。

火车在平淡的风景中的一个弯道上启动,悬着腿的男人从嘴里抽出烟斗,滑稽地大声喊道:

"他妈的!"

"怎么了?"

"一些卑鄙小人把火车缩短了!"

"你说什么?"

大家往前挤过去,男人用两只手挡住,抗议道:

"你们不要推!你们要把我挤到铁轨上去了。你们好好看看,我们车厢前面只有五节车厢了,不是吗?他们对其他车厢做了什么?现在我上哪儿去找我的妻子和孩子们?他妈的!真他妈的混蛋!"

第 三 章

"我就知道,火车头拉不了这么多车厢。他们终于发现了,所以只能把火车分为两截。"

"重点是他们应该提前告知我们,不是吗?女人们该怎么办啊?"

"她们可能会在雷特尔等我们。或者在兰斯。"

"至少他们应该让我们知道啊,就像让那些战士知道一样,这场他妈的战争什么时候结束,是不是永远不会结束啊?"

我不由自主地试图辨别哀叹和生气中的喜剧色彩及真实成分。难道不是因为这里有见证人,这些人才这样说话的吗?

就我个人而言,我既不激动也真的不担忧。我一动不动地待在自己的位置上,但还是有种被什么东西控制住了的感觉。有时我感觉有一双眼睛在坚持不懈地寻找我的眼睛。

我没有弄错。黑裙女人的脸向我转过来,她的脸色更苍白了。朦胧天光下,她的神情比昨天更混乱。她尽力用目光向我传达同情,我猜她想问我一个问题。

我猜她想问我："您是怎么忍受这个打击的？您是不是很痛苦？"

我感到很尴尬。我不敢对她展示冷漠的表情，她可能并不会明白。所以我装出很忧伤的样子，但是不能太过。她在铁轨上看到我和我女儿，所以肯定推断出我妻子也在火车上。对她来说，我刚刚只是暂时失去了她们，但仍然是失去了。

她棕色的眼睛从大家的头上朝我看过来，她似乎在说："加油！"

她试图用好言好语鼓励我，而我通过病态的微笑向她传达了什么呢。我差不多可以肯定，如果我们两个人距离更近些，她可能会悄悄抓住我的手。

我不想误解她，但我相信她会如此。但我现在不想向她解释我的感受，因为我们身边有这么多人。

如果以后巧合能让我们距离更近，如果她还给我机会，我会告诉她我的真心话，我不会觉得羞耻。

昨天晚上我得知荷兰和阿登高原已经被占领，我对这已经发生但我自己并未经历的事情一点也不惊讶。我认为这是一件发生在命运和我之间的事情，现在我对自己的这一想法更加肯定。一切已经非常明朗。这件事让我与我的家庭分离，我的确受到了伤害。

天气清凉，天空和昨天一样明澈。昨天的这个时候我还在花园里喂鸡，并不知道那就是我最后一次喂鸡。

我想起了那群母鸡，还有公鸡内斯托尔和它那深红色的鸡冠。老勒韦塞先生捉住它时，它肯定会凶恶地挣扎。

我想象着那幅场景。两堵低矮的石灰墙中间，翅膀扑腾着，白色的羽毛在空中飞舞，公鸡的喙啄击着地面。马特雷先生如果没走，可能会登上箱子，从墙壁上看下去，像往日那样提供建议。

然后我又想起那个刚刚向我表示同情的女人,我只是给了她一个在铁轨上捡来的空瓶子。

她忙于用汗湿了的手梳理头发时,我心里在想她是哪一类女人。我没想出来。说到底,她是哪种女人对我来说都一样。我后来想起我口袋里有把梳子,可以给她用。我起身时,旁边有人向我使了个眼色。

他弄错了。不是他想的那样。

火车缓慢地行驶着,我们离城市和郊区都很远。然后我们听到有规律的隆隆声,但不能马上确定到哪儿了。刚开始那只是空气的震动声。

叼着烟斗的男人腿一直垂在半空中,他大声叫道:"我们看到了。"

他不晕车,他占了一个最好的位置。

我后来才知道他是金属架安装工。

我弯着腰也看到了,因为我离滑动板不远。那个男人在数:

"九……十……十一……十二……有十二个……可能这算空军飞行小队,看上去真像鹳啊……"

我只在高高的天空中数出了十一个。阳光下,它们看上去是白色的,闪耀着光芒,形成一个规则的V形。

"那个,他在那里做什么?"

大家贴到一起。我们看着天空时,我感觉有只女人的手搭在我的肩膀上,她似乎是很不经意地做出了这个动作。

V字侧面上的最后一架飞机脱离其他飞机,好像要栽倒到地上。我们的第一反应是飞机就要坠毁了。它以惊人的速度变大,呈螺旋状俯冲下来。然而其他飞机没有继续朝天边飞行,而是开始形成一个巨大的圆圈。

这一切发生得很快,我们根本没有时间感到害怕。俯冲下来的飞机在我们的视野中消失了,但是我们听到它那可怕的轰隆声。

第一次,它从火车上飞过,整个机身从前到后压得那么低,我们的第一反应是弯下腰来。

它渐渐远去,但只是为了重新开始不同的动作。这一次我们听到机关枪在头上咔哒咔哒扫射,也听到了类似于木材爆裂的声音。

我们车厢和其他车厢到处都是尖叫声。火车仍往前开了一小会儿,然后就像一只受伤的动物,在抖动了几下之后停下来。

有好长一段时间,周围一片寂静。我第一次感到恐惧,但可能并没有像车上其他同伴那样深呼吸。

但我还是一直盯着天上看,刚刚向下冲的那架飞机又重新像箭一样冲上天,我们可以看到飞机上有两个"卐"字,飞行员看了我们最后一眼。高处的其他飞机转着圈,这一架回到原来的位置后,所有飞机恢复队形。

"混蛋!"

我不知道是谁喊出这个词的。所有人松了一口气,从瞠目结舌中清醒过来。

一个小女孩哭起来。一个看上去不知道自己在说什么的女人在她前面一边推开人群一边重复道:

"让我过去……让我过去……"

"您受伤了吗?"

"我丈夫……"

"您丈夫在哪儿?"

大家不自觉地去找一个躺在地板上的人。

"在另一个车厢……在受到袭击的那个车厢……我听到了……"

她惊慌失措地从大石渣上跑过,边跑边大声喊:

"弗朗索瓦！弗朗索瓦！"

所有人的脸色都不好看，所有人都不想看别人的表情。我觉得一切似乎都在慢镜头里进行，这可能只是一个幻觉。我记得有一些地方很吵，但这些噪音的周围一片寂静。安静和吵闹对比鲜明。

车厢上下来一个人，接着又下来一个，然后又下来第三个。他们就地小便，其中一个都没有转过身去。

更远处传来持续的悲叹声，还有动物的嚎叫。

朱莉站了起来，上衣从她皱巴巴的裙子里蹦出来，她用一种女醉鬼的语气说道：

"很好嘛，我的下流胚！"

她重复了三四次。我下去后她可能仍在重复，她帮黑裙女人滑到地上。

为什么那个时候我要问她：

"我们怎么称呼您呢？"

她并没有觉得这个问题很愚蠢或是不得体，因为她回答道：

"安娜。"

她没有问我的名字。但我还是对她说：

"我叫马赛。马赛·费龙。"

我本来想像其他人一样小便。但是我不敢，因为她在旁边。但我忍不住。

铁路旁边有一片草地，草长得很高，围着装有倒刺的铁丝网。草地一百米开外有一座空无一人的白色农场。一堆粪便周围围着一群鸡，鸡群一起鸣叫，躁动不安，好像它们也害怕。

其他车厢的乘客也下来了，他们也是如我们一般笨拙和不知所措。

有一个车厢前人群更加密集，人们的表情更加严肃。有一些脸庞转过来。

"有个人告诉我们他们那里有位女士受伤了,我猜你们之间没有谁是医生吧?"

为什么我觉得这个问题有点滑稽搞笑呢?医生会坐牲口车吗?他难道认为我们中间有谁会是医生?

车厢前端,脸和手都黑乎乎的火车头司机用手臂做着大大的手势,我们随后得知机修工被杀了,一颗子弹打在他脸的正中央。

"他们又回来了!他们又回来了!"

一个似乎是卡在喉咙里的尖叫声响起。所有人都像前面那些人一样马上趴倒在路堤脚的草地上。

我像其他人那样做;安娜也是。现在,她就像一只没有主人的狗一样跟着我。

天上的飞机又飞了一圈,向西移动一点,但并没有袭击我们。随后我们看到飞机呈螺旋形下降,在快要跌碎在地上时忽又抬升,贴地飞行,接着旋转机翼,朝原来的路线飞行,机关枪开始扫射。

它离我们大概有两到三千米远。我们看不到它,它被一片枞树林也可能是一个村庄或是一条道路给遮住了。它再度飞起来,回到等待它的队伍中,然后跟随着队伍朝北方飞去。

我像其他人一样起来,去看那个死了的机修工,他身体的一部分在平台上,在还开着的火箱旁,头和肩膀悬在半空中。原来是脸的地方只有一大团黑色和红色,血从那里大滴大滴地流着,掉在灰色的碎石块上,摔碎。

我感到一阵恶心,尽力不去看,因为安娜在我旁边,因为那个时候她挽着我的手,就像年轻女孩在街上散步时挽着爱人的手臂一样。

我想她应该没有我激动。然而我也没有自己预想的那般激动。那个疗养院里经常有人死,但是他们不会让我们看到。那些护士会及时处理,他们把病人从病床上抬走,有时候是在深夜。我们都知道那意味着什么。

那里有一个死者专用房间,在地下室里。他们把尸体放在那里,直到死者家属把尸体领走,如果死者家属没来或者没有家属,他们就把尸体埋在村庄的小墓地里。

那些尸体与维修工的尸体不一样。疗养院的地下室里也没有阳光、草地、鲜花、咯咯叫的母鸡,以及围着我们头转的苍蝇。

"我们不能让他就待在那里。"

人们互相望着。两个年纪相当的人给司机搭了一把手。

我不知道他们把机修工抬到哪里去了。我沿着火车走,发现隔板上有一些窟窿,木板上有一些长长的断痕,就像砍树时留下的断痕那样清晰。

一位女士受伤了,她的肩膀几乎被子弹掀掉了。

我们听到她就像分娩那样发出呻吟声。围在她身边的只有女人,特别是年龄大的妇女,因为男士不方便,他们安静地走开了。

"不堪入目。"

"我们要做什么?待在这里直到他们回来再次袭击我们?"

我看到一个老人坐在地上,一条染了血迹的手帕蒙在脸上。一个被子弹打中的酒瓶在他手上爆炸了,玻璃碎片划破了他的脸。他毫无抱怨。我们只看到他的眼睛里流露出一种惊愕。

"我们得找个人来为他治疗。"

"谁?"

"火车上有个接生婆。"

我看到她了,一个脾气不好的矮小老妇人,身材健壮,头顶上顶着一个发髻。她不是我们车厢的。

大家不自觉地重新按照车厢聚集起来,在我们队伍的最前面,嘴上叼着烟斗的男人不停地没有信心地抱怨着。他是少数没有去看死去的机修工中的一个。

"天哪,我们到底在等什么?难道没有一个戴绿帽子的丈夫能开动这个完蛋的机器吗?"

我看到一个人走上碎石地,手里抓着死鸡的爪子,坐在地上给鸡拔毛。我不想弄明白这件事。这里的每件事都和日常生活不一样,但似乎都应该发生。

"司机需要一个身体强壮的人给锅炉铲煤,这个人将代替修理工的工作。司机觉得这样可以。现在跟交通正常时可不一样。"

超乎所有人预料,马商自告奋勇,而且并没有拿这事大作文章。他似乎很高兴,就像一个响应魔术师的号召而登上舞台的观众。

他脱下上衣和领带,在走向火车头前把手表托付给了朱莉。

被拔了一半毛的鸡被挂在天花板的一根杆子上。我们中间有三个人汗流浃背,呼吸短促,靴子上沾满稻草地回来了。

"小伙子们,回到自己的位子上去。"

一个十五岁左右的年轻小伙子从那个被舍弃的农场拿来一个铝锅和一个煎锅。

别人是不是也在我家做同样的事情?

我听到一些荒诞而巧妙的回应,我们情不自禁地笑了起来。

"这样我们在火车下坡时就不会被甩出去了。"

"白痴,火车要是脱轨呢?"

"我们看到过脱轨的火车吗?在和平时期你们看到过吗?那么到底谁是白痴呢?"

一群人在火车头旁边躁动了一阵子，最后惊讶地听到火车响起正常的汽笛声。我们缓缓地重新出发了，几乎像在走路。火车渐渐加速，终于发出碰撞声。

十分钟之后，我们从一条马路前经过，这条马路横穿过铁轨，路上塞满乡村小推车和牲口，到处都是试图穿过马路的汽车。两三个农民举起手跟我们打招呼，他们比我们更严肃更沮丧。我觉得他们看我们时似乎带着羡慕。

随后我们看到一条跟铁轨平行的马路，路上有许多朝着两个方向去的军用卡车，还有一些发出连爆音的钻来钻去的摩托车。

我猜这是雷特尔的欧马涅省级公路，但我不能肯定。不管怎么样，我们在靠近雷特尔，那些标志以及越来越密集的房子可以证明这一点，是城市周围的那种房子。

"您是比利时人吗？"

我找不出其他可以对安娜说的话，她就坐在我旁边，我们都坐在箱子上。

"我来自达穆尔。他们决定在深夜时解放我们。但他们要等到早上才处理我们的事情，因为没有一个人有关押我们那个地方的钥匙。所以我宁愿自己跑到火车站去，我跳上了第一辆火车。"

我没有因为不耐烦而乱动弹。我可能没注意听，也可能流露出了惊讶的表情，她继续说道：

"我在女子监狱。"

我没有问她为什么。我觉得这很正常。我在这个牲口车上，我的妻子女儿在另一个车厢上，我在火车头上看到死去的机修工，在另外的地方看到机关枪子弹打中酒瓶，酒瓶又在老人的手上爆炸。从此往后，对我来说，任何事情都是正常的。

"您是菲迈人吗?"

"是的。"

"那是您的女儿吗?"

"是的。我妻子已经怀孕七个半月了。"

"您会在雷特尔找到她的。"

"可能吧。"

那些曾经当过兵的人,那些比我更擅长干活的人,正在为第二天晚上做准备。他们把稻草铺在地板上。我们有了一张巨大的公共床。有人已经躺下了。玩牌的人在互相传递一瓶烧酒,酒瓶没有传出他们的圈子。

我们已经到雷特尔了,在那里我们突然第一次意识到自己和其他人不一样,我们是一群难民。我说的是我们,尽管我并不清楚他们心里的反应。然而我认为我们在一起的时间虽然短暂,但是反应应该是差不多的。

还有一种同样的疲惫。那种疲惫与工作了一整晚或彻夜未眠的疲惫完全不同。

我们可能还没有变得冷漠,但每个人都不愿意思考了。

况且我们能思考什么呢?我们什么也不知道。已经发生的这一切并不在我们的思考范围之内,思考和讨论都是徒劳的。

例如从火车开了不知道多少公里后,我就开始担心那些小站。我已经说过了,那些地方都已呈现废弃状态,一列火车经过时都没有工作人员吹哨或挥红旗。那些地方聚集了很多人,站台上应该组建纠察队。

我最终找到了一个似乎比较好的答案:慢车取消了。

公路也是同样的情况,有一些公路不能走了,可能因为军事原因禁止通行。

那天早上，我正坐在安娜旁边时，菲迈的一个我不认识的人告诉我城里有个撤退计划，他在市政府看到了告示。

"一些特别列车已经被告知将要运送难民到接待的村庄里，在那里一切都已经安排妥当。"

这非常可能。我没有看到告示。我很少去市政府那里。我们到达火车站时，妻子、索菲和我跳上了开来的第一列火车。

我想起我的邻居是对的，雷特尔有护士、童子军和接待站在等着我们。一些担架已经准备好了，好像他们已经知道我们会发生什么。我后来才知道我们的火车并不是第一列在路上被机枪扫射的火车。

"那么我们的妻子呢？我们的孩子呢？"火车完全停车前叼着烟斗的男人大声喊叫。

"您是哪里人？"一位夫人问道。她上了年纪，穿着白色衣服，一看就知道属于上流社会。

"菲迈。"

我在火车站看到至少有四列火车。候车大厅和栏杆后面挤满了人，栏杆这一边也挤满士兵和军官。

"伤员在哪里？"

"我的妻子在哪儿呢，天杀的？"

"她可能在去往兰斯的火车上。"

"什么时候？"

跟他的说话的人越是温柔，他就表现得越咄咄逼人，怒气冲冲，因为他开始感觉到自己有权利这么做了。

"大概一个小时之前。"

"她没有等我们？"

他的眼睛里闪现出一些泪花,他非常担心,可能也感觉到不祥的征兆了。但这并未能阻止他在几分钟之后往年轻女孩们手上的三明治扑去。这些女孩手上提着装满三明治的大篮子,从一个车厢走到另一个车厢。

"我们可以拿多少个?"

"吃饱为止。没必要储存食物。您在下一个车站又会吃到新鲜的食物。"

他们给我们提供碗装的热咖啡。一个护士走过来问道:

"没有伤员和病人吗?"

他们准备了奶瓶,一辆救护车在站台尽头等着。旁边的铁轨上,一辆载着弗拉芒人的火车似乎就要出发了。那些人已经吃过东西,他们惊奇地看着我们大口吞下三明治。

冯·斯特拉滕家族的人原籍弗拉芒,他们三代以前就生活在菲迈,他们已经不再说原来的语言了。但是在板岩矿场,人们仍叫我的岳父勒弗拉芒。

"上车!小心……"

到目前为止,他们把我们滞留在火车站或者是不知道在哪的铁路停车线上好几个小时了。现在,他们想将我们草草了结,好像想赶紧摆脱我们。

站台上人太多,我看不到报刊亭里报纸的标题。我只看到"军队"这个词的字体非常大。

我们在行进中,戴着袖章的年轻女孩还在沿着火车跑,分发最后几块巧克力。她朝我们的方向扔了一把。我接住一块,给了安娜。

我们将在兰斯和其他地方发现同样的接待中心。马商获准在火车站的盥洗室洗了个澡,之后回到我们中间,成了英雄。我听到朱莉称他为杰弗。他手里拿着一瓶在火车站餐厅买的君度橙味甜酒,手上还有两只橙子,橙子的香味溢满整个车厢。

快到傍晚时火车还在雷特尔和兰斯之间,因为火车开得不快,一个农民站起来抱怨道:

"算了!我还是不要把自己憋出病来。"

她朝打开的门走过去,在地上放下一个纸板箱,蹲下去一边上厕所一边念叨着什么。

这是个信号。所有的规矩都不起作用了,昨天那些规矩还在这里起作用。今天,看到马商把头枕在朱莉圆滚滚的肚子上睡觉时,没有一个人表示异议。

"您没有烟吗?"安娜问我。

"我不抽烟。"

我在疗养院时他们禁止我抽烟,后来我也没想过要抽。我的邻居递给安娜一支。我连火柴都没有。地上有稻草,我担心稻草会被点燃,而其他人从昨天起就一直在抽烟。我感到没来由的不快,这可能是一种嫉妒。

我们在兰斯的郊区停了很长时间,看着后面的房子。火车站广播通知我们,火车将在半小时后出发。

于是大家纷纷冲向餐厅、厕所和问讯处,没有人听说过去一辆来自菲迈的火车,上面是女人、孩子和病人。

有些火车没有停留就朝各个方向驶去,车厢里挤满军人、军需品和难民,我希望不再发生袭击事件。

安娜建议我:"您妻子可能给您留信息了?"

"在哪里?"

"您为什么不问问这些女士?"

她指着接待站的那些年轻女士。

"您可以再说一遍她的名字吗?"

年龄最大的女士从口袋里掏出一个笔记本,我看到不同笔迹的手写名字,大部分字都歪歪扭扭。

"费龙?没有。她是比利时人吗?"

"她来自菲迈,身边有一个四岁的女孩,女孩手里抱着一个穿着蓝色衣服的布娃娃。"

我非常肯定索菲没有丢下布娃娃。

我继续说道:"她怀孕七个半月了。"

"去医务室问问,她要是感觉不舒服肯定会去医务室的。"

这间房子是由办公室改造而成的,里面充斥着消毒水的味道。不!这里已经接收了一些孕妇。其中一个必须紧急转移到妇产院生产,但是她不叫费龙,她的母亲和她在一起。

"您一定很担心吧?"

"不是很担心。"

我早就确定让娜不会给我留信。那不是她的风格。她从来不会想到要去麻烦这些高贵夫人中的某位把她的名字写在本子上或者去吸引别人的注意。

"您为什么经常把手放在左边的口袋里?"

"因为我的备用眼镜在口袋里。我害怕把它弄丢或打碎。"

有人在给我们发三明治,每人一个橘子,还有可以随意放糖的咖啡。有人把方糖放进口袋。

我注意到角落有一堆枕头,我问能不能租两个,有人回答我说不知道,相关负责人不在,一个小时之后回来。

我有点不自然地拿了两个枕头,我重新登上车厢,同伴们得知有枕头这回事后都冲过去拿。

我想到这些时,惊讶地意识到,在长长的旅途中,安娜和我几乎什么也没说。但就像有一个约定,我们谁也没离开谁。我们在兰斯分开去上厕所,我出来后发现她在男厕所门前等我。

"我买了一块香皂。"她带着孩童般的快乐告诉我。

她身上散发出香皂味,她的头发是湿的,她为了梳头故意弄湿的。

在这次出行之前,我坐火车的次数双手就数得过来。第一次是十四岁时去圣热尔韦,他们给我一张卡片,上面写着我的名字、目的地和备注:

"如果这个小孩遇到困难或麻烦,请找雅克·德尔莫特夫人,菲迈,阿登。"

我四年之后回家时已经十八岁,不再需要这种卡片。

后来我定期坐火车去梅齐埃看专科医生,做 X 射线检查。

就像人们说的那样,德尔莫特夫人是我的恩人,我最后也接受了恩人这个词。我不想去回忆她被别人带过来照顾我的情景。那是一九一四年战争过后不久,我还不到十一岁。

他们不得不告诉她我母亲的失踪和我父亲的德性,我那时几乎是一个弃儿。

那时我经常去少年之家,一个星期天,迪布瓦神父告诉我一位夫人邀请我下星期四去和她一起吃点心。

就像所有的菲迈人一样,我知道德尔莫特这个名字,因为德尔莫特家族是大板岩矿场主,城里的每个人多多少少都依靠他们家而活。在我印象中,德尔莫特家族就是那些姓德尔莫特的老板。

雅克·德尔莫特夫人五十岁左右,是德尔莫特家族里从事慈善事业的人。

他们都是兄弟、姐妹、连襟或是堂表兄妹。他们的财产有一个共同来源，但是他们形成了两个明显的集团。

很多人都很好奇，德尔莫特夫人对家族的不和谐感到羞耻吗？她很早就成了寡妇，独自将儿子培养成医生，后来她儿子战死前线。

从那以后，她就和两个女仆生活在一座很大的石头房子里，每天下午都在凉廊里度过。人们从街上就能看到她穿着饰有白色花边窄领的黑裙，为收容所的老人织毛衣。她身材瘦小，脸色红润，浑身散发出一种甜甜的香气。

她在凉廊里请我喝巧克力吃糕点，问了我一些关于学校、同学、以后想做什么的问题。她没有谈起我的父母，她问我是否乐意去教堂服务，于是我当了两年侍童，给举行宗教仪式时的神父帮忙。

她几乎每个星期四都会邀请我（有时还有另外一两个小男孩小女孩）去吃点心。房子里总是摆着做好的干蛋糕。有两种蛋糕，一种是明亮的黄色，柠檬味，另一种是褐色，香草和杏仁味。

我还记得凉廊的气味。冬天的时候，那里跟其他地方不一样，我觉得那里更安全，就像四周被包起来了。

我得上别人最初认为是干性胸膜炎的病之后，德尔莫特夫人过来看我，是她和司机德西雷开着车把我送到梅齐埃的专科医生那里。

三个星期以后，多亏她我才进入结核病疗养院，如果没有她出面，那里是不会给我提供床位的。

我结婚时，她送给我们一个银酒杯，酒杯摆在厨房的餐具柜上。最好应该把它摆在饭厅里，但我们没有这样做。

我想德尔莫特夫人在我的生命中间接地扮演了一个重要角色，更间接地是促成了我离开菲迈。

而她没有必要离开，因为她已经是一个老妇人，好像时时都处在同一个季节。她现在住在尼斯。

我为什么会想到她呢？牲口车厢里一片黑暗，我一边想她一边问自己敢不敢抓住安娜的手。我感觉她的肩膀靠在我的肩膀上。

德尔莫特夫人把我变成了侍童，安娜是从监狱里出来的。我没有打听她犯了什么罪。

我突然想起她没有行李，也没有手提包。监狱在释放犯人时应该不会把犯人的东西还给他们。所以我可以肯定她身上没有钱。然而刚才她告诉我她买了一块香皂。

杰弗和朱莉并肩躺着，在舌吻。我能感觉到他们唾液的气味。

"您不想睡觉吗？"

"您呢？"

"我们或许可以躺下来？"

"应该可以。"

每个人都不得不碰到旁边的人，我敢肯定地板上到处是腿和脚。

"您还好吗？"

"还好。"

"您不冷吗？"

"不冷。"

在我背后，那个被我看作马商的男人缓慢地爬到女伴身上，女人双膝分开，一边膝盖紧挨着我的腰。我们靠得那么近，我的注意力那么集中，我知道他进入的准确时刻。

我肯定安娜也知道。她的脸她的头发碰到了我的脸，她的嘴唇张开了，但是她没有吻我，我也不敢吻她。

除了我们，应该还有些人醒着，他们应该也都知道。行驶的火车摇晃着我们的身体，之后，轮子在铁轨上发出的噪声变成一种音乐。

我一直是一个腼腆的人,在思想上也很腼腆,所以可能会表现得很粗俗、很笨拙。

我并不反感我的生活方式,那是我自己选择的。我耐心地实现了理想,直到昨天,我还真真切切地生活在理想的生活中,它让我感到满足。

现在我在这儿,在黑暗中,火车唱着歌穿过红色或绿色的微光、电报线、稻草上躺着的其他躯体。还有,就在附近,在我触手可及的地方,迪布瓦神父说的肉体行为正在发生。

一个女人绷紧的、颤抖的身体紧靠着我,她一只手滑过去撩起黑色的裙子,把短裤脱到脚跟处,然后以一种奇怪的姿势脱下内裤。

我们一直没有亲吻。安娜引导我,让我把自己蜷成一团,我们各自就像蛇一样安静。

朱莉气喘吁吁,这时安娜帮我进入她的身体,我觉得非常突然。

我没有叫出来。但是我差点叫出来。我差点说出一些没条理的话,说谢谢,说我幸运,或者呻吟。这种幸运把我弄疼了,疼得我必须尽力完成一件不可能的事。

我很想一下子把我对这个女人的温柔全部表达出来。昨天她是陌生人,我还不认识她,今天她已经成了我的意中人。

我不知不觉中伤害了她,我的手想要抓住一切。

"安娜……"

"嘘!"

"我爱你。"

"嘘!"

这是我第一次发自肺腑地说我爱你。也许我爱的不是她,而是这种生活?我想大概可以这么说:我想在她的生命中停留几小时,不想任何事情。我想成为阳光下的一棵植物。

我们的嘴唇相遇了，两张嘴唇都湿漉漉的。我没有像年轻时那样请求许可：

"我可以吗？"

我可以，因为她不担心，因为她没有拒绝我，因为是她把我留在身边。

我们的动作缓和下来，我们的嘴唇终于分开。

"不要动。"她喘着气说。

我们看不见对方。她像个雕刻家那样，用手轻轻抚摸我的额头，我脸上的线条。

她低声问：

"你感觉舒服吗？"

我没听错吧？难道我是在和命运约会？

第 四 章

像往常一样,我黎明时分就醒了,那时接近早上五点半。已经有一些人(主要是农民)坐起来了,低头看着车厢地板。为了不吵醒其他人,他们只用眼神和我打了招呼。

昨晚我们把拉门关上了,但此刻我们仍能呼吸到日出之前的新鲜空气。我担心安娜会着凉,把上衣盖在她的肩膀和胸前。

我还没有真正看过她。我可以趁她睡觉好好观察她,事情的进展让我有些慌乱。我没有经验。直到现在,我只看过妻子和女儿睡觉,我很了解她们清晨时是什么样子。

让娜还没有怀孕时就有些胖,她在天蒙蒙亮时比白天看起来更年轻。她脸上的轮廓就像小孩子一样,她也像小女孩那样噘着嘴,差不多和索菲一样天真、满足。

安娜比我妻子年轻。我猜她大概二十二岁,最多二十三岁。但是今天早上我发现,她的脸透露出比实际年龄更成熟的样子。我靠得更近一些，发现她是其他民族的。

我不知道她来自哪个国家，但她的生活、思想和认知方式和我不同，和菲迈人以及我认识的所有人都不同。

她睡觉时并未放松，而是以一种防御之态躺着。她前额中间凹陷了一块，有时她的嘴角会微微颤抖一下，好像正在经历痛苦或是看到了令她不快的画面。

她的皮肤也不像让娜。她的皮肤更紧致，肌肉能像猫那样瞬间绷紧。

我不知道我们到哪儿了。牧场旁边有一些白杨树，草地还是绿的。和其他地方一样，路上的广告牌络绎不绝。我们经过一条几乎荒废的马路，这里没有什么能让人想到战争。

我的水瓶里面还有水，手提箱里有毛巾和剃须刀。我刮了胡子。昨天我就觉得羞愧，红棕色的胡须有半厘米长，盖住了脸颊和下巴。

我刮完后发现安娜一动不动地看着我，我不知道她醒了多久。

她应该和我刚才一样，也在仔细观察我。我一边擦脸一边对她笑，她也对我微笑。我觉得她的微笑不自然，她好像在想事情。

我一直看着她额头上的皱纹。她用肘部撑着站起来时发现身上盖着我的上衣。

"你为什么这么做？"

如果不是她首先说话，我不知道应该对她称您还是你。我之前一直在斟酌。她让这个问题变得简单了。

"太阳升起来之前，天还挺冷的。"

她和让娜的反应不一样。让娜会连声道谢，觉得必须表现出很受感动的样子。

安娜只是问我：

"你睡觉了吗?"

"睡了。"

她的声音很轻,因为还有人在睡觉,但她不认为这样有用。她和我刚才一样,用眼神和那些已经醒了并盯着我们看的人打招呼。

我在想,是不是从昨天她溜进我们车厢时我就被她打动了。她和其他人不一样。她不参与大家的活动,她独立于其他人之外。

经过昨天到昨晚发生的一切之后,说这些话似乎有点荒谬。然而我就是这样想的。她沿着铁轨跟着我走而我却没有叫她。我给了她一个空酒瓶,没有管她要什么东西作为交换。我没有和她说话。我没有向她提任何问题。

她接受了我行李箱上的空位,没有说谢谢,和现在看到我的衣服后一样。我们俩的身体靠在一起时,她露出肚子,引导我。

"你不渴吗?"

第二个瓶子里还有些水,我把水倒在一个露营用平底大口杯里。这个杯子是我妻子放进行李箱的。

"几点钟了?"

"六点十分。"

"我们到哪儿了?"

"我不知道。"

她把手指放到头发上,总是若有所思地问我一些小问题。

"你很镇定,"最后她总结道,"你一直都很镇定。你并不害怕生活。你没有什么问题要问吗?"

"你们不能安静下来吗,你们俩?"胖朱莉埋怨道。

我们微微一笑,我们坐在箱子上看着窗外变幻的风景。我抓着她的手。她允许我这样做,但是我觉得她有点惊讶,特别是当我把她的手放在嘴上给她指尖一个吻时。

很久之后,一个村庄里传来的弥撒结束曲让我想起今天是星期天,想起两天前的这个时候我还在家里想着要不要出发。我惊讶得目瞪口呆。

我回想起自己给鸡喂玉米,正在这时泡咖啡的水开了。我想起马特雷先生的头出现在墙头上,我的妻子在窗户里,脸庞既浮肿又疲惫,随后我女儿忧心忡忡的声音响起。

我想起收音机里那段找不到上校的滑稽对话,现在我自己也处在混乱之中,我能理解那段对话了。

我们再一次缓慢行驶着。一段弯曲的铁轨使我们几乎绕了整个村子一圈,村子坐落在一个小山上。

这里的教堂,房子的形状与颜色跟我们家那里不一样,但是教堂前广场上的基督教徒正在举行同样的仪式。

穿黑衣服的男人年纪都很大了,因为年轻的都在前线的战壕里,时刻准备冲锋陷阵,但我猜他们一定急不可耐地想冲进旅馆里去。

老妇人急匆匆地擦着墙角,一个接一个来回走着,穿着浅色裙子的少女和少年在等待着。少女和少年一拿起弥撒书,小孩子们马上跑开了。

安娜一直在观察我,我在想她是否知道星期天弥撒。索菲出生前,让娜和我参加十点钟的大弥撒。我们参加完弥撒后在城里玩一圈,跟认识的人打招呼,最后到她的姐妹家吃糕点。

我每次都主动要求付钱,但他们会给我打八折。通常蛋糕还是温热的,我在路上就闻到了甜味。

索菲出生后,让娜习惯七点钟去参加弥撒,我在家带索菲。索菲学会走路之后,我带着她去参加十点钟的弥撒,而我妻子在家准备中餐。

今天早上菲迈有没有大弥撒呢？还剩多少基督徒？德国人还没有轰炸并占领那个城市吗？

"你在想什么？想你妻子？"

"不是。"

确实不是。让娜只是偶然出现在我的思想里。我还想起老马特雷先生以及小学教师的卷发女儿。他们的汽车有没有在马路上嘈杂的人群中开辟出一条道路呢？勒韦塞先生有没有去找我们的母鸡和可怜的内斯托尔呢？

我并不激动。我很平静地问自己这些问题，几乎只是出于好玩。现在一切都有可能，例如菲迈可能已经被夷为平地，所有的人都被射杀。

但这一切我都可以接受，就像机修师在火车头的驾驶舱里死了，甚至还有，我竟然会在四十几个人中间和一个刚从监狱里出来的年轻女人做爱，前一天我还不认识这个女人。

越来越多的人坐下来，他们眼神茫然。有些人从包裹里拿出一些吃的出来。我们快到一个城市了。我在牌子上看到一些我不熟悉的名字。然后我看到我们在奥塞尔，但我不记得这个地方是在法国的哪里。

我不知道为什么我觉得我们已经过了巴黎。实际上我们避开了巴黎，昨晚我们经过的是特鲁瓦。

现在我们是在一个巨大的玻璃天棚下，这个火车站与我们之前经过的任何一个火车站都不一样。

这里才是真正的星期天早上，战前的星期天。没有接待服务，没有护士，没有戴袖章的年轻女孩。

总共只有二十来个人坐在站台绿色的长凳上等车，阳光透过肮脏的窗玻璃漏进来，照出灰尘，塑造出一种不太真实的寂静。

"站长，您说我们会待很久吗？"

那个职员盯着火车头看，然后又盯着时钟看，然后回答道："我不知道。"我想他何必左看看右看看呢！

"我们有时间去餐厅吗？"

"您肯定要待一个小时。"

"他们要把我们送到哪儿去？"

他耸了耸肩走远了，暗示这个问题已经超出他的能力范围。

我们竟然没有因为无人接待而生气——我故意说成"我们"——没有因为突然发现要依靠自己而恼火。有人用很平常的腔调说：

"那么，我们没有食物供给了？"

好像那是一项权利。

因为我们身处文明国度，我对安娜说：

"您来吗？"

"去哪儿？"

"吃点东西。"

我们觉得吃什么都行。我们刚走到站台上，突然发现可以从头到尾观察我们的火车，并很失望地发现这不再是原来那列火车。

火车头换掉了，煤水车后面有十四节比利时车厢，一些客运车厢。从表面上看，这列火车和普通火车一样干净。

只剩三节牲口车厢和货物车厢。

"那些坏蛋竟然把我们分开了！"

第一个从前门的小门下来的人是一个高大强健的神甫，他用一种很有威信的神情朝火车站站长走去。

他们在争论。站长好像同意了，神甫随后对那些还在车厢里的人说话,帮助一位戴着白色修女帽的善良修女登上站台。

一共有四个修女,其中两个非常年轻,长着娃娃脸。修女们让四十来个穿着同样整套灰色羊毛西装的老人像小学生一样下车,排成一行。

这帮人来自一个撤离的收容所。我们后来才得知,他们在我们睡觉时把我们挂在了来自勒芬的火车上。

那些男人都很老,差不多都是残疾人。脸上长着浓密的胡须,好像古画里的人物。

奇怪的是,我们在他们眼中看到的都是温顺和冷漠。他们顺从地让人带到二等车厢的餐厅。他们好像仍在收容所的食堂一样任人摆布。神甫对管理人员低声说着什么。

安娜再一次地盯着我看。难道是因为神甫和修女们?她认为我对这个世界很熟悉,或者那些排着队的老人让她想起监狱和她受过的惩戒?我不知道她受的是什么惩戒。

我什么也不知道。我们互相看了一会儿,随即恢复平淡的表情。

列日防御工事已落入德国人之手

我在报刊亭的报纸上读到这个标题,还有小字写的:

伞兵进攻阿尔贝运河

"您想吃点什么?您喜欢吃羊角面包吗?"
她点头表示是的。
"喝点牛奶咖啡?"

"黑咖啡。如果我们有时间，我更想先去洗把脸。我想借用一下您的梳子，您不介意吧？"

我们已经在一张桌旁坐了下来，其他所有座位都坐满了，我不敢站起来跟着她走。她穿过玻璃门时，我感觉我的胸膛缩紧了，因为我想我可能再也见不到她了。

我透过窗户发现了一个安静的地方，一些出租车停在那儿，有一家旅馆，一个漆成蓝色的小酒吧，侍应生在露台上擦着独角小圆桌。

什么也阻止不了安娜离开。

"你有你妻子和女儿的消息吗？"

费尔南·勒鲁瓦站在我对面，手里拿着一瓶啤酒，从他的眼睛可以看出他已经醉了。我回答说没有，并且尽量不让自己脸红，因为我知道他已经知道了安娜和我之间的事情。

我从来都不喜欢勒鲁瓦。他是骑兵部队军士长的儿子，他在学校时跟我们说：

"在骑兵部队，军士长比中尉重要得多，相当于其他部队里的上尉。"

他想着法子让别人代替他受惩罚，老师们也睁一只眼闭一只眼。即便如此，他居然还在老师们背后做鬼脸。

我后来知道他两次都没有通过中学毕业会考。他父亲死了。他母亲在电影院当收款员。他进了阿歇特书店，两三年后和一个富有的承包商的女儿结婚了。

他是为了钱才和她结婚的吗？这与我无关。我反过来问他，并没有其他意思：

"你妻子没有和你一起吗？"

"我以为你知道。我们正准备离婚。"

如果不是他，我可能已经去找安娜了。时间似乎过去了很久。我的手被汗浸湿了。我开始被一种我不明所以的焦虑折磨，这种焦急类似或者可以说比之前那种胸口紧缩的感觉更强烈。星期五在菲迈火车站时，我不知道我们能否出发时也感受到了这种焦虑。

一个女服务员走过来，我点了两个人的咖啡和羊角面包，这时勒鲁瓦又露出他那令人讨厌的微笑。我觉得这些人用一个眼神就能使所有东西都变得肮脏。我等着安娜，发自内心地厌恶勒鲁瓦。

他看到安娜推开门时，对我说："不打扰你们两个了。"然后他往酒吧方向走去了。

啊！对，两个人。我们又变成了两个人。我的目光可能泄露出了喜悦之情，因为安娜刚坐到我对面就低声说：

"你在担心我不回来吗？"

"是的。"

"为什么？"

"我不知道。我突然感觉心慌意乱，差点就去站台上追你了。"

"我没有钱。"

"如果你有呢？"

"那我也不会走。"

她没有表明是不是因为我，只是问我要了一枚硬币去上厕所。

老人们就像在收容所一样安静地吃着饭。他们把桌子靠到一起。神甫坐在一端，年纪最大的那个修女坐在另一端。那是上午十点半。可能为了把早餐和中餐合二为一，或者因为没有人知道接下来会发生什么事，他们给每个老人上了奶酪和水煮蛋。

有些老人已经没有牙齿了，他们用牙龈咀嚼着。其中一个口水流得四处都是，一个修女在他脖子周围围上一块餐巾纸，修女的动作很小心翼翼。很多老人眼睛周围是红的，手上的静脉血管凸了出来。

"你不去梳洗一下吗？"

我不仅去了，而且还把行李箱里的内衣拿上准备换洗。我车厢里的同伴在盥洗室里光着上半身洗澡，刮胡子，梳理湿漉漉的头发。一条没有底边的毛巾挂在滚筒上，颜色黑黑的，闻起来有一股狗的气味。

"你知道昨天晚上有多少人睡过她吗？"

我的呼吸像被切断了一样，胸口就像插了一根棍子，我知道自己嫉妒了。

"三个，再加上一个胖子！我数着，因为我那时还没有睡。只是，我的老兄，他们应该像在她的小酒馆那样支付她二十法郎啊。你不是去过她的小酒馆吗？"

"我和姐夫去过一次。"

"你姐夫是谁？"

"你结婚和办小孩出生证明时你会见到他。他是身份登记处的职员。"

"他在火车上吗？"

"他们没有权利离开。有人是这么说的！但是我亲眼看到一个便衣警骑着摩托车带着妻子走了。"

我为什么会害怕呢？更荒谬的是我惊醒了好几次，安娜几乎在我臂弯里睡着了。

我还得知，晚上在盥洗室，在我们对面的角落，还有其他人在约会。有一个身材高大的农民，大概五十多岁了。我们甚至猜测老朱尔在其他人去过之后，也去那儿碰碰运气，而她应该没拒绝他。

没有一个人到安娜这儿来碰运气，这不是很奇怪吗？人们只看到她一个人上来，知道她没有人陪，知道我们的相遇是偶然的。这些男人不会认为我有专属特权。

然而他们只是远远地观察着。更令我吃惊的是，没有人跟她说话。难道他们都认为她跟其他人不是一个民族的？他们不相信她？

我又找到了她。火车站站长两次过来和神甫交谈。所以，那些老人还在吃饭时，我们确实是在冒着亲眼看着火车离开的危险。

"站长，您知道我们要去哪儿吗？"

叼着烟斗的男人出现，他的胡子刚被刮掉了，口袋里塞满他之前储备的一包包烟丝。

"我收到的命令就是把你们经由克拉姆西送到布尔日，但情况随时可能变化。"

"然后呢？"

"在布尔日，他们再作安排。"

"我们有权利在想下的地方下车吗？"

"你们想下火车？"

"我不想。可能有人想这么尝试。"

"我不知道怎么阻止他们，也不知道为什么要阻止他们。"

"在那里，他们不让我们离开车厢。"

站长挠了挠脑袋，严肃地思考这个问题。

"这取决于你们是撤离还是逃难。"

"两者有什么区别呢？"

"他们是否动用了军队让你们分批离开？"

"没有。"

"那么你们就是逃难。你们付了车票钱吗？"

"窗口没有人。"

"原则上……"

这个问题对他来说太复杂了。他做了一个支吾搪塞的手势之后，冲向三号站台，广播说那里来了一列火车，一列真正的火车，上面是平常的旅客，他们知道自己将要去哪儿，他们付了车票钱。

"您听到他说什么了吗？"

我用手势表示听到了。

"我要是知道妻子和孩子在哪里就好了！在那里，他们会把你们当作战士或是战俘：不能走下站台，吃着分发的果汁和三明治，女人在前面，男人在后面，简直就像畜栏里的牲口！他们在你们不知情的情况下把火车分为两截，用机枪扫射你们，让你们分离，总之，你们不再是人类了。"

"现在在这里，你们突然完全自由了。你们可以随心所欲！如果你们心里这么想，那你们就见鬼去吧……"

或许第二天或是当天晚上，奥塞尔火车站会不一样。我最好的回忆便是我和安娜在外面散步，因为他们给我们留了时间。在一个真正的广场上，在一条真正的马路上，在一些并不担心飞机会来轰炸的人中间，感觉很美好。

我们看到人群从做弥撒的地方渐渐散去，我们走进一家漆成蓝色的小咖啡馆，我喝了一杯汽水，安娜偷偷看了我一眼之后点了一杯意大利开胃酒。

这是我从出发以来第一次看到火车站的外面，看见火车站的大钟和月台的毛玻璃挑棚，大厅之内的阴暗与广场上的阳光、报刊亭四周花花绿绿的报纸形成鲜明对比。

"你们来自哪儿，你们俩？"

"菲迈。"

"我觉得这是一列比利时火车。"

"有比利时车厢,也有法国车厢。"

"昨天晚上,有一列载着荷兰人的火车经过。好像要把他们带到图卢兹去。你们去哪儿?"

"我们不知道。"

侍应生抬起头疑惑地看着我,我后来才明白他眼神的意思。

"怎么,您不知道吗?你们就这样任凭他们带着你们去碰运气?"

有些城市已经进入战争状态,有些还没有。因此我们沿着铁轨看到了安静的村庄,每个人都在忙于自己的工作,但也有些乡镇被各式各样的火车占满了。

这种情况不仅出现在前线附近。而且肯定有不止一个前线。

例如在布尔日,下午三四点时,我们发现一个北方那样的接待站,站台上挤满等待的家庭,他们站在行李箱和包裹中间。

那些是比利时人。我不知道他们是怎么在我们前面到达的。他们应该走了另一条线路,没有我们这条那么拥挤。但是他们应该在边境经历了比我们更严重的袭击。

有好几架飞机朝他们扫射。所有人,男人、女人、小孩都下车睡在坑里。德国人又两次卷土重来把火车炸得瘫痪,死伤十几人。

他们禁止我们下火车,因为怕我们走乱了。站台上的人给我们带来吃的和喝的,我们和他们攀谈起来。

我在奥塞尔买了两份套餐。但我们还是把放在一边的三明治带走,因为我们更谨慎了。

站台上的比利时人闷闷不乐,并且很粗鲁。他们在到达火车站之前在碎石块、枕木上走了两个小时,他们扛着能扛得动的东西,但还是留下了很多行李。

像之前一样,叼烟斗的男人消息更灵通,首先因为他靠近门边这个战略位置,其次是因为他敢问。

"你看到那边那位穿着蓝点花裙子的金发女人了吗?她把她死去的孩子一直背到火车站……好像这是一个很小的国家。所有的人都过去看他们,她是一名佃农,她把孩子给了市长,让市长把小孩安葬。"

她心不在焉地吃着东西,眼神空洞,坐在一个绑了绳子的行李箱上。

"一辆火车去接他们,把死伤人员拉到一个更重要的火车站去,他们也不知道是哪一个。人们让他们在这里下来是因为需要他们的车厢,他们从早上八点钟就一直在这里等了。"

那些人羡慕地看着我们,他们不知道接下来会发生什么。一位充满活力的漂亮护士把一只奶瓶递给一个婴儿,她那上过浆的制服上没有任何污点。婴儿的妈妈正在包裹里找换用的尿布。

我们没有看到他们的火车过来。所以我不知道他们什么时候能走,最终他们会被带去何方。我也不知道我妻子和女儿在哪儿。

我尝试着去打听,去问那个貌似管理服务站的人,她镇定地回答我:

"不要担心。一切都已经预先考虑到了。到时候会有一个名单。"

"他们会把那些名单放在哪里?"

"在你们的集合中心。你们是比利时人吗?"

"不。我们来自菲迈。"

"你们怎么会在一列比利时火车上?"

我已经十次,甚至二十次听到别人这么说了。他们差一点点就要对我们的存在表示不满。我们这三节倒霉的车厢,由于一个老天爷都不知道的错误,没有在它们应该在的地方。他们几乎认为我们应该对此负责。

"他们要把比利时人送到哪儿去?"

"一般来说,去吉伦特省和夏朗德省。"

"我们这列火车也去那儿?"

作为奥塞尔火车站的站长,她更愿意用一个模糊的手势来回答这个问题。

与大家可能认为的相反,我想到让娜和我女儿时,并没有太多担忧,可以说心情从容。

我得知火车被扫射、母亲被逼把死去的孩子丢在小火车站时,我的心脏缩紧了一会儿。

然后我对自己说那发生在北方,让娜的火车在我们前面,所以她们已经在我们之前就穿过了危险区。

我爱我的妻子。她完全就是我渴望中的那种女人,她满足了我对另一半的所有期待。我对她没有任何责怪。我没有去找她,所以我痛恨勒鲁瓦那暧昧的微笑。

让娜和现在发生的一切毫不相干,和十点钟的弥撒、她姐姐的糕点铺、我修理作坊贴了标签的收音机都无关。

谈到菲迈那几节车厢里的人时,我还是用"我们",因为在某些问题上,我知道我们的反应是一致的。在这个问题上,我只说我,尽管我相信不止我一个人遇到这种情况。

过去和现在已经产生裂缝。这并不意味着过去不再存在,我也并未背叛家庭,不再爱家人了。

只是我现在的一些价值观和以前的价值观完全不同。

我可以说我同时具有两面,目前呈现的是这新的一面。我现在生活在发出牲口气味的车厢里,认识了许多张以前不认识的脸,认识了提着一篮篮三明治、戴着袖章的小姐。

我确信安娜能理解我。她不再尝试一边鼓励我一边对我说,我妻子和女儿没有任何危险,我很快会见到她们。

早上她说的一句话现在还回荡在我脑海里。

"你很镇定"。

她把我当作强大的人,我猜这就是她跟着我的原因。当时我对她的生活还一无所知,除了她暗示过的那慕尔监狱,我现在也几乎什么都不知道。很显然她没有亲戚,也没有坚强的后盾。

那么,她不是更强大吗?

如果我没记错的话,布卢瓦火车站也有接待站。安娜第一个下车跑过去问:

"有没有一列来自菲迈的火车从这里过去?"

"哪儿?菲迈?"

"阿登高原,靠比利时边境。"

"很多比利时人从这里过去了!"

马路上也是,我们现在能看到比利时汽车排成两路,络绎不绝,到处都在塞车。也有一些法国汽车,但是很少,特别是在北方一些省份。

我没见过卢瓦尔河,它在阳光下闪闪发光,我们还看到两三座古城堡。我见过城堡的明信片,所以对它们倒挺熟悉。

"你来过吗?"我问安娜。

她在回答之前犹豫了一下,一边抓紧我的指尖。难道她以为她的回答可能会让我不舒服,她认为我可能更希望她没来过?

这是荒谬的。但是一切不都是荒谬的吗,我不是已经拥抱荒谬了吗?

马商睡着了。胖朱莉喝太多,她用两只手捂着胸口,用那种等着随时呕吐的神情看着门。

稻草上到处都是酒瓶和食物,那个十五岁的少年不知在哪里捡来两条军用毯子。

他们允许我们下车时,每个人都在自己的位置上,都在走下站台后确定能找到的角落。

我们的人数似乎比刚开始少一些,少了四五个,但我之前也没有数,所以不确定。小女孩被带到修女的车厢去了,她们这样做就好像我们是恶魔。

傍晚火车到图尔后,有人给我们提供大碗的汤、清炖肉和面包。天开始黑了。我迫不及待地想找回昨天晚上我们之间的那种亲密。我可能表现得太明显了,安娜有点同情地看着我。

根据最新消息,我们将会被带到南特,然后他们将决定我们最终的目的地。

一个裹着被子的人叫道:

"朋友们,晚安!"

有人还在抽烟,我一动不动地等着,眼睛盯着交通信号灯,有时我会把它和星星搞混。

杰弗一直在睡觉。但是朱莉有一些悄悄的动作,有时她会弄出声响。

"不,孩子们!今天晚上我要睡觉。"有人说。

安娜在我耳边笑,我们又等了半个小时。

第 五 章

　　收容所的一个老人昨晚死了，早上他们在南特把他送下车，他的脸上盖着一块毛巾。我不知道是哪一个。比利时领事在站台上，神甫陪着他去副站长办公室办理手续。

　　这里的接待服务站比别处的更大，戴袖章的女士也更多。他们似乎觉得自己对我们这些难民的责任更大，因为他们将决定我们的目的地。

　　我希望最后我能看到海，我还没看过海。我知道海离这里还很远，我们只是在港湾里，但是我看到了桅杆和轮船的烟囱，听到了汽笛声。车厢里的蓝领阶层先下车，他们在站台上排着队，踏着军人的步伐离开了火车站。

　　天气还是和前几天一样异常的好，我们可以在出发之前梳洗一番，吃个午饭。

　　火车站的副站长和一个看上去像官员的人交谈，他指着我们三节破旧的车厢，好像打算把它们从钩子上取下来。我担忧了一会儿。

我们也越来越不愿意混在比利时车厢中，我们要求一个单独的火车头，但最终他们还是让我们一起走了。

最让我惊讶的是胖朱莉。火车开动前片刻，她兴高采烈、容光焕发地出现在站台上，穿着一条棉布花裙，裙子上没有一处褶皱。

"小伙子们，你们觉得你们悠闲地躺在稻草上时朱莉在做什么呢？她去洗了个澡，一个真正的热水澡，就在对面酒店的浴缸里，而且她还想办法顺便买了条裙子！"

我们往旺代方向前进。一个小时之后，我隐约看到远处的大海。我很激动，抓住安娜的手。我在电影院和彩色照片上见过大海，但是我没有想到大海原来如此明亮，如此辽阔，又如此虚幻。

海水是天空一般的颜色，反射出太阳光，太阳好像同时在海的上面和下面。无穷的词汇在我脑海里喷薄而出。

安娜明白这是我的一次全新体验。她微笑着。我们俩的心情都很轻松。整个车厢一整天都很欢乐。

我们大概都知道以后等待我们的是什么，因为领事穿过几节车厢去安慰他的同胞们，叼烟斗的男人一直监视着那边的情况，他给我们带来了很多新闻。

"比利时人的目的地好像是拉罗谢勒。有人说什么调车场。他们在那儿安置了一个营地，里面有木板房、床和一切应该有的东西。"

"那么我们呢？我们这些不是比利时人的人呢？"

"他们将会制定出一个计划。"

我们慢慢地行驶着，我看到了一些城镇的名字，它们让我想起我读过的书：波尔尼克、圣让-德蒙、克鲁瓦德维……

我们看到了约岛，在阳光的照耀下，它就像贴在水面上的条状云朵。

我们的火车似乎绕了好几个小时的远路。火车为了能在野外停留,选择第二条路线,后又折返。

我们不再害怕下车,再要杂技般登车,因为我们知道司机会等我们。

我明白为什么我们调了那么多次车,可能就是这个原因使我们费了那么长时间才从阿登高原来到这里。

那些正常的火车还在行驶,车上有着付了车费的正常乘客。此外在一些大线上,必须让军车和军需品车优先通过。

在几乎所有火车站,普通职员旁边都有个下命令的官员。

而我们只是难民,他们时不时引导我们去铁路停车线那里,为其他火车腾出地方。

我旁边的人在打电话,我们在一个开满天竺葵的漂亮的红色火车站。有一条狗横着睡在站长门前。站长因为热而把鸭舌帽放到后面,他正在玩放在办公桌上的信号旗。

"当布瓦,是你吗?"

火车站站长跟我解释这不是普通电话。这是一条专线,除了错打进来的之外,每部电话只能联系最近的火车站,通知火车即将到达下一站。

"你们那里也是这样吗?"

铁丝网后面有几只母鸡,还有一小块整饬良好的菜地,和我家一样。一个女人在一楼做家务,有时用抹布擦一下窗户。

"二三七在我这里……我不能让他们继续待在这里了,因为我在等一六一……你的铁路停车线空着吗?……霍滕斯酒吧开着吗?通知酒吧马上会有一大批客人去他们那儿……好!谢谢……我给你送过去……"

因此我们在一个极小的火车站度过了三个小时,火车站旁有一家漆成粉红色的旅馆。桌子被大家占满。我们在那儿喝酒吃东西。安娜和我待在外面的一棵松树下,我们沉默时我觉得很尴尬。

如果我得描述一下这个地方,我只能说说树荫和阳光,玫瑰色的光线,绿色的葡萄树和醋栗树。我一无所感,动物般安逸。我不知道那天自己是不是没有尽可能向幸福靠近。

气味好像我童年记忆中的气味,还有空气的颤抖,难以察觉的声音。我记得我说过这话,但我一直在东写一句,西写一句,把自己隐藏起来,所以必然会重复。

我刚开始写我的故事时,想在故事的最前面加一个"告读者"。我主要是想表达一种伤感,而不是为了考虑结构。疗养院图书馆里的书大多是一九〇〇年以前的作品,写个警告、序言或开场白,这是上个世纪作者的风格。

那些书籍纸张已经发黄,上面有棕色污迹,比现在的书籍纸张更厚更亮,气味也很好闻。我觉得,纸张的气味与小说主人公息息相关。封面上的黑色织物像一件旧外套的手肘处那样发亮,我在菲迈公共图书馆看到过那样的布。

我担心自己会变得骄傲,所以决定不写告读者了。我可能会重复,可能会越写越乱,前后矛盾,但没关系,我写,是为了探寻一种真相。

我谈到与我个人不相关但我经历过的事件时,会根据记忆讲述而不是查阅报纸,因为我不知道去哪儿找报纸。

我对十号星期五这个日子记得很清楚,这个日子现在应该已经印在了历史书中。我同样大略记得我们走过的路程,一些同伴念出了我从未听说过的火车站站名。

一条马路是空的，在那个时代的早上，一个小时之后那里应该会人头攒动。一切都进行得非常快也非常慢。我们还在谈论荷兰的战争，色当停了一些装甲车。

我的记忆可能有些差错。在菲迈的最后一个早晨，我能回忆起几个小时内的每一分钟，但是对于其他时候，我只能回忆起大致的氛围。

在火车上，极度疲惫令大脑形成了一些记忆断层。

我们完全没了主动性。什么都不是我们能决定的，我们掌握不了自己的命运。

琐细小事都会扰乱我的心绪，因为我非常谨慎小心。我会反复思考一个想法。我之前已经说过飞机扫射我们的火车，司机在火车头和死去的机修师旁指手画脚，但我没有提到列车长。火车上都应该有列车长，因为列车长负责做决定。

我没有看到他。他存在吗？还是不存在？反正现在事情总是不按正常规律发展。

说到旺代，我只知道那一天我的皮肤、眼睛和整个身体从来没有那么渴望阳光。可以说我能感受到光线所有的细微差别，牧场、田野和树木上的各种绿色。

一头白色和棕色的奶牛躺在橡树的树荫下，它潮湿的鼻尖动个不停。它已不再是一只熟悉的动物，一个平常的画面，而变成了……

变成了什么？我找不到词语来表达。我很笨。我在奶牛的眼睛里看到了泪水。那一天，在粉红色旅馆的露台上，我的眼睛长时间惊讶地盯着一只苍蝇在一滴汽水周围绕圈。

安娜发现了。我感觉她在笑。我问她为什么笑。

"我感觉你刚才就像五岁。"

我甚至发现自己在闻出人们身上的气味，尤其是汗水的气味后感觉非常惬意。最后我们来到一个地方，那里土地和大海在同一水平线上，村庄里有五座钟楼。

人们忙于手中的活，我们的火车停下来时，他们只是远远地看了一眼，好像并不想仔细观察我们或提什么问题。

我注意到那里的鹅和鸭比我们那儿要多，他们的房屋那么矮，能用手碰到屋顶。这里的居民不怕房子被风吹走吗。

我看到了吕松，它让我想起红衣主教黎塞留。然后我看到了丰特奈-勒孔特。我们可能昨天晚上就到了拉罗谢勒。丰特奈火车站站长跟我们解释说不好让我们在黑暗中下车，所以就把我们安置在接待中心。

值得一提的是，由于飞机袭击，煤气灯和所有室外灯都被涂成了蓝色，居民们必须把黑色窗帘放下来。行人晚上在城里行走得带着手电筒，汽车也必须把大灯调暗才能上路行驶。

"他们将会为我们找到一个安静的角落睡觉。他们应该会给我们带来一些补给。"

确实是的。我们靠近大海，随后又远离大海，我们的火车已经不再遵循任何时刻表，它似乎在寻找一个停靠点，最后它停在一个停车点附近的牧场上。

晚上六点了。我们没有感觉到黄昏时分的那种凉爽。几乎所有人都下车了，大家下去活动一下双腿。除了那些由神甫照看的老人和那些修女，我还看到一些表情严肃的成熟女士，她们弯下腰采摘雏菊和黄花毛茛。

有人说那些穿着灰色粗呢制服的老人精神不正常。确实有这个可能。在拉罗谢勒，他们由一些护士和其他修女照看着，被塞到两辆大客车里。

我有了一个想法，于是往德德那边靠拢。他是一个十五岁男孩，我打算跟他买一条被子。比我预计得要难得多。他就像市场上的老农民那样激烈,但我最后获胜了。

安娜微笑地观察着我们,我想她猜不到我们正在交易什么东西。

我也笑了。我感觉自己非常年轻。或者说我已经感觉不到自己的年纪了。

"你那么激烈地在说什么?"

"我的一个想法。"

"我猜猜。"

"不要。"

"就要!"

在那一刻,我就像个少年,而她就像个小女孩。

"那说说看。"

"你不想在火车上睡觉。"

确实是的,我很惊讶,她竟然猜到了。在我眼里,这个想法有点疯狂,除了我没人会想到。我从来没有在室外睡过觉,就连小时候也没有,因为我妈妈不允许。此外,在城里也很难在外面睡,后来我因为生病更不能了。

火车站站长一说到要帮我们在乡下找一个角落,我马上就有了这个想法。现在我得到了一条被子,它可以为我们遮挡露水,保护我们的隐私。

一辆黄色汽车到了,一起到的还有一个开朗的护士和四个十六七岁的童子军。他们给我们带了三明治,两壶热咖啡和许多条巧克力。他们也有被子,那是为老人和小孩准备的。

车门发出砰砰的响声,随即便是一片喧哗,我们可以在喧哗中听到佛拉芒语。天渐渐暗下来。

火车昨夜停车时，我们发现比利时车厢里有一些婴儿。护士接到专线电话后，带着奶瓶和尿布赶来了。

这跟我们的车厢无关。不是因为我们不是比利时人，而是因为我们的小孩都不在这个车厢内。另外两节货车车厢里的法国人跟我们同时在菲迈上车，但我们彼此不认识。

车上形成了一些封闭的独立的小团体。每个小团体内还有更小的团体，比如玩牌的，或者像安娜和我这样的组合。

有些青蛙在呱呱叫，草地和树林里传来一些声响。

我们在散步，没有牵手，没有接触。安娜抽着烟，烟是我在南特给她买的。

我们都不想谈情说爱。如今回想起来，我不知道那是不是爱情。我说的是通常意义上的爱情。

她不知道我以前是做什么的，也没有表现出好奇。她知道我曾经患了结核病，因为我们谈到睡眠时我说过：

"我在疗养院的时候，八点钟熄灯。"

她马上看着我，她的目光我难以描述。可能她突然有了一个想法，未经思考的想法。本能让她听见了一种非常明晰但转瞬即逝的东西。

她低声说道："现在我明白了。"

"你明白什么了？"

"你。"

"你发现了什么？"

"你过了几年的监禁生活。"

我没有继续问，但是我觉得我也明白了。她也被监禁过。那个让她生活在四面墙之内的地方的名字并不重要。

她找到了我们的一个相似之处，但不想说出来。因为她不知道这代表什么？

我们步履缓慢地向黑漆漆的火车走去，我们只能看到燃烧着的香烟的红点，听到一些窃窃私语。

我拿到被子了。我们在寻找一个地方，我们的地方，一片柔软的土地，高高的草丛，微微倾斜的地面。

三棵树将我们藏匿于人们的视野之外，一大堆被人踩过的牛粪散发着气味。月亮在凌晨三点之后才升起来。

我们面对面地站着，好一会儿都有点不自然。我为了掩饰窘态，开始整理起被子来。

我看到安娜把还在燃烧的香烟丢在草丛里，用一种我第一次观察她时看到的动作脱下裙子，然后是内衣。

然后她一丝不挂地靠近我，天气比她想的凉，她不禁打了几个哆嗦，但温柔地拽我躺下来。

我马上明白她希望这个夜晚是我的。她猜我会把这晚当成一个节日，她就是喜欢猜测我。

是她采取了所有主动。她把被子推开，让我们的身体和地面、土地的气味以及草木接触。

月亮升起来时，我还没有睡着。安娜穿上裙子，夜里比较冷，我们在被子里缠在一起，两人紧紧地抱着。

我看到她深暗色的头发反射出红棕色的光，她那异国的面部轮廓，苍白的皮肤和纹理与我认识的所有人都不一样。

我们贴得如此之紧，两个人只有一种气味。

我看着她时什么也没想。我既不高兴也不悲伤。我并不忧虑未来。我不愿意让未来介入到现在中。

我突然发现自己已经有整整二十四小时没有担心备用眼镜会掉到

草地上或是车厢里的稻草上,一次都没担心过。

她的身体会时不时抖动一下,额头上的皱纹凹了进去,好像她正在做噩梦或者经历痛苦。

我后来睡着了。我没有在往常的时间醒来,是一阵脚步声把我从睡梦中惊醒的。有人在附近散步,那个叼烟斗的男人,我称他为守门人。乡下的清晨里,一阵烟味扑面而来。

他和我一样习惯早起,肯定是个孤单的人,尽管他之前异常暴躁地要求见妻子和孩子。

他散步时的样子和我在花园里散步时一样,我们的目光相遇了。

我发现他心情不错。他踢肩膀,歪鼻子,就像图画书里和蔼的侏儒。

安娜突然惊醒。

"几点钟了?"

"我不知道。太阳还没出来。"

薄雾从地面上升起。牛在远处的牛栏里哞哞叫,牛栏里已经有光线。可能有人正在挤奶。

我们昨天在停靠点的砖房后面看到一个水龙头。我们去那里洗脸。那里还一个人都没有。

"拿上被子。"

安娜眨眼间就脱下衣服,把冰凉的水往身上浇。

"你愿不愿意去帮我找找香皂?就在稻草上,在你行李箱的后面。"

她穿上衣服后立即命令我:

"到你了!"

我有点犹豫。

我说:"他们要起床了。"

"然后呢?他们看到你全身赤裸又怎么样呢?"

我学她那样洗澡,嘴唇冻得发青,她用毛巾帮我擦背和胸口。

黄色的汽车又来了,还是昨天那个护士和童子军,童子军看上去像早熟的儿童,也像尚未完全长大的大人。他们给我们带来咖啡、黄油面包,还为婴儿带来了奶瓶。

我对昨天晚上火车上发生了什么一无所知,不知道是否正如谣传,有个女人分娩了。我很震惊,因为我没听到叫声。

他们像对待度假中的小学生那样对我们,护士不到四十岁,她像训幼儿园的小朋友那样训我们。

"老爷!这里有一股脚臭味!孩子们,刚刚在野地时,你们应该把身子好好洗一下。你,这位爷爷,你一个人喝了这么多酒?"

她找到朱莉。

"喂,胖子,你在等谁来叫醒你呢?你还在睡懒觉?你们要走了!你们一个小时后就在拉罗谢勒了。"

我们终于来到大海边,港口接着火车站,一边是蒸汽船,另一边是渔船,船上的帆和渔网在太阳下晾着。

我欣赏着这触动着我灵魂的风景。我不关心铁路上有没有火车(的确没几列)。我也不关心那些多少有点重要的人,穿白色衣服的年轻女孩、军人、童子军,他们来来回回走着,下着命令。

他们帮助老人下车,神甫在数老人的人数,好像担心丢了或忘了他们。

"大家到火车站对面的接待中心集合。"

我扛起箱子和行李箱,安娜试图帮我拎行李箱,我只让她拿着被子和可能还有用的空酒瓶。

一些战士看着我们走过,我回头看看紧跟在身后的安娜,安娜好像突然迷路了，好像很害怕。

我过了一会儿才明白我们要做什么。那些童子军把一个橡木屋指给我看，很明显，屋子才盖不久，建在一个公园里，离水池只有两步路。还有一些更小的木板屋，只比报亭大一点点。我们像其他人一样在橡木屋打开的门前排队。

我们的小团体被拆散了。我们和一些比利时人混在一起，他们的人数比我们多，我们对自己想要什么一点想法也没有。

我们看到那些老人上了远处的汽车。两辆救护车也开动了，朝城市外面驶去。一些已经在营地安置好的难民好奇地看着我们。许多都是弗拉芒人，他们很高兴见到同胞。

其中一个男人用口音很重的法语问我：

"你从哪儿来？"

"菲迈。"

"那你不应该来这里吧？这是一个比利时营。"

我和安娜不安地互看了一眼，在烈日下等着轮到我们。

"请准备好身份证。"

我没有，因为当时在法国不需要随身携带身份证。我也没有护照，我从来没有出过国。

我看到有些人从办公室走出来，朝橡木屋走去。还有些人站在人行道边上，不知道在等什么，可能是把他们送到其他地方的交通工具。

我们快排到门口时，我听到里面谈话的一些片段。

"贝尔塔斯，你的职业是什么？"

"我是装配工，但是自从打仗以来……"

"你想工作吗？"

"你知道，我不是一个游手好闲的人。"

"你有妻子和孩子吗?"

"我妻子在那儿,那个穿着绿色裙子的,还有三个孩子。"

"从明天开始你可以在艾特雷工厂工作,你和法国人领一样的工资。去人行道那儿等着。有人会送你去艾特雷,他们会在那儿给你们找住的地方。"

"这是真的吗?"

"下一个。"

是老朱尔,他是最后几个到的,他偷偷插队了。

"你的身份证。"

"我没有。"

"你弄丢了?"

"他们从来就没有给过我。"

"你是比利时人?"

"法国人。"

"那你在这里做什么?"

"我在等您叫我。"

问话的男人和我看不到的一个人低声交谈着。

"你有钱吗?"

"连买一升酒的钱都没有。"

"你在拉罗谢勒有亲属吗?"

"我哪儿都没有亲属。我从出生起就是孤儿。"

"我们等会儿再找你。你先去旁边休息。"

我感觉安娜越来越紧张。我是过去的第二个法国人。

"身份证。"

"法国人。"

那个男人厌倦地看着我。

"这列火车上有很多法国人吗?"

"有三节车厢的法国人。"

"谁负责你们?"

"没有人。"

"你们打算干什么?"

"我不知道。"

他指了指安娜。

"这是您妻子?"

我在回答"是"之前犹豫了一秒。

"去营地安顿吧,等新的命令下来。我也不知道怎么办了。这在计划外。"

三个木板屋是新建的,很宽敞,可折叠床板上铺了两排草蓐。有些人在睡觉,可能是病人,或者晚上到的人。

更远处有人用绿色的粗布搭了一个形似旧时马戏团的帐篷,帐篷里的地面上只铺了稻草。

安娜和我在帐篷里的一个角落把东西放下来。营地的人越来越多。帐篷里还有很多空地方。我预计我们不会在这里待很久,我想帐篷里应该比木板屋里安静。

在一个非常简陋且更小的帐篷里,一些女人正在削土豆,用木桶洗蔬菜。

安娜小声说:"谢谢。"

"为什么?"

"为了你刚才说的话。"

"我害怕他们不会让你过来。"

"如果他们不让我过来，你会怎么做呢？"

"我会和你一起走。"

"去哪儿？"

"去哪儿都无所谓。"

我身上没什么钱，我们的储蓄大部分都在让娜那个袋子里。我可以工作。我不讨厌工作。

但是目前我得保留难民身份。特别是我们得留在这个靠近港口和船舶的营地里，在木板屋之间流浪。女人们在木板屋里洗衣服然后拿到外面晾，孩子们光着屁股在地上爬。

我从菲迈出来不是为了思考和负责任的。

"如果我跟他们承认我是捷克人……"

"你是捷克人？"

"布拉格，我身上有犹太人血统。我母亲是犹太人。"

她之前没有谈起过去，我猜她母亲还活着。

"我没有护照，我的护照还在那慕尔。由于我的口音，他们可能会把我当成德国人。"

我承认当时我有种不好的想法，我的脸阴沉下来。在某种程度上，可以说在我们离开菲迈之后，她几乎马上就盯上了我。

在我们的车厢中，我是唯一一个不到五十岁的男人，当然除了那个拿被子的少年。我还忘了我的老同学勒鲁瓦，我突然想知道他为什么没有去前线。

不管怎么样，我没有做任何努力。是她走近我的。我还记得她第一天晚上所做的那些具体的动作，那时她刚好在朱莉和马商旁边。

她没有行李，没有钱。她向我要烟。

"你在想什么？"

"在想你。"

"我知道,但是你在想我什么?"

我愚蠢地想,她在菲迈时就已经预料到迟早有一天会有人向她要证件,她已经预先确定好一个保护人了。那就是我!

我们站在两个木板屋之间。过道上有一些经过许多人踩踏的小草,绳子上晾着衣服。我看到她的瞳孔不动,她的眼睛蒙上了水汽,我没有想到她会哭,但是从她脸蛋上流下来的确实是泪水。

她握紧了拳头,她的脸那么阴沉,她还在流泪。我想她可能要辱骂我责备我了。

我想抓住她的手,但她抽了回去。

"安娜,对不起。"

她摇着头,头发散落到脸颊上。

"我真的没想到。我只是有了个模糊的想法,人有时候难免会那样想。"

"我知道。"

"你能理解我吗?"

她用手背擦了擦眼睛,毫不做作地用鼻子吸着气。

她宣布:"结束了。"

"我伤害你了吗?"

"一切都总会过去的。"

"我也感觉很痛苦。我马上就意识到那不可能是真的,我真蠢。"

"你确定吗?"

"确定。"

"过来。"

她把我拉到站台旁边,我们看着对方。港口两边各有一个巨大的塔楼，就像城堡的大城楼一样。

"安娜！"

我背对她，低声叫着她，眼睛里闪耀着阳光和色彩。

"怎么了？"

"我爱你。"

"嘘！"

她的喉咙就像在吞咽唾液一样鼓了起来。她用再度变得自然的声音说起其他事。

"你不担心别人把你的行李偷走吗？"

我大笑起来，笑了很久。我抱住她，一群海鸥在距离我们两米的地方飞过。

第 六 章

对于一些日期，官方在书本上有其标注。但我猜每个人会根据自己当时所处的地方，家庭的状况，个人的得失，会有自己的一些记忆。而我的记忆全都与接待中心有关。简单来说，与一辆货车的到达，一间新木板屋的建造，还有其他看上去很平常的事有关。

我们并不知道，火车卸下比利时难民两天后，我们就到了，当时中心还不是很完善。我们是最早抵达的难民了。

几星期之前建造的木板屋还很新，他们早就料到会有大批难民？我不想向别人提出这个问题。可能是的，在德国进攻法国之前很久，当局已经就疏散了一些阿尔萨斯人。

不管怎么样，没有人预料到局势会发展得如此迅速，局势如今瞬息万变。

我们到的那天早上，报纸报道了蒙泰梅和瑟穆瓦河的战斗。第二天，德国人在迪南建造了过装甲车的桥。如果我没有记错的话，五月十五日，在法国政府宣布撤退的同时，那些日报再次用粗体字列出一些地名，蒙梅迪、罗库尔、雷特尔，我们离这些地方很远。

我和其他人的感觉一样，这些事情存在，但是发生在一个遥远的、地图上的世界中，我与那个世界是分离的。

我很想试着描述我在中心最初几日的精神状态。

战争日益真实。我们在火车上被机枪扫射时就经历过战争了。后来我们变得麻木，穿过一片乱七八糟的区域，那里当时还没有战争，但现在已经有了。

那些地方现在正在交火。我们之前看到的那些城市和村庄的名字，如今以黑色字体出现在报纸的头版，暴露在阳光下。

听到中心之外传来弥撒结束曲，我们很惊讶。我们发现城市洋溢着节日气氛。中心日渐扩展，火车沿着我们的道路走，汽车在马路上颤动着，车头碰着车尾，车顶上放着床垫，车内还有童车、残疾老人和玩具娃娃。

毛毛虫一样的车队从拉罗谢勒延伸到波尔多方向。

有些男人、女人和小孩就像我们死去的机修工一样死了，眼睛睁得大大的，望着蓝色的天空。还有些人就像那个在脸前面拿着被血染红的手帕的老人一样在流血，像那个被炸掉肩膀的女人一样在呻吟。

我应该羞愧地承认：这场悲剧与我无关。一切都发生在我们的世界之外。我个人觉得，这与我们无关。

我肯定会发现一个我在出发时就觉得自己将会发现的事情：一个适合我的小圈子，它将变成我的掩蔽所，我会长期赖在里面。

接待中心针对的是比利时难民，安娜和我出现在那里是不正常的。所以我们尽量不惹人注意，因为担心被人注意，我们一开始不去领分配下来的汤。

他们在木屋外面搭建了一个矮矮的炉子，然后又搭了第二个，第三个，第四个。炊具是大盆和农场喂猪食的那种桶子。

后来他们搭建了一个新的预制木板屋，里面有固定的桌子，我们能坐下来吃饭了。

安娜一直跟着我，我观察着旁人来回奔走。我很快就明白了营地的性质，实际上，这是一个长期临时住所。

一个比利时人负责管这个营地，就是我刚到时和我攀谈的那个人，我尽可能躲着他。他周围有一些年轻女孩和童子军，其中来自奥斯坦德的童子军来得最早，他们差不多是大人了。

他们马马虎虎地在难民中挑了一些有用的和没用的人，也就是说那些能工作的人，老人、女人和孩子只能被收容。

理论上来讲，营地只是个临时安置地，只能在里面待几小时或住一晚。

在艾特雷、帕利斯和其他地方，工厂日夜生产战争物资，那里需要劳动力。为了给烧柴的面包店供柴，附近的森林需要伐木工。

大轿车把专家和他们的家人带到这些地方，当地政府部门会把他们安顿好。

他们会把单身女人、没有丈夫的家庭和无用之人送到没有工业的城市，如桑特和鲁瓦扬。

我和安娜两人的目标是长久地待在营地，并让他们接受我们。

昨天晚上坐汽车过来给我们送食物的那个护士叫博歇夫人，在我眼里，她是一个重要人物，所以我就像小学生讨取老师欢心一样，把所有注意力都集中到她身上。

她不高，体态丰满，可以说肥胖，年纪也不小了，就像我之前说的，在三十岁到四十岁之间。我从来没有看过一个人可以用那样好的脾气为别人投入那么多的精力。

我不知道她是否有护士证。她属于拉罗谢勒上层社会,丈夫是医生或建筑师,我记不清了。有四五个人和她在一起,我也记不清她们的丈夫是干什么的。

火车一到站,她便立刻出现在站台上。她不像许多其他戴着袖章的人那样说漂亮话,分发糖果,而是在人群中寻找最需要帮助的人。

战事越来越紧张,越来越多的人在这里下车。我们看到他们把残疾人、婴儿和情况最糟的老人安置在木板屋内。她穿着白色罩衫跪在地上帮他们洗青肿的脚,包扎伤口,去被子窗帘后面看望那些需要特殊照顾的女性。

她经常凌晨时分还在那儿,拿着手电筒安静地巡逻,安慰哭泣的女人,严斥喧闹的男人。

匆匆忙忙安装好的电线线路不好用,我提议重新安装一下时,博歇夫人问我:

"您知道怎么装?"

"这差不多是我的职业。我只需要一把梯子。"

"请您去找一把。"

我在火车站对面一片新楼房的一座正在建的建筑物里找到了。我去了工地,但找不到人问能不能拿走,所以在安娜的帮助下直接把梯子拿走了。这把梯子和我在营地里待的时间一样长,没有人来找梯子。

我还把玻璃换掉了,修理了水龙头和暴露在地面上的水管。博歇夫人不知道我的姓氏,不知道我从哪里来。她叫我马赛,每次有什么东西坏了,她都叫我去处理。

三四天之后,我变成了什么都做的人。勒鲁瓦和第一批人一起走了,他们被派往波尔多或图卢兹。我们的车厢里只有老朱尔一个人留在营地,他们之所以能容忍他,是因为他成了一个小丑。

我在城里遇到了那个叼烟斗的我称之为门房的男人。他在忙着手中的事情,在我经过时告诉我,他跑到警察局去询问关于他妻子的消息。我后来没有再看到他。

这发生在第二天或第三天。昨天安娜洗了她的短裤和胸罩,然后挂在太阳底下晒。我们在营地里漫步时,用一种默契的神情互相看着,我想到她的黑色裙子下面什么都没有。

一座巨大的塔楼矗立在站台尽头,那是一座钟楼,比水道两边的塔楼还要粗大。人们从下面走过,去往主街。

我们应该会慢慢熟悉这个拱门,因为拱形街道那儿特别热闹。那里除了居民和难民,还有士兵和船员。

我对安娜说想给她买一套换洗的内衣,她没有反对。这是必需品。我们在货摊上看到了满满当当的裙子,我想为她买一条灰色的。她应该猜到了,她能猜到我的所有想法。

我对她说:"你知道我很想送你一条裙子……"

她不认为应该像很多其他人那样礼貌地拒绝,那样太形式化了。她微笑地看着我。

"然后呢?你还想说什么?"

"我自私地犹豫了。对于我来说,黑色裙子就像你身体的一部分。你明白吗?我在想,也许我看到你穿其他的衣服之后会失望。"

"我很开心。"她一边抓紧我的指尖一边低声说道。

我觉得她这句话是真的。我也很开心。我们走到一个香水店前,我停下来。

"你不用粉和口红吗?"

"以前用。"

她不想说在那慕尔之前。

"你还想用吗?"

"这要看你喽。如果你想要我化妆的话。"

"不。"

"那么,我不想要。"

她也不想剪头发,她的头发不长也不短。

我从来没有想到过(不仅因为我不愿意想):我们俩的生活没有未来。

我无视可能会发生的事。其实也没有人能预料到会发生什么事。我们活在两个世界的中间地带,我贪婪地吞咽着日日夜夜。

我喜爱目前拥有的一切,港口,大海变幻的风景,涨潮时鱼贯而出的各色渔船,倒在篮子和平底货物箱里的鱼儿,满街的人流,营地和火车站。

我更渴求安娜,我人生中第一次没有为自己的性欲感到羞耻。

和她在一起时,那似乎是一种能让我变得更纯洁的游戏。我们谈论它时有一种单纯的愉悦,我们创造出一种代码,我们接受一些符号。我们在公共场所有时看到一些标志时,会产生一些私密的想法。

在这个新世界里,远远就能看到的那个暗绿色的马戏团帐篷是中心,帐篷俯瞰木板屋。帐篷里厚厚稻草里的一个角落就是我们马厩一样的家。

我们把东西放在那里,那些从行李里拿出来的东西和在外面买的东西(在木板屋之间和码头对面买的),比如装汤的军用饭盒和早上煮咖啡用的小酒精炉。

其他人,尤其是那些只在这里住一晚的人,惊讶地看着我们的装置,我很肯定他们心里非常羡慕。

以前我看到过真正的马厩，马儿趴在温暖的草垫上。

我们也有草垫，为了让它充满我们熟悉的气味，我们并不经常更换草垫。

我们不仅在草垫上做爱，也经常在一些意想不到的地方做。开始时是在船上，一天晚上我们看到一艘小渔船在码头边摇晃着，滑轮发出的吱嘎吱嘎好似海鸥的鸣叫。

我以前从未到过海边，我看到桥下的一艘船的舱口是开着的，鱼筐里满满都是鱼儿。我将目光投向安娜，又看了一下船上。她大笑起来，那种笑声也是我们的私密语言。

"你想要吗？"

"你呢？"

"你难道不怕别人把我们当作小偷或是来打断我们？"

已经是凌晨了。码头上空空荡荡的，所有的灯光被伪装起来。我们听到很远处传来脚步声。从嵌入石头里的铁梯子上走下去很艰难。最后几级梯子黏糊糊的。

我们还是到了，我们通过舱口溜进去。我们到达下面时在黑暗中碰到一些篮筐、桶子，还有一些我们不知道是什么的东西。

闻起来像鱼、海藻和石油。安娜最后说：

"到这里来……"

她牵着我的手，我们一起倒在一张狭窄但坚固的小床上，我们拿掉铺在床上的一张阻碍我们的防水布。

潮水缓缓地摇着我们。我们透过舱口可以看到一小片天空和几颗星星，还有火车站那里呼啸的火车。那不是终点站。车厢往前走或往后退，井然有序的样子。

营地周围还没有树立屏障。我们可以随意进出。没有人站岗。我们只要不吵醒邻居就行。

后来他们竖起屏障,不是为了把我们关起来,而是怕那些偷农作物的人混到难民当中来行窃,类似的事情已经发生过了。

我们晚上也经常在火车站闲逛,一天晚上那里没有一列火车,我们睡在离主建筑最远的长凳上。

我们觉得这样很好玩。这是一种挑战,有一次我们在离博歇夫人只有几步之遥的一捆稻草后面做爱,她当时正在一边照顾病人的病腿一边和我们说话。

我每天都会花一点时间用尽各种办法找我的妻子和女儿。

我没有任何办法找到她们。也许是在奥塞尔或索米尔,可能是在图尔,他们告诉我一些名单已经公示出来。他们把名单贴在办公室门口,每天早上都有一群人在那里咨询。

不过那是比利时难民的名单。许多人在波尔多、桑特、科尼亚克和安古莱姆。还有些人一直到了图卢兹,一大批居民住在我从没听到过的村庄里。

但我还是会浏览一遍名单。我每天还去找火车站一个副站长,他跟我保证会告诉我们火车的命运。他担心如果找不到那辆火车的踪迹,他自己会丢掉面子,他对此很恼火。

他咕哝道:"一列火车不会凭空消失,哪怕是在战争期间。我得知道它经过了哪些地方。"

多亏了连接各个火车站的专线,他联系了同事们,大家开始说这是一列幽灵火车。

安娜和我去了市政府。所有办公室门前都聚满人群,每个人都需要信息,需要许可证和盖着公章的文件。

他们也贴出了名单,上面有部分法国人,但是我妻子一直不在其中。

"您如果想找人,最好去警察局。"

我们去了警察局。院子明亮,走廊和办公室沐浴在阳光下,一些职员只穿着衬衣,许多年轻女孩穿着浅色裙子。我让安娜待在街道上,我不想让她在我问关于妻子的消息时被人当成我妻子。

我透过窗户看着她,她待在人行道边上,昂着头,眉头紧锁,好像陷入了沉思,她在那儿踱来踱去。我迫不及待地想要跟她会合,责怪自己离开了她,尽管只有那么一小会儿。

他们给司机发放汽油票。四面八方来的几百辆汽车把阿梅斯广场、站台以及街道围得水泄不通。车主在警察局前面排的队最长,汽油票能让他们继续逃亡。

昨天我在开往罗什福尔的汽车长龙中看到一辆沙勒罗瓦来的柩车,柩车里坐了一大家子人,他们的行李放在原本放棺材的地方。

"您要找人吗?"

"我想知道我妻子在哪儿……"

似乎有上千人,很快会有上万人和我的情况一样。不仅比利时和法国北部在撤退,政府撤离后,巴黎市民已经慌了。流言说除了车辆,现在步行大军正在马路上蔓延开来。

在靠近国道的村庄里,面包店已经被抢购一空,医院里一张空床都没有了。

"请填一下这张表格。告诉我您的名字和地址。"

由于粗心,我忘了提及接待中心,我写的是留局自取。在营地里,老朱尔和我已经不再是唯一的法国人了。

在一个美好下午最热的时候,我看到一列非常丑陋的火车,我还看到一队小学女生从人行道上走过,她们是要去参加联欢会。

我们称那些在路上多灾多难的火车为丑陋的火车，那些火车上有人死掉了，有女人在没有看护的情况下生下了孩子。

还有一列疯子火车，十节车厢的人都是从一个收容所撤离的疯子。尽管他们采取了预防措施，但还是有两个疯子跑到了大钟那儿。

我不知道我说的那列非常丑陋的火车来自杜埃还是拉昂，我搞不清。车上只有几个伤员，有人在路上给他们包扎过了，但是所有的乘客，无论男人、女人还是小孩，他们的眼睛里都充满恐惧。

一位女士痉挛性地颤抖着，她整晚都在发抖。她推开被子，牙齿格格作响。

还有些人在说些乱七八糟的话，还有些人用千篇一律的语调没完没了地重复同一个故事。

杜埃或者拉昂有接待站，离火车站两百米的地方挤满了人。一些人在等迟到的人，一些父母去餐厅买点吃的，一些飞机没有发出警报就闯入天空中。

"先生，炸弹就像这样落下来了……横着……我们看到炸弹落在火车站和对面的房子上，所有的一切都开始颤抖，开始爆炸，屋顶、石头、人、还有停在我们不远处的车厢……我看到一条腿被炸飞在空中，尽管我们离得挺远，我自己还是被压在我儿子身上的土掀翻了……"

警报终于叫了起来，消防车、石头、砖头、扭曲的废铁、尸体、被打穿的家具重现天日，但有些物品竟然奇迹般地毫发无损。

报纸公布了新内阁和敦刻尔克撤退，有些铁路线被破坏。安娜和我继续我们的小日子，好像这种日子能永远持续下去。

但安娜和我都知道这是不可能的，不过我们都没有多想。她认识我之前有过别的生活，与现在不一样的生活。我不愿意想以后会发生什么事。

我通过警察局的窗户看到她一个人在人行道上,这让我很揪心,好像我们已经分离。我立刻失魂落魄的。我走到她面前时立刻抓住她的手臂,好像已经和她分开了几天。

我记得我在营地期间只下过一次暴雨,此外再也没下过雨,我还记得那场暴雨在我们帐篷的顶上形成一个个水洼。天气似乎好得不真实,我想象不到拉罗谢勒除了艳阳还会有什么天气。

渔民给了我们一些鱼。每天早上童子军都会去绕着市场走一圈,渔民会往他们的篮子里塞蔬菜和水果。他们推着一辆车,和我当初在菲迈的院子里丢弃的那辆手推车一样。我陪他们去了好几次,为了好玩,我坐在手推车的纵梁上,安娜在人行道上跟着我们。

收音机宣布比利时投降时,大家在营地和在火车站差一点吵起来。那时,这里法国人差不多和比利时人一样多,好多工厂撤离到了这里。我看到一些弗拉芒人和瓦隆人像小孩一样大哭,有些人终于打了起来,但又被另外一些人拉开了。

幸福的日子似乎过一天少一天了。幸福这个词不准确,但我找不到其他词。人们经常用这个词,我也只能用它。

不久后的某一天,在市政府、警察局或在留局信件领取处,我将会得到让娜和我女儿的消息。快到预产期了,我不希望动荡不安让她早产。

巴黎的报纸公布了一些读者名单,这些读者通过此方式向家人传递信息,我也想用这种方法。只是我们在菲迈时从不读巴黎的报纸。选择哪一家呢?我们之前并没有商量过。让娜决不可能每天去买所有的日报。

德国人进攻得那么快,很多人都在说叛国和第五纵队之类的事情。据说他们在其中一个木板屋里逮捕了一个荷兰人,在他的行李中发现了一台便携式发报机。

我不知道这是不是真的。我跟博歇夫人谈起这事,她也不能确定,但是她看到便衣警察在营地里转来转去。

安娜很害怕,库普弗这个姓氏听上去非常像日耳曼人。我们在土堤上,在营地和火车站之间时会想到这个,我们还看到了尽情绽放的天竺葵。

是这个城市的园丁种的,天竺葵是在我们到达前不久开花的。我在一天清早光线还很暗淡时看到园丁正在那儿安心地工作。难民的火车不断到达火车站,报刊亭里的报纸上充斥各种灾难。

大概两小时之后,那个园丁还在那儿。一个德国电台用法语广播,大致在说:

"维埃尔热先生,您为了向我们表示祝贺在您的火车站周围种上花,这真是太好了。我们几天之后再来。"

我从未见过维埃尔热先生,他是拉罗谢勒市的市长。德国电台不断讽刺他,这也说明德国人对这个城市所发生的事情了如指掌。

间谍这个词出现的频率越来越高,人们互看时目光越来越不信任。

"你在人们面前最好尽可能少说话。"

"我也想到了。"

她不是那种话多的人。我也不是。我们两个人之间有那么多禁忌,我们几乎没什么话可说。

我们没有过去,也没有未来,只有一个脆弱的现在。我们两个人贪婪地挥霍和享受着现在。

我们之间有许多小乐趣,可供回忆的画面和想象。我们知道我们只能过这一种生活。我们在伤害我们的肉体,但因为我们想不顾一切地把它们融为一个整体。

我一点也不羞愧地说,我是幸福的,每天都幸福。我的生活如同一把小提琴,琴马坏了,但拉出来的音乐清晰、优美,动听得令人难受。

说起我们强烈的性欲,我差不多可以肯定我们不是特例。马戏团的帐篷里没有牲口车厢里那么多人,但至少也有百来号人,男男女女同睡在一块棚子下。我每天晚上都能听到身体小心翼翼运动的声音,加速的呼吸声和做爱时才有的呻吟。

不止我一个人觉得现在的生活处于正常生活和正常习惯之外。飞机随时都会出现在头顶,丢下几颗炸弹。两到三个星期之后,德国军队将会到达这里,谁都不知道到时候会发生什么。

第一次警报期间,他们叫我们趴倒在水池边的地上,因为刚修好的地下掩体实在太远了,那个掩体在货车火车站附近。

对空防御警报拉响。火车站对空连续射击。他们随后告诉我们搞错了,出现在天空的是几架没能给出规定信号的法国轰炸机。

但有敌方飞机俯冲下来,在一艘船旁边布了一些地雷,那艘船叫"尚普兰"号,就停在拉帕利斯锚地里。早上船爆炸了。我们听到爆炸声时还不知道发生了什么事。

后来离城区三四公里的几座储油库起火了,黑色烟雾在天空停留了几天。

我已经说过,但我还是想重复一遍,日子过得既快又慢。时间的概念已经变了。德国人进攻巴黎,安娜和我完全没有改变我们的小习惯。火车站的气氛日渐不同,更混乱,更失控。

就像在菲迈时一样,我总是第一个起床,去外面准备咖啡,同时在挂在帐篷布上的一面镜子前刮胡子。人们终于在木板屋里留出一个角落作女厕所,安娜总会在拥挤的人群到来之前早早地赶到那儿。

我们朝火车站的方向散步,那里的人已经熟悉我们了,他们会对我们说一声熟悉的"早上好"。

"怎么有这么多火车?"

"这些火车在等国营雷诺汽车公司的职员。"

我们看到地道、铁轨和长凳。我们看到铺着稻草的牲口车厢时,很难不产生温情。我们的车厢现在在哪里,里面应该还残存着我们的一点气味吧?

博歇夫人经常叫我做点工作,比如修修门或窗户,为药品或储备物资安装搁架。

我们吃大锅饭。但有时我们自己加点餐。我们可以穿过街道,去一家比较隐蔽的酒吧。我知道安娜喜欢喝那里的开胃酒,为了陪她,我会点一杯汽水。

下午我们去城里,我先去看看名单,然后去留局信件领取处。

如果生产时间提前一点点,我们的孩子已经生了。我不知道妻子生育后谁照顾索菲。

很奇怪,我想象不起她们的样子。她们的容貌模糊不清。

我不是很担心索菲,营地里有两个孩子与母亲在路上走散了,独自在这里待了整整一个星期了,一点也没受苦。他们和其他孩子一起玩,和他们一样无忧无虑。妈妈最终来找他们时,他们在她面前一动不动地站了很长时间,局促不安,好像逃学的孩子。

六月十六日是我记得的几个日子中的一个。贝当在奥尔良要求停战,一些士兵不顾军官反对,突然离开火车站,武器都没带走。

三天后德国人来到南特。我们原本以为他们会行进得很快,以为第二天就会看到他们。

然而,在六月二十二,一个星期六,一些汽车司机经过这里时对我

们喊道:

"他们在拉罗什!"

"你们看到他们了吗?"

他们做了一个表示"是"的手势,飞快地向罗什福尔前进。

接下来的那天晚上非常热。安娜第一个睡下了,我站在那儿,看着她在稻草堆里找一个睡的地方。我感觉自己的眼泪涌上来。我说道:

"不!过来。"

她从来不问我在哪里或者为什么。我觉得她以前就是这样跟某个男人一起生活的,她天生就这样。

我们一边听着大海的声音以及船帆的嘎吱嘎吱声一边散着步。她也许以为我在寻找一艘船的隐蔽处。

我拉着她一直走到港口尽头,那里有一些工地。然后我又和她走上通往沙滩的巡查道。

我们听不到一点声音,也看不到城里的灯光,看得到海堤尽头一个暗暗的绿色信号灯。

我们俩睡在沙滩上,旁边卷起一些细小的浪花,我们很长一段时间里什么都没说,也什么都没做,仅仅是倾听着我们心脏的跳动。

"安娜!我希望你能一直感到……"

"嘘!"

她不需要那些词。她不喜欢。我觉得那些话会让她害怕。

我笨拙地抓住她,渐渐急躁,这种急躁似乎是一种恶意。这一次她没有帮我,她一动不动,眼睛盯着我的脸,我在她的脸上看不到任何表情。

她似乎并不在这里,我再次像个迷路的傻瓜一样思念她。

"安娜!"我用一种类似于呼救的声音叫她的名字,"请你理解我啊!"

她把我的头放到双手之间,忍住啜泣声低声说道:

"很好!"

她说的不是我们精神上的痛苦,而是我们,处在短暂现在的我们。我们一边做爱,一边为对方哭泣。海水快要涨到我们脚边。

我需要做点事情,我不知道做什么。我扯下她的裙子和自己的衣服。我又说了一次:

"过来!"

天空有点亮光,她的身体里在昏暗中若隐若现,但是我看不到她的面容。她害怕吗?她觉得我想淹死她,或者和她一起死?她的身体被一种本能的恐慌占领,她全身收缩着。

"来吧,大怪兽!"

我在水里奔跑,她马上赶上我。她会游泳。但是我不会。她在水里走了很远,然后在我周围绕圈圈。

我如今想她当时并不感到害怕。她知道当时什么事都可能发生。我们尝试在水里做一个游戏,就像度假的学生那样玩耍,但是我们没做成。

"你冷吗?"

"不冷。"

"我们跑步吧,这样可以暖和起来。"

我们在沙滩上奔跑,沙子粘到我们的脚和小腿肚上。

一个巡逻兵出现,我们不得不躲在一个墙角,在那儿待了十五分钟。

帐篷里充满人体产生的热量,我们蜷缩到角落,整晚都没睡着。

第二天是星期天。一些难民穿上礼服去做弥撒。我们在城里碰到身着盛装的年轻女孩,穿着节日服装的孩子走在父母前面。一切都和我在菲迈时一样。糕点店开门了,我买了一个还热着的蛋糕。

午饭之后,我们到水池前面吃东西。我们坐在石头上,一边把腿悬在水面上。

五点时,德国摩托车出现在市政府前面,一位德国军官要求和维埃尔热先生见面。

第 七 章

星期一早上，我感觉空虚、沮丧。安娜睡得很不安稳，突然惊醒并吵醒了我，还有几次流利地自言自语。

我和平常一样，在同样的时间起床，准备咖啡，刮胡子，但是我发现不只有我一个人站在外面。我看到一群群还没睡醒的难民在看着德国摩托车从旁边经过。

我仿佛在他们眼中看到了屈服和气馁，我想我也一样，这很正常。我们的这种神态持续了几个星期。

我们翻过这一页。所有人都确信一个时代结束了，但没有人知道新的时代是什么样子。

但我们的命运将改变，整个世界也将改变。

我们或多或少都对战争感到恐惧，但亲身经历其中，发现它与我们想的并不完全一样。但这只是开始。

我把水放在地上的固体酒精加热炉里加热时，那些十分年轻的粉红色皮肤的德国人像在阅兵一样呈纵队行进,一点也没留意我们。我远远地看到两个法国士兵背着武器在火车站门口站岗。

从前天起就没有火车进站了。站台、候车厅、餐厅以及站长办公室都空荡荡的。那两个士兵没有接收到命令,不知道该怎么办,将近九点时他们才把武器靠在墙边离开了。

我拿着剃须用的细毛肥皂刷给脸上抹肥皂液时,听到锚地传来柴油发动机发出的声音,渔船出海打渔了。一艘船上有三四个人。敌人侵占城市后,渔民们照常拖网出海。没有人能阻止他们。

安娜和我朝市里走去,咖啡店、酒吧和商店都开门了,有些商人把店铺装饰了一番。我看到一个花店在橱窗前面的桶子里放置了很多石竹。难道今天会有人买花吗?

人行道上行人不少,但所有人都有点担忧和不知所措,德国士兵和法国人混在一起。

一个德国士兵在帕莱街道中间向一个警察打听信息,应该跟他要做的事情有关,但根据警察的手势来看,警察知道得并不比他多。

我在城市酒店周围没看到一个德国人。说实话,我没看到一个步行的德国人。我像往日一样去查看那些名单。然后我到邮局,在留局信件领取处的窗口前排队,安娜出神地靠在窗户旁。

我们从早上起就几乎什么话都没讲。我们都觉得心情沉重。他们给我递来一封写着我名字的电报时,我没有惊讶。我想这是命中注定的,这封电报就应该在今天到来。

我的四肢软弱无力,好像里面的血液被抽空了,走两三步路都变得很困难。

我已经知道了。表格打印在劣质纸张上,空白处写着紫色笔迹。

被寻找人的名字:让娜·玛丽·克莱芒蒂娜·冯·斯特拉滕,费龙的妻子。

原居住地：菲迈（阿登高原）。

职业：无。

当事人：……

交通方式：火车。

陪同人员：女儿，四岁。

撤退地点：……

我的心脏开始剧烈跳动，我用目光寻找安娜。我看到她仍然背对着外面站在窗户旁边，面无表情地看着我。

撤退地点：布雷叙尔妇产院。

我走近她，安静地把纸递给她。我不太知道自己到底想干什么，我走到电话窗口。

"我们还可以打电话到布雷叙尔吗？"

我期待他回答我不可以。我觉得没有道理啊，电话竟然能正常工作。

"您想要哪里的号码？"

"妇产院的。"

"您不知道号码？也不知道街道名？"

"我猜城里只有一个妇产院。"

在我小学时代的记忆里，布雷叙尔坐落在我们很少谈到的尼奥尔和普瓦捷之间的一个大区的某个地方，在西边，靠近旺代。

"等十分钟。"

安娜把电报还给我，我把它塞进口袋里。她已经知道了，我说了句废话：

"我在等电话。"

她点燃一支烟。我给她买了一个便宜的手提包和一个仿皮小手提箱装她的内衣和洗漱用品。邮局办公室的地板上还留着洒扫后留下的水珠。

邮局前小广场的另一边,一些显贵模样的人在露天咖啡馆边喝白酒边讨论什么,穿着衬衫和背心、围着蓝色围裙的咖啡馆老板在他们身边站着,手里拿着毛巾。

"给您接布雷叙尔。在二号电话窗口。"

电话那头是一个不耐烦的声音。

"喂!拉罗谢勒……请讲……"

"是布雷叙尔吗?"

"是的。我给您接您的号码。"

"喂!妇产院吗?"

"是谁?"

"马赛·费龙。我想知道我的妻子是否还在你们那儿。"

"您说的是哪个姓?"

"费龙。"

我应该拼读:Fernand 中的 F,像 Emile 中的 E……

"是产妇吗?"

"我想是的。她已经怀孕……"

"她是在付费病房还是免费大厅?"

"我不知道。我们是菲迈的难民,我在路上和她以及我们的女儿失散了。"

"不要挂。我去看看。"

我透过电话亭的窗玻璃,看到安娜回到窗户那儿,手撑在窗户上,看着自己的黑色裙子。我产生了一种非常奇怪的感觉,我觉得她的肩膀和髋部似乎很陌生。

"是的，她在这里。她前天晚上分娩了。"

"我能跟她说话吗？"

"大厅没有电话，但是我可以把您说的话转告给她。"

"请您告诉她……"

我考虑该说些什么，突然听到电话里传来杂音。

"喂！喂！小姐，请不要挂……"

"请说话啊！请您快点……"

"告诉她，她丈夫在拉罗谢勒，一切都好，他将尽快赶去布雷叙尔……我不知道怎么去，但是……"

电话那头已经没有人了，我不知道她是否听到了我最后说的话。我没想到问生的是男孩还是女孩，一切是否顺利这些问题。

我去窗口付钱。然后我下意识地说：

"过来。"

我最近常说这句话，但这句话其实完全没必要，因为安娜一直跟着我。

我们到了街上之后，她问道：

"你打算怎么过去？"

"我不知道。"

"可能几天之内还不会恢复通车。"

我没有想这个问题。我甚至可以步行去布雷叙尔。我知道让娜在哪里了，我得去和她会合。这并不是一项义务。这是很自然的事，我没有丝毫犹豫。

我看上去应该很镇定，对自己很肯定，因为安娜用一种惊讶的表情观察着我。我在码头的一家商店买了一个酒精炉。那里也有粗布水手袋卖,我想买一个代替手提箱,那个手提箱没装东西时就有点分量,我不想在路上拖着它走。

德国士兵还是没有和路人混在一起。之前驻扎在城市边缘的一支军队清早走了,那支军队就在旧城墙上,围在一辆随军炊事车周围。

我最后一次走进营地,走进绿色的马戏团帐篷。我把手提箱里的东西塞到水手包里。我看到那个旧的酒精炉,把它递给安娜。

"我把这个留给你。我不再需要了,我无论如何也没有地方装了。"

她没有拒绝,而是把它放进她自己的小手提箱。我在担心,不知道该在哪里,该怎样告别。

有几个女人已经睡了,还在照看孩子的女人好奇地观察着我们。

"我来帮你。"

安娜把包放在我的肩上,我弯下腰去拿起手提箱。她跟着我,手里提着她的小手提箱。在两个木板屋之间,我笨拙地说:

"我的整个人生,我……"

她脸上浮现出一种让我不知所措的微笑。

"我要和你一起去。"

"去布雷叙尔?"

我很担心。

"我想尽可能和你多待一段时间。不要害怕。我到了那里之后会消失的。"

我得知永别这一幕将要往后推,感到如释重负。我们没有去见博歇夫人,而是像许多其他人一样,没有和她告别和致谢就走了。我们在中心待得最久,老朱尔在震颤性谵妄发作后被送到医院去了。

我们穿过越来越高低不平的街道朝阿梅斯广场走去。和平露天咖啡馆里全是客人。一些民用车往来在路上。在广场的尽头靠近公园的地方，我们辨认出用花花绿绿的颜色伪装的德国车辆。

我没打算坐汽车。但是汽车站还有车，没有人下过停止服务的命令。我问是否有去布雷叙尔或尼奥尔的车。他回答说没有，去尼奥尔的路已经塞满车辆和步行的难民，德国人很难开辟一条通道出来。

"有一辆去丰特奈-勒孔特的客车。"

"经过布雷叙尔吗？"

"它会让您在最近的地方下车。"

"它什么时候出发？"

"等司机装满油就走。"

我们在烈日下等，刚开始只有我们两个人坐在车里的整排座椅之间。一个法国士兵上来了，接着上来一个四十岁左右的乡下男人，手里拿着外套，后来又上来六个人坐在我们周围。

安娜和我肩并肩坐着，车子颠簸，我们晃晃荡荡，目光一直看着路边的风景。

"你不饿吗？"

"不饿。你呢？"

"我也不饿。"

坐在我们对面的一个农民眼睛哭红了，她在吃着闻起来很香的馅饼。

我们的车子沿着离大海不远的道路开下去，经过一个村庄又一个村庄，首先是尼约勒，然后是马尔西伊、埃斯南德和沙朗。我们只在每个镇教堂或镇政府前面的广场上看到一小群德国人，居民远远地看着他们。

我们没有走难民大军经过的道路。路上，我觉得我认出了我们火车旅程最后一晚上睡的牧场和停靠点。我不确定，因为从铁轨上看到的风景和在马路上看到的不一样。

我们经过一个大乳品厂,十二盒装的牛奶在阳光下引人注目。我们穿过一座建在排水渠上的桥,桥边有一个两侧搭着棚架的旅馆。旅馆门前有一些铺着蓝色方格桌布、摆放着花的桌子,一个用锯齿状木头做的厨师矗立在马路边上,手里拿着一张油印菜单。

在丰特奈-勒孔特德国人更多,汽车也很多,其中还有一些卡车,但所有车都行驶在通往火车站的大道上。汽车站广场上,有人告诉我们没有去布雷叙尔的汽车。

我没有想到租一辆出租车,首先因为我从来没这样做过,其次因为我没有想到还可以这样做。

我们在市场广场里的一个咖啡馆吃了点东西。

"你们是难民?"

"是的。阿登高原人。"

"有些阿登人在梅尔旺森林伐木。他们看上去有点野蛮,或者说,他们胆子很大,很勇敢。你们要去很远的地方吗?"

"去布雷叙尔。"

"你们有汽车吗?"

我们是这里唯一的客人,一个穿着毛毡拖鞋的老人穿过厨房门,看着我们。

"没有。如果有必要,我们走路过去。"

"你们觉得可以步行走到布雷叙尔吗?和这位小夫人一起?请您等一下,我去看看马丁的卡车走了没有。"

我们很幸运。马丁家在树木另一边,他开了一个五金制品批发店。他要去普佐日和绍莱送货。我们一边喝着咖啡一边在空旷的广场前等着。

我们和司机一起挤在驾驶室里。我们经过一个陡峭的坡道，穿过一片很大的森林。

"那些阿登人就在那边。"我们的司机指着一片采伐区和几个简陋的小屋，小屋周围有些光着一半身子的小孩在玩耍。

"这一带德国人多吗？"

"昨天晚上和今天早上有很多车辆。接下来可能会更多。我们看到许多摩托车和随军炊事车。我猜坦克快到了。"

他停下车，把包裹放在一个马蹄铁匠那儿，一匹耕马对我们嘶叫。这一天似乎很漫长，我们很幸运，但旅程尚未结束。

我现在有点后悔让安娜跟着我。在拉罗谢勒就分手，对我们两人都更好。

她知道我不开心，在司机和我之间缩成一团。我突然想到她温暖的髋部接触到了司机的髋部，我感觉自己有点嫉妒。

我们花了将近两个小时才到普佐日，我们在路上只看到一列长达一千米的机械化纵队。一些士兵看着我们经过，尤其盯着安娜看，还有些人向她打招呼。

"你们离布雷叙尔只有二十公里了。你们最好和我一起到这个咖啡馆去，也许我能帮你们找辆车。"

几个皱着眉头的人在玩牌。餐馆最里面，两个人在杯子之间摊开的文件前交谈。

"喂，这里有没有人去布雷叙尔？这位先生和女士是难民，他们需要在天黑之前到达那里。"

其中一个坐在文件前面的人看上去像个善良的商人，他在说话之前把安娜从头到脚打量了一番。

"我可以把他们带到瑟里宰。"

我不知道瑟里宰在哪儿。他们跟我解释说就在去布雷叙尔的路上。我本来打算克服一些困难，证明我和妻子会合的勇气，要沿着马路走好几天，还要冒着被德国人骚扰的危险。

然而一切进展得这么顺利，我几乎有点失望。

我们在他们讨论结束后等了将近一个小时。他们好几次站起来握手，但又重新坐下来，又续上咖啡。

要送我们的司机脸红了。他一副神气活现的样子，让安娜坐在他旁边，而我被安置在后面的长排凳子上。我突然感觉到整夜无眠后的疲惫。我眼皮很重，嘴唇滚烫，好像就要发烧了。难道我中暑了？

过了一会儿，我好像睡着了。我模糊地看到牧场、树林，一两个冬眠了一样的村庄。我们穿过一座桥（桥下面的河流几乎干涸），最后停在一个广场上。

我很感激司机。安娜也是。我们走了两三百米之后发现一个面包店前面停着一辆卡车，卡车上面装着面粉，车斗上漆着布雷叙尔面粉厂老板的名字。

我和安娜根本不需要走路。我们一整天都不是单独两个人。

天还没有黑。我们在人行道上，在一家咖啡-香烟店的露台旁边。我的袋子和行李箱放在脚边。我从钱包里拿出几张纸币。安娜明白了，我把纸币塞到她手提包里时她没有反对。

空了，四周都空了。我从来没有觉得哪里有这么空过。我叫住一个路过的儿童。

"请告诉我，孩子……妇产医院在哪儿？"

"左边第二条街，在最上面。你们不会走错的。"

安娜猜我可能会跟她在这里道别，她低声说：

"让我陪你一直到门口吧。"

她的语气那么谦恭，我没有勇气拒绝她。广场上，德国士兵在十二辆大型坦克周围忙碌着，几个军官在大声下命令。

妇产医院所在街道是斜的，两边有一些资产阶级风格的房子。最尽头矗立着一座砖房。

我又把包和行李箱放在地上。我不敢看安娜。一个女人把臂肘支在窗台上，一个孩子坐在门槛上，落日只照得到屋顶。

"那么……我要走了。"

我的声音卡在喉咙里，我抓住她的双手。

我看了她最后一眼，我看到她的脸似乎已经模糊了。

"再见！"

"马赛，一定要幸福！"

我抓紧她的双手，然后松开。我拿起行李，几乎是蹒跚地往妇产医院的门口走。她从后面跑过来，喘着气对我说：

"和你在一起我很幸福。"

我穿过玻璃门，看到大厅里有几个护士，一个带轮子的担架，接待员在打电话。我朝接待台走去。我回过头，她还站在人行道上。

"你好，我是费龙先生。"

第 八 章

我瞒着妻子和所有人在笔记本上写回忆录,有人到我办公室来我就把笔记本锁上。这不仅是为了整理回忆,也不仅是为了理解那些一直困扰着我的事。

我现在有了办公室,在沙托街有一个两扇橱窗的商店。我比我以前的老板蓬硕先生的儿子雇佣的人还多。他不知道现代化,所以他的店依然和我以前在那里工作时一样灰暗庄严。

我有三个正在成长的孩子,两个女儿一个儿子。男孩叫让-弗朗索瓦,他出生在布雷叙尔,那时索菲被寄养在邻村的农场主那儿。我的妻子下火车后,农场是她能找到的最好的避难所。

索菲看到我似乎很高兴,但并不惊讶。一个月之后,我们仨还有小弟弟坐上回菲迈的火车时,她已经很坚强了。

分娩非常顺利。让-弗朗索瓦是三个孩子中最强壮的。我们四个人经历了很多困难。让娜比以前更加紧张,会为一点小事担惊受怕,确信厄运会随时降临。

我们的第三个小孩伊莎贝尔出生在战争的转折阶段,那时他们正等着登陆。有人说这将会和德国入侵时一样引发灾难和混乱。有人预测所有身体强壮的男人都会被送到德国去,道路上已经做好箭头标识,这样我们就不会堵塞军用道路。

那时候仍然缺吃少穿。粮食供给下降到最低水平,我非常小心地去黑市买点吃的。

让娜一直都是早产,婴儿放在暖箱里,而让娜从来都没有完全恢复过来。我说的"恢复"更多指的是精神方面而不是生理方面。她还是惶恐、消极,我们定居沙托街之后,她很长一段时间里都确信我们要经历一场灾难,我们会比以前更穷。

我恢复了以前的生活,好像那是我的职责、命运和唯一的选择,我从来没想过生活可以是其他样子。

我辛勤工作。我打算稍有成就后把孩子们送进最好的学校。

我不知道他们会变成什么样。现在他们和我们那里其他所有小孩差不多,他们接受别人灌输给他们的所有思想。

我看着儿子长大,听着他提出的那些问题,看到他瞥我,我有一些想法。

让-弗朗索瓦将来可能会像他妈妈那样生活,学校的教育也正在把他塑造成那样的人,我自己也差不多是那样的人。

但他可能有一天会反抗我们的想法,我们这种生活,他想尝试做自己。

两个女儿非常有可能和她们的妈妈一样,但是我想象长大后的让-弗朗索瓦时,并不知道他终究会变成什么样子。

我额头上的头发开始脱落。我需要越来越厚的镜片。我是一个谦让、平庸且还算幸福的人。从某种角度看，让娜和我就像漫画里的模范夫妻。

于是，我想到给我儿子留下另一种印象。我问自己，这样对他好不好：他某一天忽然发现父亲并不是以前那个样子，那个腼腆的丈夫，除了尽力抚养孩子、稍微提高他们的社会地位外没有任何念头。

我儿子，也许还有我女儿，会知道我身上曾经有另外一个人。有好几个星期，这个念头让我激动不已。

但我还是不能确定。我尚未决定将这个回忆录给别人看，我希望再多思考一段时间。

不管怎么样，我将在这里揭露内心的想法，我将诚实地面对自己和他人，直至最后一个字。

从一九四〇年冬天开始，生活几乎恢复正常，除了要面对德国人，面对早就变得十分困难的粮食供给。我开始工作。收音机没有被禁止，销路比以前更好。公鸡内斯托尔和母鸡（少了一只）回到花园尽头的窝。与我所料相反，我家什么也没有被偷，没有一台收音机或一件工具被偷。我的工作间和我走时一模一样，只是有些积尘。

一九四一年春夏秋三季平安无事地过去了，关于那段时间，我只留下了些微记忆，好像威廉斯医生经常来我们家。他非常担心让娜，他后来坦白告诉我，他担心让娜患上了忧郁症。

也许永远不会有人在我妻子和我面前提起安娜，但我肯定她已经知道了。像我们一样返回家乡的难民传播的流言没有传到她耳朵里去吗？我觉得这不可能，虽然我自己并未听到什么特别的流言。

但这与她的身体和时时惊恐的心理状态没有任何关系。她从来都不热情，也不嫉妒。她姐姐贝尔塔认为她的丈夫，那个糕点商，在外面寻花问柳。但让娜能容忍我有艳遇，只要我能秘密进行，并不危及我们的家庭就好。

我没有在推卸责任。我只是客观地说出自己的想法。也许她知道她在布雷叙尔那段时间我不是原来那个我,但她也知道我后来又变回去了。

她那时有没有想过永远也见不到我了?但不管怎样,我找到她了。我们的家庭平安无虞,我这样说,并不是要否认自己行为的危险性。

德国人尤其让她感到害怕,一种生理上的本能的害怕。他们在街道上的脚步声,他们的音乐,他们贴在墙上的布告,那些布告公布的都是坏消息。

因为我的职业,他们两次到我的工作间和我家里搜查,寻找秘密发报机,他们甚至在院子里挖了好几个洞。

那个时候,我们还住在原来靠近码头的街道,在老马特雷先生家和卷发小女孩家之间。他们两家人没有回来,解放后我们才看到他们。整个战争期间他们都住在在卡尔卡松附近,卷发小女孩的爸爸,那个小学教师在那里参与抵抗运动。

在我的记忆中,一九四一年和一九四二年之交的那个冬天非常寒冷。圣诞节前不久下了场雪,威廉斯医生一天早上来我家看让娜的流感是否好了。我们都已经好了,就剩她尚未康复,而且比平常更加焦虑。

医生在离开前在走廊里对我说:

"有时间的话来帮我看看收音机吧。我猜有一个小灯不亮了。"

下午四点天就黑了,路灯早就被刷成了蓝色,橱窗灰蒙蒙的。我刚完成一项工作,这时想到了威廉斯医生。我想我可以在晚饭之前到他家去一趟。

我和让娜说了一声,然后披上羊皮大衣,提着工具箱,离开了温暖的家,向寒冷黑暗的街道走去。

我刚走出几米,一个人影突然从一堵墙后面朝我走过来。然后我耳边响起一个声音,那个声音叫了我的名字:

"马赛。"

我立马听出来了。她身穿一件深色大衣,头戴一顶贝雷帽。我觉得她的脸比以往任何时候都要苍白。她走到我身边,因为我就像以前那样对她说:"过来。"

她似乎冻僵了,很激动,我却镇定而清醒。

"马赛,我得告诉你。这是我能见到你的最后一个机会。我和一个英国飞行员在菲迈,我得护送他到自由地区。"

我转过头,我觉得我看到一个男人的身影躲在马特雷家门口。

"有人告发了我们,盖世太保在追捕我们。我们必须去一个安全的地方躲几天,直到他们忘记我们。"

她走路时气喘吁吁,她以前并不如此。她有黑眼圈,面容憔悴。

我一直大步地走着,快要绕过码头的拐角时,我说:

"听着……"

"我知道。"

她从来都是在我开口之前就知道我要说什么。但这次我说出了我想说的话:

"德国人在监视我。他们两次……"

"马赛,我知道,"她重复道,"我不恨你。很抱歉。"

我想追她时,她已经跑向那个在黑暗中等她的男人。

我从来没有对任何人说起这事。我把医生的收音机修好,回到家里。让娜在厨房里摆好饭菜,让-弗朗索瓦已经在他的儿童座椅上吃完饭了。

"你没有着凉吧?"让娜看着我问道。

所有的一切,家具、物品,都和我们离开菲迈时摆放的位置一模一样,家里只是多了个小孩。

一个月以后,我在市政府的墙上看到一张还很新的布告。我读到五个名字,其中有一个英国人的名字,还有安娜·库普弗的名字。前天晚上,这五个人都在梅齐埃监狱的院子里被当作间谍枪毙了。

我再也没有去过拉罗谢勒。我永远都不会去那里了。

我有一个妻子、三个孩子,在沙托街上有个商铺。

无 辜 者

第 一 章

三月的雨已经下了一个小时，为作坊涂上了一层可爱的颜色，但看样子还会下很久。我们发现巴黎的屋顶被雨水漆成了接近蓝色的黑，而天空的灰色有一点发亮。

乔治先生（他更为人熟悉的名字是塞勒兰）站在画板前，细致地勾勒一件珠宝的轮廓，这件珠宝是他很久以前就想完成的。这是一朵飞廉，将用三种不同的金子打造而成。他是在看到橱窗里的一幅画后产生这个灵感的。

像往常一样，一支已经熄灭的烟垂挂在他的下嘴唇上，他时不时低声哼唱一些老歌的片段，他只记得那些歌的几句歌词。

他最年长的朱尔·达万俯身在工作台上，那里摆了许多精密仪器，仪器小小的，可能会被当作小孩子的玩具：雕刻刀、锉刀、钳子、宝石镶嵌工的小凿子、雕琢宝石用的凿子、拉丝模、锯、铰刀……

他那么灵巧地操作着手上的焊枪，好像焊枪喷出来的火苗只是灯火。

朱尔的同事莱唐四十九岁,已经有了七个孩子,妻子正怀着第八个。他把一块金砖切成薄片。

而保罗正要抛光一枚戒指,戒指里面镶嵌着一块宝石。

玻璃门关上,这表明店里来了一位客人,科坦特斯夫人负责接待客人。

严格来说,这不是商店,因为它坐落于赛维涅街上一个老旧私人府邸的顶楼。

但这里有个木质疏松的木头柜台,沿着墙壁有一排橱窗,珠宝展示其中。

塞勒兰幸福和平地和自己以及别人相处。

他在圣奥雷诺街的一家大珠宝店工作了十年。负责销售的同事布拉西耶继承了一笔可观的遗产,他向塞勒兰提议两个人一起创业。

布拉西耶投入了资金,所以他占的股份多一些。他们已经合伙十六年,从未发生摩擦。

布拉西耶负责从珠宝店拿订单,不常来赛维涅街。作坊是塞勒兰的地盘。

这里的工作气氛很轻松,他们经常派最年轻的皮埃罗去旁边的小酒馆买瓶博若莱。

达万已经五十四岁,是作坊里的喜剧演员,总有许多滑稽有趣的故事讲给大家听。

他知道人在什么样的情况下会幸福吗?塞勒兰确信他知道,什么也不能夺走他的幸福。他干着自己喜欢的工作,自己就是老板。他的妻子和孩子不用他操任何心。

他年富力强,从来没有受过随年岁积累下来的伤口的折磨。

他们听到有人在高声说话。他们听到平台的玻璃门被打开了。那个很高的声音与科坦特斯夫人非常沉闷的声音之间的对话从门框里持续地传出来。

"我打赌是拉帕皮娜。"达万咕哝道。

拉帕皮娜夫人自称寡妇帕皮夫人。

她非常富有,是他们最大的客户之一,但也是最令人讨厌的一个。

外面的门终于关上。精疲力竭的科坦特斯夫人打开作坊通往商店的门。

"拉帕皮娜。"她解释道,和达万的猜测一样。

科坦特斯夫人年近四十,丈夫死得很早。她矮矮胖胖,娃娃脸上总是挂着笑容。

"这次是一块浮雕玉石……"

她把它递给塞勒兰,塞勒兰仔细研究起来。

"这是一块非常漂亮的宝石,应该可以追溯到拿破仑一世时代。做工精细,我猜它肯定是出自当时一名伟大专家之手,这该不会是约瑟芬·博阿尔内的肖像吧……她想要干什么?"

"换个托座。"

"但这个托座也是那个时代的,托座还增加了浮雕玉石的价值。"

"我也努力让她明白这一点,但您是知道她的。"

"我受够了这些老家伙……"

她本身已经很富有了,又从一个老姑妈那里继承了一些珠宝,那些珠宝是老姑妈用整个一生积攒下来的。

现在她想使那些珠宝更加现代化。当然,对于她来说,这个现代停留在一九〇〇年。她会用高音喇叭似的嗓子讨论每件珠宝很长时间。她化了一种奇怪的妆,脸是紫色的。她总是戴装饰着亮片的帽子。

她叫帕皮，因为她嫁给了做滚珠轴承生意的勒帕皮，但是她会告诉所有人她婚前的名字埃莱娜·德莫兰古，同时也会让大家知道她是个寡妇。

在她的名片和来过的信件上，"勒帕皮"有一个标注：婚前姓德莫连库。

她还从老姑妈那里继承了一座以这个姓命名的城堡，城堡位于谢尔河畔。

达万很擅长模仿她，甚至能模仿她的声音。他把浮雕玉石放在工作台上。这里没有保险柜。他们把金块、白金、珍贵的宝石或是次贵重宝石就放置在架子上。十二年来，这里没丢过任何东西。

大门门铃响了。其实他们做了一块珐琅牌子，上面写着：请进，不需按门铃。塞勒兰首先看到的是警察头上的军帽。他站了起来，心想，他们肯定还是为了叫他把车停到别的地方去。

警察看了一圈，一边咳嗽着，最后朝作坊门走去。这一次，这个金银匠大步走上去迎接他。

"这里是不是有一个塞勒兰先生？乔治·塞勒兰……"

"是我……又是关于我汽车的事情吗？"

"不，先生……我不是这个区的，我也不管公共道路……我是第八区警察分局的费尔瑙队长……"

他困惑、惊讶地环顾作坊四周，好像从来没来过这种地方。

"我们可以去您的办公室吗？"

"我没有办公室……您可以在我的同事们面前说话。什么事？"

警察用手碰了一下帽子。

"塞勒兰先生，我有一个坏消息要告诉您……您是阿内特-玛丽-斯蒂芬妮·塞勒兰的丈夫……"

"对,她是我的妻子……"

"她发生了事故……"

"什么样的事故?"

"她在华盛顿街被一辆卡车撞倒了……"

"您确定没有弄错?我妻子很少去香榭丽舍区……她是一名社会公益工作者,她负责的区域是圣安托万和圣保罗……"

"但是事故发生在华盛顿街……"

"严重吗?"

费尔瑙队长用一种很低沉的声音说道:

"她在被送往拉里布瓦西埃医院路上就已经死了……"

"阿内特?死了?"

其他人面无表情地看着他。这个消息太突然,大家一时半会儿都无法相信。

"我想去看她……"

"他们在等你过去……还没推到停尸间。"

塞勒兰披上外套,他工作时穿的是长长的白色工作罩衫。他没有哭。他的脸已经僵住了,但此刻所有痛苦的表情都微不足道。

他在穿过作坊门时转过身来,说了一句他自己感觉很可笑的话:

"对不起,我的孩子们……"

这里没有电梯。他们从楼梯走下四楼,塞勒兰在前面,队长在后面。

"最好还是让我陪您去吧。"

"也好。我不知道那些医院在哪儿……我们家里从来没有人真正生过病……"

"您有孩子?"

"两个。您是怎么找到我的作坊的?"

"您妻子身份证上面有博马歇大街的地址……你们住在那儿？"

"是的……"

"一位非常友好、有外国口音的夫人接待了我……我问她您在哪里，她给了我赛维涅街的地址……"

"您已经把这件事情告诉她了吗？"

"没有……您有车吗？"

一辆白色小标致停在建筑物前面。两个人坐进车里。天空仍在下着雨，这个时候的雨水好像比其他时候的更加明澈。

"是怎么发生的？"

队长尊敬地看着他，好像灾难把塞勒兰变成了一个与众不同的人，比正常人伟大。

"具体的细节我也不知道……他们正在现场调查……我只知道是一个路人和一个叫马诺蒂的水果蔬菜商报的案，这个果蔬店几乎就在事故发生地点的正对面……往北开……拉里布瓦西埃医院在安布鲁瓦兹-帕雷街……"

"我妻子当时是要穿过街道吗？"

"据这两个证人说，她似乎是从附近一栋楼房里出来的，但他们两人的说词稍有出入……她很匆忙，走得非常快，几乎要跑起来……然后她想穿过街道……因为下雨，马路上很滑……她摔倒了……一辆送货的卡车没有及时停下来，从她身上……

"我的同事马上叫了救护车和医生……她还有呼吸，但是胸口已经……"

"她有时间说话吗？"

"没有……请您原谅我说出一些细节，她当时吐了很多血……医生，维吉耶医生在救护车里……他马上把您太太放好……

"现场的同事报告当地警察局。一些便衣警察马上去华盛顿街，而我去了医院……"

"您看到她了吗？"

"看到了。"

"她在哪里？"

"只能在走廊上，急诊病房里已经没有床位了，走廊里已经有了两三个病人。维吉耶医生还在那儿。

"他对我说，这是她的身份证和地址，应该通知她的家人。"

"她的情况怎么样？"

"我只是掀开了床单的一个角……"

"不要……不要告诉我……"

奇怪的是，他很平静，一种冰冻似的平静。他在车流里开着车，一直来到拉里布瓦西埃医院门口。

"还要稍微远一点……在急诊那边……"

在一条铺着浅黄色陶瓷地板砖的走廊里，一位年轻医生正在给一个老人治疗，老人直愣愣地盯着天花板，目光空洞。其他的病床上都盖着床单。

"我去叫维吉耶医生……"

塞勒兰就像个什么都不懂的人那样站在那里。护士给他指了一条凳子，让他坐下。

他机械地回答：

"谢谢。"

但他还是不确定。这个世界刚刚被颠倒了。周围的装饰和人都不再真实可靠。他冷漠地环顾四周。

年轻的医生从走廊尽头走来，把手伸向他。

"塞勒兰先生?"

"是我。"

"维吉耶医生。我去了华盛顿大街,但是很不幸,已经太晚了……她还是当即死去更好……我猜您不希望我用医学术语告诉您吧?您只需要知道她的胸部和腹部被撞开了……"

"我可以看一下她吗?"

医生掀开脸上的床单。应该有人已经把这部分清洗了,因为没有一点血迹。他不可思议的镇定,走了过去。

他首先把两个手指放在脸上,轻轻拂过,然后弯下腰来,手指掠过嘴唇,一直摸到额头上的白发。

维吉耶医生对他说:

"去了停尸间之后,应该找个法医过来,因为我认为有必要解剖……"

"为什么?"

"为了保险起见,我们永远不知道……我会把她的手提包还给您,为了获得她的地址,我冒昧地看了她的身份证……你们结婚很久了吗?"

"二十年……我们本来打算下个月庆祝我们结婚二十周年……"

"你们有孩子吗?"

"两个。"

"他们到懂事的年龄了吗?"

"我不知道……儿子十六岁,女儿十四岁半……"

停尸间的运柩汽车停在门口,两个男人抬着担架走过。

"我抬哪一边?"两个男人中的一个指着床问道。

塞勒兰在他旁边小心地问道:

"我要做什么?"

"最好回家去,把消息告诉孩子们……我们一两天之后就会把尸体送回你们家……"

"谢谢您……"

他不知道是否应该伸出手来。他什么都不知道了。他惊讶地看到队长在等他。

"您一个人走可以吗?"

"有什么不可以呢?"

队长的问题让他很惊讶。他在一个难以理解的世界里。首先是一场敲打着门窗玻璃的清澈的瓢泼大雨。然后是拉帕皮娜和一块需要一九〇〇年底座的浮雕玉石。最后是警察的这顶军帽……

阿内特死了。她被送到了过去被称之为太平间的地方。他微微抓住队长的手,差点走错方向。快到六点了。正是车水马龙的交通高峰期。

他打算回赛维涅街,但说不清为什么要去。他可能是想回到同事们身边。他想回到自己最熟悉的气氛中去,进而慢慢回到现实中。

阿内特不需要去华盛顿街做什么事。她负责的那些老人、病人和人类渣滓生活在圣保罗街和巴士底狱之间。这就是她不需要汽车的原因。

他的儿子让-雅克和女儿马莱娜从高中放学已经有些时间了,他们还不知道这个消息。如果娜塔莉已经告诉他们有警察来过,他们想到的可能是违章罚单。

这个家还从来没有发生过悲剧。什么不好的事都没有发生过。甚至连一次争吵也没有。

他把车停在博马歇大街(他平时也把车停在那儿),然后从一个小酒馆前走过。他以前很少去那里,他在门口犹豫着要不要进去,最后还是进去了。他径直走向柜台，很羞愧地低声说道：

"来杯白兰地……"

老板认识他，惊讶地盯着他看。

"塞勒兰先生，有什么不顺心的事情吗？"

他犹豫着，看着这个叫莱昂的男人，然后将杯子里的酒一饮而尽，把杯子丢开：

"我妻子死了……"

"但是她没有生病啊……她还年轻啊……"

"她是被车轧死的！"他用一种轻蔑的语气说，"请帮我倒上……"

他喝了三杯。莱昂懊丧地看着他，眼神里流露出一种尊敬，灾难提高了塞勒兰在他心目中的地位。

"孩子们知道了吗？"

"还不知道……我会告诉他们……"

他萎靡不振，脚步凌乱。他直接从门房前走过，没有停下来，他忘记对门房打招呼了，平常他都会打招呼。他走进电梯，按下四楼的按钮。

给他开门的是娜塔莉。她不是一个普通的保姆。她将近六十岁，和他们一起生活了十八年。她很胖，宽宽的脸庞上总是洋溢着笑容。

她一看到塞勒兰，就明白发生了非常严重的事情。

"警察去见您了吗？"

"是的。"

"然后呢？"

"她死了……"

"她死了？"

她把手放在嘴巴上，不让自己叫出声来。

"您是说夫人她……"

"是的。"

"怎么死的?"

"被车轧死的……"

"在街上吗?"

"好像……"

"她在哪里?他们会把她送回来吧?"

"她在停尸间,他们要给她做解剖……"

"为什么?"

"我不知道……我什么都不知道……孩子们在哪儿?"

他还想喝酒。他走进餐厅,他们在碗橱里放了几瓶酒。

"您相信吗?"娜塔莉在他身后说道。

"相信。"

他不是刚刚失去妻子吗?为什么他自己还活着?他有权利喝酒,不是吗?他给自己倒了一大杯酒,比莱昂酒馆里的那杯多。他觉得有点头晕眼花。

有人走进了餐厅。是他的儿子让-雅克,他很惊讶地看到父亲面前有一瓶白酒和一个杯子。

"儿子,去叫你妹妹过来……"

孩子跑去找妹妹,妹妹来了之后目瞪口呆地站在门口。

"发生什么事情了?你提前……"

"孩子们,我有一个坏消息告诉你们。告诉我自己。告诉所有人。妈妈发生了事故……她被一辆卡车撞倒了……"

"严重吗?"

"再严重不过了……她死了……"

他突然抽泣起来。

马莱娜发出一声尖叫，冲到墙边，用两个拳头捶打墙壁，一边啜泣着喊叫道：

"这不是真的……不可能……不是妈妈！"

让-雅克控制住了感情，好像已经是一个明白世事的大人。他把手放在父亲的肩膀上，父亲把头埋在手臂里。

"父亲，请冷静些……"

他们不叫爸爸妈妈，而是叫父亲母亲，这并不是冷漠，而是一种更加委婉的亲密。

塞勒兰不由自主地把手伸向酒瓶，让-雅克毫不带责备地低声说：

"最好还是别喝了，你觉得呢？"

塞勒兰的手停下来，嘴角闪过一丝淡淡的微笑，他轻轻地说：

"儿子，你知道，让我消沉的并不是酒精。"

"我知道……"

他们两个人都很庄严，好像年龄的差距被抹去了。马莱娜躲到厨房，可能跑到娜塔莉的怀里去了。

"你明白……突然……我不知道……我几乎什么都不知道……甚至都不知道她要去华盛顿街……据一位目击者说，她从街道旁的一座房子里出来……她想跑着穿过街道，滑到在潮湿的马路上……一辆经过的卡车没来得及刹车……"

"你是怎么知道的？"

"有个警察打开她的手提包，看到她身份证上的地址……有个警察队长已经来过家里了……娜塔莉告诉了他我工作的地方……"

"他是去作坊通知你的？"

"有个客人，拉帕皮娜，我以前跟你说过的，刚走……我们当时的心情好极了……然后我透过门门缝看到一个警察的制服帽……"

雨停了。天边冒出一点羞怯的阳光，博马歇大街树木上的芽儿已经绽开。

他们结婚后一直住在这套房子里。

刚开始，除了厨房和浴室，他们只有两个房间。幸运的是，他们的邻居到乡下隐居，所以他们把两套房子变成了一套更大的房子。

他比妻子更重视家里的舒适，他喜欢那种笨重的打了蜡的家具，就像在一些小城市还能看到的那种。在过去的这些年中，他们慢慢添置家具，有时候他们开车五十公里去参加家具拍卖会。

"乔治，这太贵了……"

太贵了？这是他们唯一的奢侈品。他们几乎从来不出门，他们待在家里从来不感到无聊。

每个孩子都有自己的房间，在娜塔莉房间的旁边。总之，他们是娜塔莉带大的。

娜塔莉过来找他们，眼睛和鼻子通红。

"你们在往常时间吃饭吗？"

他们七点半吃饭，但是今天他们不知道。他比平时回家早。其他日子他一般是七点离开作坊。

"娜塔莉，听您的安排……马莱娜在做什么？"

"她躺在床上，我想最好还是不要去打扰她……这个打击太大了……她还没有完全明白……她在接下来的日子里会觉得空落落的……"

让-雅克问："我明天要去学校吗？"。

塞勒兰在犹豫，这个问题让他猝不及防，于是娜塔莉回答：

"你为什么不去呢？"

"我以为……"

对于塞勒兰来说，许多事情也失去了重要性。甚至连孩子们都是。

他对此感觉很羞愧，但他在他们身上找不到任何慰藉。

说到房子……

"你怎么花那么多钱在家具和这些无任何生命的小摆设上呢？"

一切都是虚无。他自己也是。他们正在对阿内特做什么？他们打开她的身体。她周围可能有好几个人……然后呢？然后会发生什么？

她再也不会回到家里来了。他再也听不到她的声音，不能握紧她那小小的紧张的手了。他把瓶塞用力往下按，为的是不再打开。他喝了一点点。从早上到晚上，他的嘴唇上一直叼着一根已经熄灭的烟。他和警察队长一起离开赛维涅街后，他就再也没把这根烟点着。他之前把它点着，但是烟有一种奇怪的味道。

"先生，您得坚强……请您不要百事不管，特别是在孩子们面前……"

让-雅克离开餐厅。他躲到自己的房间去了？

娜塔莉出生在列宁格勒，那个地方也叫圣彼得堡。她是在一九一七年事变发生前的两三年离开的。她的父亲是加尔德的一个军官，后来被杀。母亲和两个姨母遭遇了同样的命运。

一个家庭女教师带着还是孩子的她到了伊斯坦布尔，女教师靠给别人上钢琴课谋生，养活了自己和娜塔莉。后来她们来到法国，女教师在巴黎继续教钢琴。

她也给娜塔莉上课，但是娜塔莉没有音乐细胞。她把娜塔莉送进美术学校，但娜塔莉依然表现得不是很好。

家庭女教师去世时，娜塔莉已经差不多二十岁，她起初在一家商店上班，那里的人抱怨她有浓重的口音。

于是她又到圣日耳曼郊区一个富有的家庭当贴身女仆，那家人在拉涅夫勒拥有一座城堡，在蓝色海岸也有产业。

后来这个家庭的主人死了，她又去了一些她自己觉得很累甚至难以忍受的地方。最后娜塔莉来到塞勒兰的家。在某种程度上，她是这个家庭的一分子。

"请您尤其不要去想……"

他差点冷笑出来。他不需要去想。空虚不仅包围了他，也在他心里。他无所适从。平常这个时候他在做什么呢？他还没有回来。他还在作坊里工作。他的脸上洋溢着喜悦，七点钟的钟声敲响时，会有人朝他喊：

"我们关门吧！"

有时候布拉西耶会过来把珠宝带走，他会把珠宝拿到珠宝店展示。

"那个吊坠已经卖掉了，他们还想要三个一模一样的……"

塞勒兰和布拉西耶不一样。塞勒兰很从容，动作有点缓慢，可以在画板或是工作台前一待几个小时。

布拉西耶比他年轻两岁，他坐立不定，生活充满激情。如果他今晚去赛维涅街，他们应该会告诉他。甚至他打电话过去，他们也会说。

他瘫在扶手椅里，面前是一台没有打开的电视机。他觉得电视机浅灰色的屏幕似乎很古怪。

再没有什么真实的东西了。他的根已经被切断。

他站起来，因为他不能一直坐着。他朝自己的房间走去，他们的房间，这个房间现在只剩他一个人。他低声说：

"阿内特……"

他就和女儿一样，整个身子朝床扑过去。

后来娜塔莉来叫他，他机械地朝餐厅走过去，他又看到孩子们。他们看着他，尽量掩饰内心的某种恐惧，他的行为让他们感到害怕。

他用特别大的声音说:"我们吃饭吧……"

他只记得自己吃了非常辣的小香肠,其他食物就不记得了。

"我想我们不能看电视吧?"马莱娜平静地问道。

"当然……"

为什么?他也不知道。但他不想听到音乐的声音,甚至不想听到人类的声音。

"孩子们,晚安……我要去睡了……"

"现在就睡觉吗?"

"除了睡觉,我还能做什么呢?"

娜塔莉像往常一样,把她自己的盘子带进餐厅。她做饭、准备碗筷,最后和他们一起吃。

"娜塔莉,晚安。"

"您想不想我给您准备点药茶?"

"不用。谢谢。"

"您可以服用夫人的药片。"

阿内特最近频繁失眠,布沙尔医生,他们的一位朋友,给她开了一种药效很轻的安眠药。

药瓶就放在浴室的小柜子上,塞勒兰拿了两片药,在镜子前面看着自己,惊讶地发现一张似乎被踩踏过的脸。他似乎没有一点力气,他似乎只不过是一个无所适从的幽灵。

他脱了衣服,刷牙,爬到大床上,他现在有太大的空间。

"不,乔治……今天晚上不要……我很累……"

经常是这样。他现在已经赚得比较多了,她为什么还坚持做社会公益工作呢?她要是在办公室工作该多好啊!但她不愿意。她要去看望那些老人、残疾人和病人。她不仅要和他们说话,鼓舞他们的斗志,还得给他们洗澡,给他们收拾房间,还要给很多人准备饭菜。

她心情好时会解释说,她的大部分服务对象都住在六楼或七楼的简陋小屋里,没有电梯。

"我们结婚之后,你可以不要再做这个工作吗?"他在他们的订婚仪式上问她。

"乔治,听着……不要再对我说这个……你知道吗,如果你一定要我选择,我不确定自己会做出什么决定……"

她并不高大。她很瘦,但精力无穷。她的父亲死于德国集中营,母亲在大郊区的一个休养所度过最后的日子。阿内特很少去看她。她对母亲似乎有一种莫名的怨恨,但塞勒兰从来不敢和她讨论这个问题。

事实上,他们很少交谈。他们生活在一起,生活在一种愉快的和谐中,这对他们已经足够。有时,阿内特会突然跟他讲述某个服务对象的故事。

几乎所有人都有过幸福时刻。但现在,在他们的房间,除了想要夺走他们生命的死亡,就只有一堆垃圾。

但他们还是顽强地抓住生命的尾巴!

"如果你能看到我走进他们家里时他们的目光……"

"我明白……"

他明白,但并不是完全明白。

"你的身体变虚弱了……"

"我的身体非常健康,好像有神灵保护……"

确实是这样。她从来不生病。她不抱怨任何事情,除了失眠。

但是她死了,因为跑步穿过街道。这就是她。她总是跑。她一生都在跑。难道她知道自己最终会跑着奔向哪里吗?

他觉得听到了电话铃声,但声音很遥远,逐渐变弱,他不想起床。

他睡着了，可能还做梦了。他隐约看到娜塔莉矮胖的身影，娜塔莉俯着身子看他，就像每天晚上她至少要俯身查看孩子们一次那样。

幸运的是，他醒来时不是一个人。娜塔莉在床头柜上放了一杯咖啡，娜塔莉轻轻拍着他的肩膀。

"先生……"

他低声埋怨说：

"九点钟了……"

"是的……"

他几点起床已经不重要了。

"您的合伙人在客厅等您。"

"谁？"

"布拉西耶先生……"

他不知道娜塔莉为什么不喜欢布拉西耶。布拉西耶和他妻子经常来这里吃晚餐，他们在这里时娜塔莉总是心情不好，这不是她的性格……

"请喝点咖啡……"

他艰难地站起来，用一只有点颤抖的手端起杯子。

"您昨天回来之前就已经喝了酒吗？"

只有她敢对他提出这种问题。连阿内特都不能这样问。

他脸红了，低声说道：

"是的……我当时筋疲力尽……我走进隔壁的小酒馆……莱昂家……"

"您总共喝了多少杯？"

"三杯……"

"请您不要再这样了……您并不习惯酒精……您已经被酒精伤害到

健康了,这样对您不好……"

"我当时没考虑这么多……我一时冲动……"

"您去洗个澡,穿上衣服,我去给您准备早餐……布拉西耶先生在等您……"

他像听从母亲或护士一样听从她的安排。他走进客厅,他的合伙人正在看报。他冲到塞勒兰面前,抓住他的两个肩膀。

"老兄,我表示深深的哀悼……我真不知道要说什么,但是我知道你肯定懂我……你知道我非常欣赏阿内特,昨天晚上在办公室,他们告诉我……"

娜塔莉打断正在真情流露的他,大声叫道:

"早餐已经准备好了……"

"谢谢……你好好喝杯咖啡吧……"

"我刚刚已经喝了一杯……我第一反应是想要确定你是否能经受住这个打击……孩子们在哪儿?"

"我猜他们去上学了……"

"他们自愿去的吗?"

"我不知道……我觉得这样很正常……我等会儿就去作坊……"

布拉西耶看上去一点都不同意他这个想法。

"他们什么时候把尸体运回来?"

"我不知道……我什么也不知道……我只是在医院的走廊里见到了她……"

"你打算怎么办?"

"我不知道,我……我还没有习惯……"

他机械地吃着羊角面包,桌布上闪耀着一束阳光。

"有两个解决办法。你可以要求他们把尸体送到这里来,大家可以来这里参加她的葬礼……"

"是的……我想这样办。"

"你也可以让殡仪馆把尸体一直放到举行葬礼的时候，到时候就在他们的丧葬厅举行葬礼……"

"你觉得怎么样？"

"你来决定吧……也要考虑到她哪天才能从停尸间出来，取决于葬礼日期……"

"为什么？"

"如果她得在这里，在这个房子里，待两三天，我担心孩子们承受不住……"

"是的……我明白……"

"她是天主教徒吗？"

"不是。她都没接受过洗礼。那时候人们常说，她当小学教师的父亲是个不合群的自由思想家，不接受任何宗教约束……"

"那你呢？"

"我不参加宗教活动……"

"所以不需要去教堂……邻居们也许会产生不好的印象？"

塞勒兰准备好面对一切。布拉西耶来回地走着，一边说着话。他这么有活力，塞勒兰对自己的淡漠感到羞愧。

"你想要我帮你一把吗？我可以去见殡仪馆的人……你有家族墓地吗？"

"你竟然认为我们塞勒兰家会有家族墓地！我的父母是农民，他们被葬在村庄里的一个墓地里，就在教堂后面……"

"没有买下或租下永久墓地吗？"

"没有。"

"阿内特买保险了吗?"

"没有。我买了,受益人是她和孩子们。我们结婚后我就投这个保险……我增加了保额,自从……"

"还有一份保险,卡车的保险……"

"根据他们的说法,司机没有过错……是她失去平衡,冲到车轮下面……"

"这个理由不成立……需要经过调查……"

在办公室也是布拉西耶处理所有的实际问题和信件。

"如果他们问你,你就跟他们说什么都不知道……"

塞勒兰耸了耸肩,喝掉第三杯咖啡。

"我不知道他们会把她送到哪个墓地去……巴黎以及周边所有墓地都满了……"

他再次耸了耸肩。阿内特都已经不在了,墓地很重要吗?

电话响了。他取下电话听筒。

"是……谁?是……我是乔治·塞勒兰……丈夫,是的。我什么时候可以过去?"

他一边看着布拉西耶一边听着。

"好的……我会尽我所能,但是我得了解清楚情况……还有,是今天下午吗?谢谢您……"

他挂断电话。他被动地突然改变计划。他们似乎打算让他再去把阿内特的尸体领回来。

"谁?"

"停尸间……我现在就可以去把尸体领回来……"

"你打算怎么办?"

"我在想。"

"你想要我让你一个人好好想想吗?"

"不需要……殡仪馆……"

他想到孩子们,可能还有他自己。布拉西耶讲的话应该有道理。她已经死了。他难道还会把她放到他们的床上吗？或者安放在客厅里的一张灵床上？

"好吧……"

第 二 章

也许他不应该决定用殡仪馆里面点着蜡烛的停尸间。一个没有带耶稣像的十字架点着蜡烛的停尸间,没有浸在圣水里面的圣枝。他真切地感觉到娜塔莉对他不满,孩子们则不知所措。邻居们不明白为什么没有教堂仪式。

许多人觉得,这不是一个真正的葬礼。

他发生了什么变化吗?这很难说。让-雅克和马莱娜完全不像以前那样去看他,他们的眼睛里流露出一种好奇的神情。

他不再是一个男人,一个像其他男人一样的父亲。他成了一个鳏夫,这个角色让他感觉很不舒服。

葬礼在伊夫里墓地举行,布拉西耶办理了所有手续。也是他,在仔细阅读了保险表格之后,建议塞勒兰在表格上签字。塞勒兰通过这份表格,放弃起诉卡车车主。

如果仔细观察一下,你会发现他累到了什么程度!作坊里的同事意识到他工作时变了，没有信念，没有冲劲。他们不再闲聊，他们希望能改变他的想法和态度。

"老板，我们去买瓶酒好吗？"

"随你们……"

但是他只喝皮埃罗去买的博若莱酒。

他们似乎不理解，也不能理解，甚至连娜塔莉和他的两个孩子也不能理解的是，他不再是原来那个人了。他自己则觉得，他在一种近乎孩童般的无忧无虑中度过了那么多年。

时间的流逝分外明显，一切都阴沉沉的，从日出到日落，那个处于家庭中心的人再也不在了。

但他有一种奇怪的感觉：他离妻子更近了，比她活着时离她更近。

他曾经是一个很好的丈夫，当然，他自己是这么认为的。他为了做一个好丈夫做了很多事。他从没有过真正的外遇。他全身心地爱着阿内特。

他不会反驳阿内特，他们产生分歧时，他会马上让步。

现在，他们好像永远焊接在一起了，他们一起度过的分分秒秒都弥足珍贵。

如烟往事一下子涌上他的心头，同事们偷偷地看着他，好像他是一个醒着的梦游者。

他们的第一次旅行也是他们的蜜月旅行。纳韦尔和卡昂不应包括在内，那是他们父母居住的地方。他们除此之外没再旅行过。

他们选择在尼斯过了三天，这原本不在计划之内，但是他们突然想去看地中海。

在火车上，天一亮他就醒来了，他感到分外激动。他看到太阳从梦幻般的风景中升起，那片风景里满是繁花盛开的巴旦杏树。

他只在日历上见过巴旦杏树,他叫醒阿内特,阿内特没有他那么激动。而他激动得把额头直接贴到窗户上。

那里有原始的仙人掌,有原始的棕榈树。他抓着阿内特的手,但是阿内特心不在焉地松开了。现在只有他能体会到往事。所有的细节都还很鲜活,在他的潜意识中,在他的回忆里。

他们去餐车吃早餐,这是他们第一次坐在餐车里面吃饭。

"你幸福吗?"

"幸福。"

眼前突然出现蓝色的大海,和明信片上的蓝色大海一样,海上还有星星点点的白色渔船。

他在阿内特去世后才猛然发现他们一起生活了二十年,但是他还没有真正地认识阿内特。现在他正在以某种方式在阿内特去世后认识她,尽管这并非他的本意。

在尼斯,他们住的酒店面朝大海。他忍不住想看大海,而他妻子在整理衣物。

"过来看看啊……"

"等会儿……"

"有一艘大轮船从天际经过……"

阿内特礼貌性地过去和他待了一会。

晚上他有点失望。说实话,他非常失望。阿内特决定他们是否过夫妻生活。

但他温柔地自己行动,但并没有引起阿内特的反应,阿内特的身体一动不动。他看着阿内特特写镜头一般的脸,那张脸上毫无表情。

他不愿意,但还是自慰了事。

这种情况普遍吗?他的一些同事也遇到过同样的情况,但问题很快就得到了解决。

"我们去英国人步行道散步好吗?"

她毫无热情地说好。阿内特挽着他的胳膊,和他一起散步。

"这里真美……"

他很怕看到夜幕降临。他应该为自己的笨拙和欲望自责吗?

阿内特总是没反应,但会像小孩子一样对他微笑。

"我让你失望了吗?"

"没有。"

"乔治,这不是我的错。我不能像其他人那样。我希望自己能慢慢改变……"

"是的……你可千万不要自寻烦恼……"

他对阿内特无微不至,他每次做出温柔的动作,阿内特都会用含糊的微笑回应他。

也许应该说他们的爱是无性的。阿内特在卧室之外都很快乐,几个月之后,她才感受到另外一种快乐。

尽管这样,她沐浴时一直锁着门。塞勒兰从来没有看到过她洗澡。塞勒兰几乎没怎么见过她的裸体。

她重新开始做原来的工作,她看起来很柔弱,但工作很有积极性。

"你不需要再去工作了,我赚的钱足够我们俩……"

他还在圣奥雷诺街工作,但薪水已经很高了。他们在博马歇大街找到一处房子,很快就把房子扩大了。他们那时还没有孩子。

他们拥有什么呢?乔治那个时候就觉得空虚,但这个想法会让他的心抽紧。

"阿内特,你喜欢孩子吗?"

"当然。难道还有人不喜欢孩子?"

"我不是这个意思。我想说,你想不想要孩子,我们自己的孩子……"

"为什么不要呢?"

他一直都是幸福的。一直到警察的制服帽出现在门缝中,他才和不幸相逢。

他拥有阿内特。难道这不是最重要的事情吗?三年后,阿内特说她怀孕了。阿内特很开心。

"要是男孩就好了……"

"都好,那是我们的孩子。我们可以生很多孩子……"

"我想第一个是男孩。我不奢求过多,可能两个就好,一个男孩,一个女孩……"

她怀孕期间,塞勒兰完全没有碰她,出于尊重,同时也是害怕会导致她流产。

"我希望孩子生下来之后,你不要去工作了……"

"也许最开始几周可以,但我总不能就这样待在家里,什么都不干吧。"

阿内特不再征询他的意见。她自己做决定。

那时他们刚刚雇佣娜塔莉,娜塔莉很快就成为这个家里重要的一分子。阿内特不用管家务,也很少做饭。她工作到最后一个月,人们以为她是想挑战自己。

但塞勒兰还是觉得幸福。那个时候,他觉得一切都挺正常。不过他现在想到这些时,会一边自问这个问题,一边努力发现真实的阿内特。

是个男孩。他希望叫他乔治,和他一样,或者叫帕特里克,他特别喜欢这个名字。

"不要。我们叫他让-雅克……"

他没有反驳。他已经在赛维涅街创业,与让-保罗·布拉西耶合伙。他年轻时梦想成为雕刻家。他怀揣着进美术学院的想法来到巴黎,他不希望为了谋生晚上在巴黎中央菜市场卸水果箱,他不想过这种生活。

一个广告完全改变了他的人生。圣奥雷诺街上有家珠宝店招金银器学徒,他担心自己因为太年轻会被拒绝,但还是去应征了。

几个星期之后,他们已经把很精致的活儿交给他了。三年后,他成了正式员工,有个工人退休了。

他在一个小型的聚会上认识了阿内特,聚会是在奥尔良大道一个已婚同事的公寓里举行的。那是他第一次参加这样的聚会。他像其他人一样喝酒,他记得自己的酒杯始终都是满的。

他随着留声机的音乐翩翩起舞。之后他朝一位年轻姑娘走去,这位姑娘独自待在那里,看着别人跳舞。

"您跳舞吗?"

"不跳。"

她并不是特别迷人,但塞勒兰还是坐在了她身边。

"您跟我的同事们很熟吗?"

"这是我第一次来这里。我只认识一个人,就是里皮斯基,那个小小的长着红棕色头发的,他带我来的,因为我和他住在同一个酒店。"

"您是巴黎人吗?"

"我出生在纳韦尔。"

"您为什么长期待在巴黎?"

"您为什么问我这些问题?"

他幸亏喝了很多酒,他回答道:

"我们总得聊点什么,不是吗?"

"您很坦诚。我出生在纳韦尔还是巴斯克,对您来说没什么不一样……"

"您应该是巴斯克人,因为您的头发是黑色的,眼睛是栗色的……您为什么不跳舞呢?"

"因为我不喜欢跳舞……我觉得人们面对面那样扭动着很可笑……"

"您工作吗?"

"嗯。"

"在办公室?"

"不是。"

"在商店?"

"不是。不要猜了。您猜不到的。我是社会公益工作者。"

"这是什么样的工作?"

"去老人家,去那些身体不灵便和各种残疾人家……我们选择那些最贫困的,那些完全需要依赖别人的人……我们帮他们洗澡……为他们准备吃的……还做点家务……"

"很辛苦吗?"

"不会。会慢慢习惯的。"

"做这种工作会让您对生活感到失望和沮丧吗?"

"他们对生活很有期待。大部分人精神状态良好,我从来都没有听说过自杀的例子……只有年轻人才会自杀,因为他们不懂得珍惜生命……"

他可以把他们当时的对话一字不差地复述出来。最后他要求道:

"您有没有可能来看看我?"

"为什么?"

"我,我也是个孤独的人……"

她没有问他是做什么的。

"我住在圣-雅克街的大熊酒店……"

这一切仿佛发生在梦里,发生在酒精蒸汽里。塞勒兰确信自己再也见不她了,但并不为此特别忧虑。

她和其他年轻女孩不一样。她选择了一份不讨人喜欢的工作,可能是最不讨人喜欢的那种,而她谈起这份工作时异常兴奋。

三四个星期过去了。塞勒兰当时忘记问她的名字,办聚会的同事告诉了他。

"她叫阿内特·德莱纳……你如果打算追求她,首先得明白一点,你从她身上什么也得不到……你不是唯一一个想尝试的人……"

"你很了解她吗?"

"我和她来自同一个村庄,她的父亲是我们那里的小学教师……我们曾经一起上学……她年纪比我小,我把她当小女孩看待……现在,我再也不敢了……"

一天晚上,他买了戏票,然后去敲酒店房门。

"谁?"

"乔治·塞勒兰……"

"不认识……"

"我们在我的朋友拉乌尔家聊了挺长时间……"

"您为什么不给我打电话?您知道酒店有电话……您想干什么?"

"我有两张法兰西喜剧院的票……"

他特意选择了一个庄重的剧院。

她好奇地盯着塞勒兰看。

"票是您买的？"

他脸红了，差点说出票是别人给的，但他最后结结巴巴地说：

"是的。"

"我不知道应该接受还是留在家里。"

"去吧。"

"什么戏？"

"费多的一个戏和莫里哀的《无病呻吟》。"

"去楼下等我吧。我要准备一下，十五分钟之后下来。"

这是真正的开始。阿内特开始接受他。她允许塞勒兰时不时带她去剧院，甚至电影院（如果有特别的电影上映）。他们从剧院或电影院出来后就去酒吧喝杯啤酒或是吃块三明治。

塞勒兰一直把她送到酒店门口，他觉得拥抱阿内特是个错误。

她一边对他说："今天晚上谢谢您"，一边像对同事那样和他握手。

这种状态大概持续了一年。他没有取得明显的进展，但越来越喜欢这个女孩。冬天的一个晚上，人行道结了薄冰，阿内特主动挽着他的手臂，塞勒兰终于感觉到她的热情。

他犹豫地说："我想问您一个问题，但是我知道您肯定会说不。"

"什么问题？"

"您愿不愿意嫁给我？我不富有，但过得还不错，我很可能很快就要自己创业了……"

"如果我说不，您会觉得自己很不幸吗？"

"会。"

"我们结婚后，您会让我继续工作吗？"

他违心地低声说道：

"会的……"

"那么，我会回答：可能……"

"我什么时候能再见到您？"

"不会太快……我得好好想一想……"

她说了：可能。塞勒兰非常开心，那天晚上酒店对于他来说简直就是天堂。

他确实已经开始打算创业了。布拉西耶还没有对他提出什么想法。他打算独自在弗朗-布儒瓦街的金银器商人区租一个作坊。单干。说到底，他了解金银器业，他知道金银器也跟自己以前梦想的雕刻很相近。

他设计的珠宝与老板指定他做的不一样。他渐渐有了客户。

他认识了一个女人，一个将成为他妻子、将理解他的女人。这次相遇难道不可谓神奇吗？

他等了三个星期，然后打了电话。

"您吃晚饭了吗？"

"还没有。"

"您想不想一起吃个晚饭？这可能是第一次我们一起吃饭。"

"多久以后？"

"半小时后？您方便吗？"

"可以。"

他带她到孚日广场的一家饭店，他经常经过饭店前面，但从来没有进去过，因为这家饭店看上去很昂贵。

他们面对面坐在一张小小的桌子旁。他记得十分清楚，阿内特的妆比平时稍浓，穿着一件白领蓝色裙子。

"菜单上烤小香肠这道菜是用红字写的。我猜这是这家店的特色菜。"

"我喜欢烤小香肠……"

他记得他们当时说的每句话，连隔壁桌那对夫妇长什么样子他都记得很清楚。那个男的很胖，颈背粗壮，脸上血管曲张。女的几乎和男的一样胖，戴着至少九克拉的钻戒。

"您还没有问我的回答……"

他们小口地喝着红酒。他感觉胸口热乎乎的。

"因为我不敢。我怕破坏这美好的夜晚。"

"如果我跟您说好呢？"

"真的吗？"

他差点从椅子上站起来，过去亲吻她的脸颊。

"是真的。您是一个正直的男孩，我很喜欢您。我们一直都是好朋友……"

当时他并未深究这段话。他现在回忆起来，陷入了沉思。

"您高兴吗？"

"我是全天下最幸福的男人。"

"首先应该找一个住处。"

"我明天就去找……您最喜欢哪个区？"

"这个区…………我已经习惯这里了……"

她已经死了，他们的婚姻持续了二十年，塞勒兰几乎不了解她。

"我们一直都是好朋友……"

他们只是好朋友吗？

"我点一瓶香槟酒会不会让您不舒服？"

"我只能喝一杯……"

他叫了服务员。一小会儿之后，服务员给他们送来一个银色的桶，香槟酒瓶的瓶颈从桶里面露出来。他从来没有在饭店点过香槟酒。他总共只喝过两三次香槟。

"阿内特,为我们的生活干杯……"

"为我们的健康干杯……"

他们碰了碰玻璃杯,看着对方的眼睛把酒喝下去。

塞勒兰把她送到酒店门口。她主动说:

"今天,您可以吻我……"

塞勒兰吻了吻她的脸颊,轻轻碰了一下她的嘴唇。

"我什么时候能再见到您?"

"下个星期三?"

"我们再一起吃晚饭好吗?"

"好的,但是不要再去这么贵的餐厅……"

她停顿一下后又补充道:

"不要香槟……"

他沉浸在回忆里,但仍要身不由己地去关心发生在周围的事情。阿内特死了,他可能希望所有生命都终结,地球停止转动。但是他还得去赛维涅街的作坊,他朝玻璃落地窗瞟了一眼,落地窗外面显露出一块天空,几天来,那片天空一直呈现菘蓝燃料的颜色,与灰色屋顶、粉红色陶瓷烟囱形成强烈对比。

他和气地跟每个人打招呼,他们觉得他大概已经好多了。

他要在工作台上完成一件珠宝的设计,这是他得知噩耗时正在设计的那件珠宝。他满怀柔情地工作着,仿佛要把这个作品献给阿内特。

对塞勒兰来说,她还活着。有时他走在博马歇大街上时,还准备和她说些什么话。

他和孩子们、娜塔莉在一起时表现得更加专心,但无法和过去一样活跃。

一天晚上,他单独跟儿子在一起,仿佛这是一件再自然不过的事。但儿子忽然问他:

"爸爸,告诉我,你打算再婚吗?"

他觉得再婚没什么不好,迎进一个新妻子,他可能还会很高兴。

"不,儿子。"

"为什么?"

"因为我太爱你母亲了。"

"可是这不能成为你余生独自生活、受苦的理由啊。我也许过不了多久就会离开家。马莱娜会结婚……只剩下娜塔莉照顾你,但她已经老了,不可能永远这么工作下去……"

"你能这样为我想真是太好了,但是没有人能取代你母亲……"

这次谈话让他大吃一惊,一个十六岁男孩竟然这么实际地看待生活。当然,母亲死了,他自然而然会想到父亲会再婚。

树上的叶芽儿完全绽放。男人不再穿大衣,女人穿着浅色裙子走在大街上,似乎更活泼了。

他又想起往事。他和让-保罗·布拉西耶成了朋友,他是金银器行业首席销售员,所有人都尊敬地称呼他布拉西耶先生,因为他的收入非常可观。

生活没有对这个年轻人制造过什么磨难。塞勒兰把自己结婚的计划第一个告诉了他。

"你也要结婚了?"布拉西耶惊叹道。

"你认识她。一年前,拉乌尔为了给他的公寓洗礼,举办了一场小型聚会,当时她也在。我得尽快找到一套房子,总不能没有住的地方就结婚吧。"

"最方便的办法就是找房屋中介……"

十五天之后,他们给他推荐了位于博马歇大街的这处房子,他觉得这个房子好得无与伦比。只有两个房间,但房间足够大,还有一个小小的厨房和一个浴室。

"猜一下我为你准备了什么惊喜?"

阿内特对他微微一笑。

"我猜一下。"

"是什么?"

"一座房子。"

"就在这个区。离你工作的地方和离我工作的地方一样近……"

他抑制不住满心的喜悦,一天看不到阿内特就很难受。他不能没有阿内特。如果他可以,他从早到晚从晚到早都不会离开阿内特。

"在哪里?"

"博马歇大街……不是很大,但这只是一个开始……"

已经晚上八点了,他不能在这个时候跟门房说要去参观自己买的房子。他们在贝亚恩街的一个小餐馆吃了饭。餐馆里有个真正的柜台,餐桌上铺着皱纹纸,透过一直打开的门望去,能看到女老板在厨房里忙个不停。

"我们明天早上去吗?"

"明天清早去吧,我还有很多工作……"

塞勒兰也有很多工作,但是房子,也就是他们婚姻的见证,难道不是最重要的吗?

"几点钟?"

"八点……"

"我在酒店门口等你……"

现在,二十年之后,他肯定当时只有他一个人兴奋而已,他不明白为什么会这样。门房腿很短,名叫莫拉尔夫人。

"啊!这个小伙子要娶的人是您啊……好,他选得还不错嘛……您真苗条,个子也高……"

门房和他们一起上了四楼,给他们开门,然后就走了。

"现在房间还是空的,所以显然看不出什么效果。但是我会置办家具。我有一些积蓄……"

"已经很好了。"她一边说一边把手靠在窗户上,树叶几乎完全遮住了窗户。

"你不吻我吗?"

"好……"

"看看另外一个房间……另外那个房间更大,可以当作客厅和餐厅……我们刚开始只需要放一些必要的家具,以后再买更漂亮的家具……"

"我见过太多贫困和不幸,所以不挑剔……"

这句话当时没有触动他,但是他现在想来,觉得这句话意味深长。

"十五天之后我就全部买齐……"

"你这么着急?"

"是的……我现在满脑子都在想这件事。"

他经常不在作坊里。他还在圣奥雷诺街工作。幸运的是,老板知道他的情况,但并没有为难他。

他去一个几乎什么东西都有的大商场。

"床上用品在哪儿?"

他下楼去床上用品部,买了布料、枕套、毛巾和浴巾……他几乎把所有积蓄都花掉了。

但他要结婚了!一切都已准备就绪。

"明天早上和我一起过去，我为你准备了一个惊喜……"

他们走到楼梯平台上时，塞勒兰叫她闭上眼睛。塞勒兰牵着她的手走到客厅中央，那里放了一台电视机。

"现在，睁开眼睛……"

"你行动真迅速……"

"因为没有什么比这更重要了。你喜欢老式样的家具吗？比如之前我们在外省书记官家看到的那种。"

"喜欢……"

"我们会慢慢购置那种家具……我希望你周围的一切都是完美的……"

阿内特带着淡淡的微笑盯着他看，微笑里有某种温柔，但是谁知道，那不是一种讽刺呢？

"你有可以做伴娘和证婚人的女性朋友吗？"

"我们的经理有点太成熟了，长得像马一样。"

"听着。我有一个朋友叫布拉西耶，他结婚两年了，有一个非常漂亮的妻子。我会把夫妻俩介绍给你认识，你可以询问他妻子可否做你的伴娘，布拉西耶会做我的伴郎……"

埃夫利娜·布拉西耶异常漂亮。个子高高的，身材柔软，有一张精致的模特般的脸蛋，长长的自然金发垂在脸蛋两侧。

她动作很优雅，永远有一种慵懒之态，仿佛温室里的一株植物。

塞勒兰邀请他们去孚日广场的一个餐馆吃饭。布拉西耶有一辆红色的阿尔法·罗密欧，他一直引以为豪，但是车里只有两个座位。

"那么，你们定在哪一天？"

阿内特指了指塞勒兰。

"问他吧。是他准备了一切……"

"三月下旬？定在三月二十一吧……这个日子好记，以后不会忘记庆祝纪念日……"

布拉西耶问道：

"总共有多少宾客？"

"就我们四个人。"

"家人不参加吗？"

"双方父母都住在乡下，离巴黎很远……我们更想要一个私密的婚礼……"

婚礼在第三区政府举行，另外还有两对夫妇。然后他们去孚日广场吃午餐，这一次，他点香槟和甜点时，阿内特没有反对。

塞勒兰很幸福。他只看到了自己的幸福。从现在开始，他将和阿内特一起生活。他每天早上、中午、夜晚都能看到阿内特，他将睡在阿内特身边。

那天晚上，他们乘坐蓝色列车去尼斯。他仍然欢欣鼓舞。他生活在美梦中，尽管妻子性冷淡。

"会慢慢改善的。"

他们回到巴黎，生活渐渐步入正轨。还不需要请保姆。那是以后要考虑的事。阿内特几乎整天都在工作。他们中午在区内的一家小餐馆碰头，最后他们认识了那里所有的人。

晚上，妻子比他早一点回到家里，为他准备简单的晚餐，夏天经常是冷食。

"我们去看看父母怎么样？"

他们请了两天假。拉涅夫勒的村庄明亮又欢快，那时阿内特的父亲瘦骨嶙峋、高大，留着尖形胡须，跟他握手时强健有力。

"很好，我的孩子，我很高兴你成了我的女婿……我不知道怎么说……我从来没能从她那里连续听到十句话……"

一瓶本地白酒出现在桌上。母亲买了些食物回来准备晚餐。

"我想你们今晚睡在这里吧?阿内特有个房间,她走了之后没人用过……"

睡在阿内特度过童年和少女时期的房间里这个想法让他激动不已。床睡不下两个人,但能凑合。

"我可以吗?"他一边问一边碰到一个抽屉把手。

"里面应该什么也没有了……"

不对。里面有几个本子,本子里有一些很小但特别整齐的文字。

"你是个好学生?"

"我一直都是班里的第一名……"

一张花饰图案五颜六色的纸覆盖在墙壁上。塞勒兰喜欢那个衣柜,但是他不敢提议把衣柜运到巴黎去。

第二天下午他们就坐当地一辆小火车离开了,火车把他们送到纳韦尔,他们在那里坐车回巴黎。

他不失望。他对任何事情都不失望。他欢欣鼓舞地生活着。他不是一直都这样吗?这并不是感情的过度表现。他说话不多。但他就像孩子舔冰淇淋蛋卷一样品尝着每个时刻。

现在,他意识到了那份藏在心里、被他称之为"完美"的幸福了。

"你幸福吗?"

"你为什么总是问我这个问题?一天要问三四次……"

"因为我希望你和我一样幸福……"

"我幸福……"

阿内特说那句话的语气和他不一样。晚上,阿内特看电视,几乎不说话。塞勒兰坐在她旁边,看看电视屏幕,看看她,阿内特被惹恼了。

"我脸上有脏东西吗?"

"没有。"

"那你为什么不停地转过头来看我?"

阿内特不明白自己对他的吸引力。一年之后,他们还没有孩子。有时候,他们去布拉西耶位于凡尔赛大道的家里吃饭。布拉西耶夫妇有保姆,塞勒兰对此感到难受,因为他不能为妻子找一个。

星期天,布拉西耶夫妇会去乡下游玩,他们经常星期六中午出发,睡在某个周围风景如画的旅馆里。

塞勒兰夫妇只能请他们到餐馆吃饭,因为他们结婚前阿内特就很坦诚地告诉塞勒兰,她不会做饭。

"只会做水煮蛋和煎鸡蛋……"

星期天,他们在街上闲逛,去发现一些不熟悉的街区,或者混在人群中,在香榭丽舍大街慢慢散步。

如果天气不好,他们就去电影院。

他的妻子觉得这种生活沉闷吗?但他们没有汽车,还能做些什么事情呢?他打算多加点班,攒钱买一辆,刚开始他买不起阿尔法·罗密欧,而是买了一辆小巧又便宜的车。

阿内特从来不抱怨。她脸上永远挂着淡淡的微笑,好像她一直在心里自言自语。

"你在想什么?"

"没什么……想你……想你对我无微不至的照顾……"

他们在盛夏一个周末顶着烈日去了塞勒兰父母家。火车把他们扔在卡昂,他们得在那里等去乡村的交通工具,那个村子很小。

农场上有一栋茅屋,草地上只有三头奶牛,还有一头母猪,一窝猪崽。

他的父亲身材粗短，土里土气，面色红润，好像喝多了酒。他的母亲死了，父亲和一个老女仆一起生活。

"瞧！儿子回来了……"

但阿内特几乎听不懂他带口音的话。肥料一直堆到厨房边上，不过厨房本身还算干净。

"我猜这就是你在信里跟我讲的那个女人。"

"是的，这是我妻子。"

"她不错嘛。但是说实话，按我的品味来说，有点瘦，但算个小美人儿……"

他在橱柜里找出一瓶苹果烧酒，倒满四杯，好像要举行什么仪式。

"这位是朱斯蒂娜，"他指着老女仆咕哝道，"她丈夫去世后，她不知道去哪里，我收留了她……"

朱斯蒂娜不敢开口，就像一只乌鸦。

"那么，为我们大家的健康干杯……"

他一口干掉杯子里的酒。阿内特感到一阵恶心，因为这种酒至少有六十五度。这是老人自己用蒸馏炉酿制的酒。

"嘿，她觉得这酒很烈吗？看，这就是城里瘦弱的人……"

"她也是乡下人。"

"哪里的乡下？"

"纳韦尔……"

"如果你觉得我知道这个地方在哪里……"

塞勒兰的父亲从头到脚盯着阿内特看，仿佛在看集市上的奶牛，最后他的目光停在儿媳妇的肚子上。

"抽屉里还没有小孩？"

她脸红了。塞勒兰觉得她觉得不舒服。他的父亲把杯子倒满,他应该在他们到来之前就已经喝了好几杯。

塞勒兰也觉得不舒服,这次回来没有安排好,但是他们得待到下一趟小火车出发前。

"朱斯蒂娜,该去挤奶了……"

他父亲两小时喝了六杯苹果烧酒,他站起来之后,紧紧抓住桌子一会儿,因为他的身体摇晃得厉害。

"不要担心……我还能喝下一整瓶酒……"

他朝草地走去。他不知道这对年轻夫妻何时走的,他在太阳下高高的青草里打着呼噜。

"我请你原谅……"

"原谅什么?"

"原谅我让你遭受了这一幕……我们应该回来看他一次……我在火车上时没想到这些事情……"

"乔治,你知道,我见过类似情况。我也出生在乡下,每个村庄可能都有一个酒鬼……在巴黎,我负责照顾的那群人中也有……"

"那么你怎么做呢?"

"我帮他们洗脸……我强迫他们——如果有必要的话——会拧着他们的耳朵让他们喝下热咖啡,我在他们的桌子上留下一些吃的。"

她身上有一种神圣的使命感吗?她似乎更看重自己的职业,而不是爱情。塞勒兰不敢问她爱情和职业孰轻孰重,他觉得这是个他被禁止涉足的领域。

她不是教徒。她不是因为宗教信仰做这些事。难道是出于对人类的博爱?或者是出于同情?还是为了觉得自己有价值?他不知道。他一直到今天都不知道,如今阿内特死了,他永远都不会知道了。

他们一起生活了二十年。每天,或者说几乎每天,他们一起吃早餐。他们一起度过了所有的夜晚。

他知道什么呢?他越是回忆过往,一阵一阵回忆那些乱七八糟的过往,就越是感觉迷失了方向。不过,他需要去弄明白。他在思考。他把发生过的事情放在一起,希望能激发出一点光芒。

阿内特应该继续活着,她不应该离开塞勒兰的生活。

他把阿内特装在心里,阿内特并没有完全死去。

对于孩子们来说,母亲的过世已经是往事。他们说起她时语气淡淡的,好像在说一个陌生人。让-雅克不是平静地叫他父亲再娶吗?

布拉西耶叫他一起吃午餐。

"他想干什么?"

"我完全不知道。"

"如果我是你,我会小心点。对于你来说,他太强大了。他是个野心家,觉得成功是最重要的事……"

第 三 章

布拉西耶把他带到巴黎最优雅的餐厅,塞勒兰感觉不自在。但他这个同事就是这样。他迫切地想要别人震惊,像个孩子。

他在最好的裁缝店做衣服,领带来自旺多姆广场。

服务员推着活动车朝他们走过来,活动车上有二十多个冷盘,塞勒兰不知道点什么。有些菜是他从未见过,那些小小的绿色卷状物就像塞了碎肉的葡萄叶。

布拉西耶很享受他的慌乱吗?可能。布拉西耶就是这样的人。

他们吃冷盘时,布拉西耶一直东拉西扯。羊排上来了,塞勒兰已经不饿了。

"我想和你面对面说话,因为我有一个宏伟的计划。"

"对谁而言?"

"对你和我。你是我们店里,甚至是整个巴黎最好的金银珠宝匠……"

塞勒兰装出要反驳的样子。

"是真的！真的！我卖的珠宝里面，你设计的珠宝是其他人设计的两倍。你也不会让别人牵着鼻子走……你有自己的风格，让客户们很喜欢……"

布拉西耶推开盘子，拿出一个金打火机和香烟。

"我在想，作为最优秀的销售员之一……"

这是真的，他没有吹牛。

"我刚刚获得一份小小的遗产……我是一个姨母的唯一继承人，她整个一生节衣缩食积蓄了一笔钱财……她八十八岁时死了，死之前还在存钱……"

布拉西耶一边笑着一边点燃手中的烟。

"我想建议你，我们合伙……"

"我没有钱……"

"不需要……我的钱已经足够了……你只需要像大部分金银匠和钻石加工匠那样，在房间里工作，我已经能看到我们的未来……刚开始，我们只需要一两个工人和一个学徒……"

这几乎是塞勒兰历史性的一天。他突然不再对餐馆的豪华感到不自在。他们刚刚喝完一瓶红酒，正准备再开一瓶。

"我来负责客户，你负责车间……我会付给你固定薪水，和你在施瓦茨先生那里领的薪水一样，但是你另外还能得到百分之二十五的分红……"

塞勒兰不知道该说什么。这太绝妙了。他一直梦想拥有一个自己的小作坊，他甚至可以独自工作。

"你不需要马上回答我。考虑几天。但是我还想带你去看看我找的地方……"

塞勒兰坐上阿尔法·罗密欧，他的朋友已经把车棚拆卸下来。他们朝弗朗-布儒瓦街开去。他们到了赛维涅街，爬到四楼，好像奔向美味糕点的两个孩子。

"在这里，我们安排一个女销售员。我们在这里放许多橱窗，展示最漂亮的样品……"

那个宽敞的装着玻璃门窗的房间吸引了塞勒兰。他已经想象出和两三个同伴在这里工作的情景。

"你星期三答复我吧……星期四吧，你好好考虑考虑。"

他差点说他已经考虑好了，他接受，但他想回去和阿内特说一下。

"公司就叫塞勒兰和布拉西耶……"

"不会是因为我做……"

"我觉得这样挺好……"

他不记得他们后来吃了什么甜点。他回到家后焦急地等着阿内特回来。他迫不及待地想让她知道，这件事可能会让他们的生活发生翻天覆地的变化。

"你知道吗……我马上就要创业了……"

阿内特惊讶地盯着他看。

"你说什么？"

"布拉西耶和我打算创办一个作坊……"

"你哪儿来的钱？"

"他刚刚继承一笔遗产……我出手艺……除了工资，我还能得到百分之二十五的分红……"

"我很为你感到高兴。"

"我们可能可以雇个保姆了……"

"保姆住在哪里呢？"

"我不知道,但是可以再安排。"

一个月之后,展示橱窗布置妥当,作坊里添置了全新的工具。

塞勒兰雇佣了朱尔·达万,他享有盛誉。

他们通过达万找到了雷蒙·莱唐。

他向施瓦茨先生提出辞职,施瓦茨先生讽刺祝福他好运。

事情发展得很迅速。命运好像想讨好他们,各种好消息纷至沓来。他们同一楼层的邻居要离开博马歇大街,去乡下定居。塞勒兰可以租下公寓,他获权凿穿一堵墙。

"阿内特,你意识到了吗?"

"是的,我们有地方了。"

对于他们俩来说,房子几乎有点太大了。

"等我们有小孩了,我们可以把他们放在……"

布拉西耶几乎马上就带回来一些订单。塞勒兰和两个同事不停地工作,几乎没有休息的时间。

橱窗里挂满最漂亮的样品。年初,他们需要一个女销售员,负责接待客户和处理财务。布拉西耶找到科坦特斯夫人,所有人马上接受了她。

是不是有点太美好了?塞勒兰像活在梦里。他设计了许多珠宝,做那些珠宝,雕琢黄金比雕琢宝石更难。

皮埃罗加入进来,所有人其乐融融。

布拉西耶只需要每隔两到三天来取珠宝,再将珠宝送到珠宝店。他一直很忙,好像个大人物。

"我正在朗布依埃附近盖房子……我受够巴黎了……我妻子也是……"

"具体在什么地方?"

"一个很偏僻的小村子，圣让-德莫尔托，离森林只有几步路……等完工了，所有人都去参加我们的乔迁宴会……"

塞勒兰一点也不嫉妒。他认为自己得到了很好的报偿。他觉得自己每完成一件珠宝，手艺就会更进步一些。

他的雕刻家梦上升到一个新的台阶。

他们在两家报纸上刊登了广告，寻找保姆。

他的要求是：照顾家庭生活。

又一个奇迹产生了。娜塔莉第一个来应聘。

"你们有几个人？"

"只有两个……目前为止是两个……"

"我喜欢孩子。"她的口音很有趣。

她是在法国长大的，但有轻微的俄国口音。她三天就适应了。她立即要求他们改造厨房。

"你们不能继续在餐馆吃午餐，也不能常去那儿吃晚饭。按照那种节奏，你们用不了多久就会受到胃病的折磨。"

她说话很直白、毫不犹豫，立刻就表现出她的权威。

阿内特没有反对。职业占据了她的整个生命，她把其他事都丢给了娜塔莉。

他很难想象，如果他们刚结婚时生活是另一种情形会怎么样。

妻子怀孕了，他欣喜若狂。妻子决定给小孩取名叫让-雅克。她是在诊所里生产的，塞勒兰每天去看她两次，他在那里一直待到诊所的人赶他走。

"乔治，你该走了……护士要嘲笑你了……"

"他们并不禁止……"

那是私人诊所，对探望时间有严格规定。他来的时候捧着鲜花和糕点,都是给护士带的。

难道他还有可能更幸福吗?

布拉西耶每次碰到他,都会问起阿内特和孩子的情况。

"你很快就能看到孩子……但没有人不让你去诊所里看他啊……"

他们在圣德尼-杜圣萨克蒙教堂为他举行洗礼仪式,布拉西耶做了教父,朱尔·达万的妻子是教母。

娜塔莉坚持要求他们在公寓里吃午餐,她令人钦佩地忙活着,好像她一生下来就是厨师。埃夫利娜·布拉西耶穿得极其优雅,就像参加盛大的典礼。

埃夫利娜很少说话。她就像生活在梦里。他们位于朗布依埃附近的房子快竣工了。

他们的生意风生水起。客户不断增加。

"但我还是只接受要求独特的订单。这样我们才会出名。"

他们声名鹊起,科坦特斯夫人接待了很多客户,其中包括拉帕皮娜。他们只在她背后这样叫,她是他们最好的客户。

寡妇帕皮夫人,出生在莫兰古……没有她滚珠轴承生意也照常运转,她只需要领红利就行了。

她住在奥什大道,把下午大部分时间都花在打桥牌上。

所有这一切构成了一个使人放心、惬意的世界。阿内特又怀孕了,这一次,她似乎并不是很高兴。这次是个女孩,马莱娜。家里又举办了一场午宴,她的教母、教父与哥哥一样。

布拉西耶夫妇时不时来家里吃晚餐,娜塔莉为他们准备俄国菜。

除了阿尔法·罗密欧,布拉西耶还买了一辆旅行车,可以载八个人。一个星期天,他开着旅行汽车载着塞勒兰夫妇去他乡下的房子。

房子具有乡村风味,内部很舒适,精挑细选的家具、地毯以及画极其完美。房子的主色调是蛋壳白。

他们绕着房子转了一圈。他们没有带两个孩子来,孩子在家里由娜塔莉照顾着。她照顾他们那么长时间,阿内特把他们抱在怀里时她都会嫉妒。

塞勒兰也买了一辆汽车,车子是六马力的,一点都不奢华,主要是用于去巴黎周边参加一些拍卖会。他一次不会买很多,也不会买很稀有的东西。他买下的外省质量很好的旧家具被送到家里后,他会亲自打磨抛光。

阿内特有时候会陪着他,但这种情况很少。难道是两次生育让她发生了改变?她的脸变得更加柔美,眼睛经常是笑眯眯的。她好像终于开始享受生活,不过仍然坚持去那些简陋的房子里工作。

她总是穿着海军蓝色的衣服,从未改变过,但会用小饰物装饰裙子。

但是有一天她突然问道:

"你是怎样看埃夫利娜的?"

"我不知道。这是一个很难看懂的女人……"

"如果她是单身,你会想跟她结婚吗?"

"不会。"

"但是她很漂亮。"

"没有你漂亮。"

"不要讲这样的蠢话。我不漂亮。我的脸不讨人喜欢,没有人会看我。但是埃夫利娜可以做模特,或者拍电影……首先她很高而且很苗条,而我那么矮……"

"你为什么提这个问题?"

"因为我想到她了……她很少来巴黎,一周来两次,只是去理发店……她极其关心自己的美貌，几乎不看任何人……她可以整天一边听音乐一边看杂志……"

"你是怎么知道的？"

"是让-保罗跟我讲的……"

"他和埃夫利娜在一起不幸福吗？"

"他可能正需要这样一个女人……一个漂亮的奢侈的小摆设……"

在很多年里，他们经常聊到这个话题。当时他并没有什么触动。现在他能够清晰地回忆起这些。

阿内特给予了他二十年的幸福。阿内特可能都没有意识到这一点，她差不多一直是被工作占据着。

他的意识渐渐清醒，但他同时产生了一种没来由的复杂的负罪感。他紧紧抱住阿内特时，在她的眼睛里面看到了泪水。

"你怎么啦？"

"没什么。是幸福……"

塞勒兰有时候会感到恐惧。但在他周围的小世界里，娜塔莉、科坦特斯夫人和其他工人应该都这样吧？

他和这些人没产生过摩擦，也没有私下里的小算盘。四季流转，塞勒兰津津有味地品尝着每一个季节。

他通过大玻璃门看到屋顶、粉红色的云彩以及布满雨水的云朵，它们都是朋友。

孩子们渐渐长大，让-雅克和一些大人坐在桌边，他的椅子上放着一块坐垫。

然后他的妹妹也能独自吃饭了。

"我的小宝贝们去哪儿了？"娜塔莉看不到他们时，会滑稽地问道。

其他楼层也有小朋友。娜塔莉带他们到杜伊勒利花园散步。

塞勒兰去度假,这是他和布拉西耶合伙以来第一次出去度假。他在离卡昂不远的里瓦-贝拉租了一个小别墅,全家都过去,当然也包括娜塔莉。

孩子们在沙滩上玩耍,塞勒兰和妻子躺在折叠式帆布躺椅上,偶尔看看大海。

"你在想什么?"

"在想我的那些需要照顾的老人,他们应该不明白我为什么不在那里。布拉西耶夫妇在戛纳,他们在那里租了一艘船。"

塞勒兰也在想巴黎,想他的作坊,工作伙伴。他游泳游得不好。娜塔莉一点也不会游泳,她在海堤上看管孩子。

晚上,他们的衣服里全是沙子,他们得在上床之前冲个澡。

"有一天,我们也要买一栋属于自己的别墅……"

"为了每年夏天去住三个星期?那冬天谁看房子?需要有人让房子每天都通通风……"

"你喜欢这个地方吗?"

"对孩子们来说,这里很完美,因为有沙子。水有点冷,但是他们似乎并没有被冻着,也没有抱怨……"

这次度假几乎可以说是失败的。阿内特很显然不开心。她很少说话。她好不容易有机会和孩子们玩耍,却仍把他们交给娜塔莉。她也不做饭。

她应该在想念工作。她对工作的重视程度和塞勒兰一样。

塞勒兰有几天也觉得日子挺漫长。

"赌场在放一部好电影……"

"你很清楚我从来都不喜欢晚上出去……"

算啦,也许她并不感到无聊。她总是那么镇定,和外界之间保持着很微小的联系，除了去探访那些简陋的房子。

她应该有激烈的内心世界，而她的丈夫只能去猜测那个世界是什么样子。

"在下次度假之前，我们去一趟布列塔尼，去看一下那里是不是有地方比里瓦-贝拉更好……"

"只要你愿意……"

这并不是冷漠无情，也不是漠不关心。她什么事情都让丈夫拿主意，除了她的工作。菜单也不例外。

"夫人，您想吃什么？"

"我都无所谓……去问一下我丈夫……在家里，他是那个贪吃的家伙……"

他们回到巴黎后终于松了一口气。他们回到了那些家具，那些熟悉的物品中间。娜塔莉马上拿起吸尘器，扫除积尘。

他们去餐馆里吃晚餐，那是他们结婚以前经常去的小餐馆中的一个。

他非常感动地回忆起她说"好"的那天。他非常惊愕地盯着她。他不敢相信像她那样的女人会愿意跟自己这样一个男人共度一生。

他还记得当时她微笑了，这让他显得更加笨拙。

阿内特比他更成熟吗？塞勒兰面对她的时候，总觉得自己像个小孩子。他的确觉得自己像个小孩子。他看起来也一直像个小孩子，别人把他当作一个大人对待时，他几乎有点吃惊。

他的职业不是和游戏一样吗？他像个小孩子画房子那样画一件珠宝，然后耐心地用那么小而薄的工具雕琢珠宝，那些工具看上去一点也不严肃。

他走进商店的时候，很高兴看到自己的名字写在布拉西耶名字的后面，他们的名字都被刻在门上。他也很高兴看到自己的一些作品被陈列在橱窗里。

他为他妻子创作了一枚别针，一件很简单的饰品，因为他妻子不喜欢珠宝。一片橡树叶配一颗橡树籽，但仍然是他的风格。

一天晚饭之后，他什么也没说，递给妻子一个首饰盒。

"这是什么？"

"看一下……"

她打开首饰盒，马上就说：

"不要这样……这件饰品太漂亮了，它应该被放在橱窗里……"

"从今往后它就在你的身上了。"

"你为什么要这样？"

"因为我想要你戴一件出自我之手的珠宝……你会发现这件东西里既没有宝石也没有钻石……只有黄金和白金……"

阿内特一边抱着他一边小声说道：

"谢谢……"

她走到房间，去梳妆台前面试戴这件首饰。

"戴上去原来是这样……"

"你喜欢吗？"

"喜欢。"

但是，一个月之后，她就再也没戴过。

塞勒兰渐渐与孩子亲近。他每天七点钟才回家，有时候马莱娜还没有完成作业，他会尽力辅导她。

但是他知道得并不比女儿多，因为他很早就辍学了。

女儿很像妈妈，深暗到几乎是黑色的头发，栗色的眼睛闪耀着点点金色的光芒。

她十四岁半，俨然是个女人，说起话来很严肃。

"父亲，你为什么晚上从来不出去？"

"出去干什么？"

"很多男人去咖啡馆，不是吗？你应该有一些男性朋友、女性朋友或者情妇，但你从来不出去，这很不正常。这似乎不是因为我们还是孩子，你也没怎么照看我们啊。"

"如果我说我从来没有想过出去呢？"

"那么，你天生就跟别人不一样。"

另一天晚上，他们面对面单独在一起时，女儿问他：

"你很爱妈妈，是吗？"

"我从来没有爱过别的女人。对于我来说，这个世界上只有她一个……当然，还有你们俩。"

"那她也爱着你吗？"

"可能吧，但是以一种不同的方式。"

"为什么她结婚之后还继续工作？你们需要很多钱吗？"

"我赚的足够我们花了。"

他差点不假思索就回答："她是为了保持独立，为了证明她是为自己活着，而不仅仅是夫妻中的另一半。"

多亏了马莱娜，他刚刚发现这一点。阿内特不是在办公室工作。她从事的工作艰辛，所以她才会引以为傲。

他只是对女儿说：

"她希望能奉献……"

应该是这样，但他不是很肯定。时光流逝，渐渐地，他不用去思考也能比阿内特在世时更好地认识她，至少能理解她性格中的某些特征。

他意识到,阿内特活着的时候,他被她迷得神魂颠倒,以至于忽略了孩子们,孩子们也感觉到了。他们现在引起了他的注意。

妻子在世时,家里的一切都是围着她转。

他赶走这些想法,就像自己对死者不公,也有点像在亵渎神灵。

但他这不是为了从感觉上更靠近她,努力去理解她吗?

他们在一起生活了二十年。听起来似乎很长。但是他们第一次见面似乎仍在他的眼前。

一不留神这么多年已经过去了。他沉浸在幸福中,沉浸在周围这个小小的世界中。无论在家里还是作坊里,他都很开心,他从来没有什么苦恼和疑问。

让-雅克几乎和他一样高了。他已经超过娜塔莉半个头,娜塔莉为此装作很恼火的样子。他是夏尔马涅中学的一位非常优秀的学生,已经在准备中学毕业会考。塞勒兰送给他一辆轻型摩托车,为的是他能够独立一些。

他没有朋友。他从不带班上的同学来家里玩。

"你是不是已经打算好以后做什么了?"

"没有。"

"你几个月后就得做决定了……"

"我不会马上做决定。我想先花一年的时间旅游。为了提高英语,我打算先从英国开始。然后我会去美国,可能还会去日本。"

晚上,他们在客厅里看电视,塞勒兰,女儿,通常还有娜塔莉。这个时候,让-雅克在他的房间里刻苦钻研。他有时候过来加入他们时显得心不在焉。

马莱娜获准随便看电影。实际上,她从同学那里知道的比从电视里知道的还要多。

和哥哥相反,她对待学习的态度非常随便,她只是勉勉强强从一个年级升到另一个年级。

"我已经通过了,还继续学这个干什么呢?"

她很清楚自己想从事什么职业。

"我将做空姐或是模特……"

她很高而且很苗条。她很关注自己的外表,她的胭脂、乳膏和粉底比母亲还要多。

但是她很憨直,直截了当地把脑子里所有的想法都说出来。她讲述班上一些同学的经历,告诉父亲:

"不要害怕……我打算那样时,会提前通知你的……"

他有点不知所措。同时他也觉得安慰,因为女儿这么信任他。

"你知道,大部分女孩在家里什么都不敢说。这是最糟糕的。你是伙伴,你明白……"

老家来电报,他父亲去世了,他开车上了卡昂公路,然后到了村里的道路。老父亲变黑了。朱斯蒂娜带着一种狡黠的神情摇着头。

"我跟他说过不止一百次,叫他不要喝完酒就到太阳下面睡……"

人们是在草坪上发现他的,他空洞的眼睛盯着天空,他似乎没有受什么苦。

"您和他住在一起多少年了?"

"在圣-让有十二年了。"

"他给您付工钱吗?"

"他从来都没有钱。我倒确实应该从他付杂货店的钱里骗一点出来。"

"您有家吗?"

"我还是个老姑娘。"

"您打算干什么?"

"村子里没有适合我的工作。我会去卡昂,我去那里做家务……"

"您愿意待在这里,把这个房子当作您自己的家一样住着吗?"

"这不可能。"

"为什么?"

"因为这房子值钱。而且这里还有一些奶牛……"

"您不需要向我支付什么……您可以卖掉牛奶……"

她还是不相信。

"您想得到什么?"

"什么都不要。我永远都偿还不完我父亲没有付给您的工资。"

"您真是太善良了……我们什么时候埋葬他,这个可怜的人?谁来负责这事?"

他去找细木匠。

"需要坚固的木料,因为你父亲很重。我是把他从地里弄回来的人之一。为了让一切合乎规矩,我们叫了隔壁村的拉布鲁斯医生……"

天阴阴沉沉的,从海边过来的巨大的云层压在天边。他去了本堂神甫家。这个神甫主持村子里所有的丧事。

"您还记得您还是小孩子时,不愿意来听教理讲授吗?"

"我还记得。"

"我打赌您一直到现在都不去做弥撒。您父亲死得很悲惨,但是他并不期望其他结局。您知道吗?他每个星期天都会穿上黑色西装和白衬衫,系上领带。他准时走进教堂,但是我一走上讲道台开始讲道,他就会静悄悄地离开,走进对面的小酒馆……"

神甫已经上了年纪,走起路来有点费劲。

"给您来一小杯苹果烧酒好吗?不要害怕,这不是您父亲喝的那种七十度的烧酒……"

他把酒放在一个小壶里,然后把小杯子倒满。

"这种酒丝毫不会让人觉得难受。"

"他的死因是什么?"

"我也不知道确切的原因。我不怎么懂医学。有人说是脑血栓……他死得太突然了,没受什么苦……"

神甫把杯子从嘴边拿开。

"您打算怎么处理农场?"

"我打算把它交给朱斯蒂娜……"

"您做得很好……她是一个善良的女人,把您父亲照顾得很好……我不知道他们是否有其他关系……您把牲畜也留给她吗?"

"是的。"

"塞勒兰先生,您真善解人意……我不敢再像过去那样叫您乔治了……我听说有一次您和您的妻子一起回来过……她还好吗?"

"她在一次车祸中去世了……"

"很抱歉让您说起这个,我不知道……"

他们准备好了,以便能让葬礼尽快举行。葬礼那天是星期四。塞勒兰父亲的农场离教堂不远,人们把棺材抬到一辆两轮运货马车上,由一匹马拉着。棺材被一块黑布盖着,黑布是神父提供的。

整个村子的人都在那儿,塞勒兰认出了许多面孔。他的同班同学几乎都不在这里了,只有三四个,其中一个是肉店老板的儿子,他继承了父亲的买卖。

"你好吗?"

"还好。我没什么可抱怨的。但是我想埋怨一下,村子开始变得空荡荡的。像你父亲一样的老年人去世了,青年人去了卡昂、巴黎和其他地方……"

小学老师演奏管风琴。他比塞勒兰年轻一些。仪式进行时,他表现得很平静,也许他在想他的学生。

神甫做了一段很短的讲道,做完追思礼拜之后,大家绕着教堂转了一圈,就来到墓地。

他母亲已经葬在那里,人们把一个新的棺材放进同一个墓穴里。

所有人都从他前面走过来跟他握手。最后,他看望完朱斯蒂娜之后,准备开车离开。

"请告诉我……我很抱歉打扰您……您难道不觉得我们最好还是签一份字据吗?"

他明白了,返回屋子里。

"您有纸吗?"

她买了一个信封,那是种很便宜的有线格的纸,这种纸几乎只能在乡下看到。还有一支崭新的笔和一小瓶青色的墨水。

"那里只有这种颜色的墨水……我的名字叫朱斯蒂娜·梅拉妮·巴伯夫……我六十二岁……"

他写了一份租赁合约,合约里没有写任何交换物。

"您写的是我能一直待在这里吗?"

"我是这样写的……"

她找来一副钢架老花镜,她看着那几行字,嘴唇蠕动着。

"我想这样就可以了……您比我更明白……再次感谢您,我为您和您的家人祈祷……"

他在这个简陋的小屋度过了童年。他本来有一个哥哥和一个姐姐,但是他们俩在同一年死于同一种传染病,他直到现在都不知道是什么病。

这里原本是他的整个世界,他从来没有想象过其他的世界是什么样子,直到梦想把他带到了巴黎。

他回到博马歇大街,收音机正在热火朝天地播放着音乐。是马莱娜,她可以从早到晚都生活在音乐中。

"父亲,很抱歉……"

阿内特死后一段时间里,他要求孩子们不放唱片也不开电视。难道他能要求他们永远如此吗?

"你可以继续听……"

"事情办得如何?"

"村子里还不是那样……"

"有很多人吗?"

"所有健康的居民。"

"你父亲很受欢迎吗?"

"以他的方式有名吧。他是那里喝酒最多的人。"

"他就是因为这个死掉的吗?"

"可能吧。"

"你很伤心吗?"

"看到那个我度过了整个童年的地方,我感觉很伤感。"

"那里应该风景如画吧?"

"也没有……"

"但是你看上去很沮丧……"

"我看到了几个还待在那里的小学同学。我看到了那个锻工,我记得当年我走的时候他身强力壮,现在宛然已经是一个白发苍苍的老人,走路要拄拐杖……"

"我可怜的父亲!"

"以后,很久以后,当你回到这个房子,我希望你没有和我同样的感觉……我希望你的童年和青年时代能给你留下美好的记忆……"

"肯定会这样的。"

女儿张开双臂抱住他,并亲了亲他的脸。

"让-雅克一直把自己关在房间里学习。他都不知道你回来了。"

娜塔莉从厨房里走出来。

"我好像听到声音了。您路上顺利吗?"

"挺累的……"

"是的……有些地方是人们不愿意再去的……"

让-雅克的头发乱蓬蓬的,双眼疲倦。他亲了亲父亲的脸颊。

"我正在刻苦钻研……下个月就要毕业会考了,总有一些细节会被忽略……我们准备开饭了吗?"

娜塔莉说:"饭已经好了。"

"我就不会这么发奋。何况你肯定会通过毕业会考的……"

"世上百分之百肯定的事情……"

塞勒兰几乎想夸奖女儿。让-雅克唯一能让别人责备的地方,就是对待什么事情都太认真,首先是在学习上。

"我有些高中同学,他们觉得在我们这个年纪什么都不重要……他们没有意识到这几年将决定我们整个一生……父亲,您是怎么想的?"

"我和你想的一样……在我们那个年代,你必须有文凭,即使我们已经忘记了学习过的所有东西……"

"你瞧吧!"马莱娜一边大笑一边叫道。

娜塔莉在桌子一端坐下来,收起汤盘。然后她端上一盘饺子,她差不多每周都会做一次饺子。让-雅克对这个一点也不在意。吃什么对他来说无所谓。但马莱娜开始抗议了：

"又吃这个！今天是星期几？星期六……我不禁要问……我们是不是每周六都必须吃饺子……为什么您不做点合我口味的东西？您肯定是吃您想吃的东西……"

娜塔莉和朱斯蒂娜年龄相仿，但她看上去比塞勒兰父亲的女仆年轻二十岁。最令人惊讶的是她的好脾气。她经受过很多考验，有一些她自己不愿提及。

那些考验并没有让她变得尖刻乖戾，反倒让她积极地对待生活。什么事情都令她开心，做饭，做家务，孩子们小的时候带他们去散步。

她从来不说累，大扫除时，她会在头上围一块方巾，这让她看起来更像俄罗斯农民。

总而言之，只有塞勒兰一个人会想起饭桌上少了一个人。他们稍微调整了座位，以便不留下太大的空当。

阿内特吃饭时很少说话。他们会各自说他们操心什么事情，而她一般会带着一丝微笑，可能是为了掩饰她的思想吧。

有一个很严重的问题，塞勒兰经常会问自己这个问题：他究竟有没有让阿内特幸福？

在过去的二十年里，他觉得自己让她幸福了，他认为家人已经得到了幸福。他不希望阿内特继续工作，但觉得她需要从事社会活动。

孩子们都去学校而只有她一个人在家时，她可能在做什么呢？她不会做饭，塞勒兰也从来没看到过她缝补衣服。晚上，是娜塔莉靠在厨房的灯旁缝缝补补。

她很少发表评论。

"母亲，你觉得这个歌手怎么样？"

马莱娜总是发表看法，打断节目。

"还不错……"

"我觉得他非常好……我所有的朋友都有他的唱片……我好想过生日时有人能送一张给我……"

她把所有的零花钱都用在这上面了。

阿内特点燃香烟。她烦躁地抽着，不停地把烟从嘴里抽出来，然后把烟头碾碎在烟灰缸里。

"你会在你要探望的那些人家里抽烟吗？"塞勒兰有一次非常坦率地问她。

她皱了皱眉。天知道她听到这个问题后是怎么想塞勒兰的。

"我给他们带香烟，"她生硬地回答道，"还有放在烟斗里的那种烟丝……"

阿内特的办公室在市政厅的附属建筑里，塞勒兰从来没去过那里。她从来没有邀请过塞勒兰，塞勒兰也从来不敢提出这个要求。

塞勒兰对她人生中的很大一部分一无所知。然而现在，他觉得有必要去了解阿内特所有的一切，以便更好地保存一份记忆。

第二天，他颇费一番工夫，在候见室里找到一个行政办公室，一些老年人在那里耐心地等待着。

一个年轻女人从旁边走过，看到他在房间中央不知所措的样子。

"您在这儿找什么？"

"我是塞勒兰夫人的丈夫……我很想跟她的上级谈谈。"

"玛曼夫人……她一见完现在在办公室的人就会接待您的……我过去告诉她您在这里……"

第 四 章

一位拄着双拐的残疾人走出办公室。

"塞勒兰先生,请进,玛曼夫人在等您……"

墙壁被刷成淡绿色,家具都很实用,是用比较疏松的木头做成的。如塞勒兰所想,一个女主任坐在讲坛后面。她几乎和娜塔莉一样丰腴,但更加健壮。她没笑,但态度是欢迎而谦恭的。

"您就是我们可怜的塞勒兰的丈夫?请坐……"

他知道在这个行业里,人们不会称叫女社会公益工作者的名字。

"我本来打算去参加她的葬礼,但有人跟我说这是个小型的不公开葬礼……塞勒兰先生,我向您表达最诚挚的哀悼……您有一个非常了不起的妻子……我从没见过她那样的……我们可以这么说,她总是寻找那些最难以对付、最令人嫌弃的帮助对象……"

她的脸很白,她的眼睛不像娜塔莉那样是蓝色的,而是灰色的。

塞勒兰深受感动,不知道说什么好。他跑到这个办公室,这个同时被当作行政办公室和修道院的地方来做什么呢？

玛曼夫人很有可能会成为一个修道院院长，但是她还是保留了爱打扮的习惯，她穿着一条丝般光滑的碎花裙。

"有人说她死于交通事故……"

"是这样的……"

"我不看报纸，我两三天之后才知道这事……这起悲剧发生在哪里？"

"在华盛顿街……"

"她应该是去那个区办私人的事情……那里没有接受救济的人，也不是她负责的工作区域……"

"我不知道……她的工作时间是从几点到几点？"

他不知道自己为什么会提这个问题。可能是为了深入了解妻子的工作。

"一般来说，她没有固定的工作时间……她们都知道自己管的区域，她们应该探访的地址……她们对每个接受救济对象所花的时间主要取决于她们自己……比如您妻子，她就会毫不犹豫地去残疾人家里做家务……我一直怀疑她自己掏钱给救济对象买一些额外的小东西……您想看一下她的办公室吗？"

她站起来，塞勒兰发现她的腿肿胀。她走起路来有点艰难。她打开一扇门，穿过一个本应该是衣帽间的地方。他们来到一个四面墙也被漆成绿色的房间，房间里摆着一张巨大的桌子，桌子旁边围了十来个正在工作的修女。

"她们正在阅读新受援助对象的资料，每天都有……"

她指了指一张空椅子。

"塞勒兰就坐在这里……"

其他人向他投来好奇的目光。

"她从来都不会在这里待很久，因为她急着去看那些小老人，她就是这么叫那些人的……"

"您觉得，从她的角度来看，这是出于同情吗？"

"这是一种奉献……"

他不敢说出自己的想法。他想，对于他妻子来说，这也许是一种摆脱困境之策。在这里，她因为辛勤工作受到钦佩，人们把她当作后辈的榜样。

对于那些她探访的不幸之人，在某种程度上，她是他们在这个世界上的全部。他们应该急不可耐地等待着她，她帮助他们暂时摆脱孤独。

"再见，小姐们……"

他回到主任办公室。

"玛曼夫人，非常感谢您。我对我妻子在家之外的事情了解得很少。现在，我忽然产生一个想法。您的合作者中间有很多已婚女士吗？"

"很少。"

"这少数已婚女士有孩子吗？"

"一般来说，她们有了第一个孩子后会立即离开这个工作岗位……"

阿内特没有离开社会公益工作者这个岗位。她关心照顾一些不认识的人，但几乎不了解自己的两个孩子。

她真正的生活不在博马歇大街，这就是塞勒兰经常带着担忧的好奇观察她的原因。

阿内特是在逃避他吗？有时候他会这样问自己。他们从来没有敞开心扉地交谈过。

他用整个灵魂爱着阿内特。他很谦卑,非常感激阿内特接受自己做她的丈夫。

阿内特后来后悔了吗?难道她天生就是为了家庭生活而生的吗?

他朝赛维涅街走去,赛维涅街离这里不远。天气已经很热了。他越靠近过去那个特殊的酒店,步伐越快。他自己不是也有避难所吗?如果没有那个作坊和那群同事,他会做什么?

"塞勒兰先生,您好……"

所有人都这么亲切地叫他。就像每天早上那样,科坦特斯夫人把珠宝首饰摆放好。

其他人已经在工作台上工作了。

"老板,您迟到了。要买一瓶博若莱葡萄酒……"

"好吧……"

皮埃罗开心地站起来,跑下楼去买酒。

"这件首饰做得顺利吗?"

"折边镶嵌法不容易操作,这些宝石大小不一,但我们会完成的……"

生意越来越红火。刚开始,从作坊出去的首饰珠宝主要被卖到珠宝店。后来他们渐渐有了私人客户。一些富有的女人,要送礼物的人,还有那些寻找别具一格之物的人都直接来找塞勒兰。

帕皮夫人就是其中之一。她继承了一批数量惊人的古老首饰。宝石和珍珠都非常出色,但是镶嵌和托座似乎过时了。

那里没有电梯,她已经六十多岁了,但是爱上了来赛维涅街。她一次只带一件首饰,好像是为了延续这种快乐。她喜欢和科坦特斯夫人闲聊。科坦特斯夫人总会在帕皮夫人到了作坊之后就关上通道门,因为不然帕皮夫人可能会长时间站在工匠身后,给他们提供建议。

塞勒兰正在为她工作。他设计了至少三种不同的托座,最后从中选取了一种:一九〇〇年阿拉伯风格装饰图案,虽然很朴素,但他自己很满意。

他一个人完成了这件作品,因为他想作品完全是自己的风格。他花了两个多小时雕琢作为衬底的白金,最后在边缘加上黄金线条。

为了生意,他应该再招一个工人,但是这样他上工作台的机会就会少一些。最后他们只得放弃一些订单。

但那些是最平常的订单。

"夫人,您知道,您需要的头饰所有好工匠都能做,而且比这里便宜……"

布拉西耶经常在上午十点左右过来。

珠宝店也开始定制与众不同的珠宝。

"我昨天见了鲁兰和菲斯。他们想要十二件非常漂亮的珠宝,最独具匠心的,为了装饰他们乔治五世风格的橱窗……"

"那他们什么时候要?"

"很快就要……你知道他们总是很急……"

"我的孩子们,你们听到了吗?我想我们还得加几个小时的班……"

他们对形状表示不满,特别是朱尔·达万。

"我们可以做我们想做的吗?"

"只要能遵守他们的……乔治,告诉我,你不想哪天晚上来我家吃晚餐吗?"

"你很清楚,晚上我得陪孩子……"

这是他为自己定下的规矩。如果女儿和儿子在房间里忙着,他就会待在房子里，让他们知道他在。这会让他们安心吗？他们会有种被保护的感觉吗？

他看电视，或者翻翻杂志。女儿来坐到他身边时，他觉得特别幸福。

一直到毕业会考，他都很少看到让-雅克。他还没满十六岁，但已经有一只脚踏出了家门。

他很想去认识这个世界，也希望之后能从事适合自己的职业。

阿内特的死已经使家里变得空荡荡的，产生了一个巨大的空白。塞勒兰不习惯晚上一个人待在卧室里，他有时会温柔地抚摸床上阿内特最近还睡过的那块地方。让-雅克的离开，尽管不会那么悲伤，但肯定会产生另一个空白。

他现在只有女儿了。但是她难道不会早早地结婚吗？三年或是四年后，日子过得很快！他和阿内特在一起生活了二十年，他自己都没有感觉到。

他将独自生活，家里将有两个房间没人住。独自和娜塔莉生活着，尽管娜塔莉会非常周到地照顾他。

他没想到这会来得这么快。他们租了一套房子。他们准备好孩子们的房间。他们充满爱意地用家具将房间布置好。他们看着孩子们长大。他没想到他们为自己设计好的这种生活只持续了这么些年。

"你为什么这么伤心？"

"没什么，我的宝贝。我在想你的未来。"

"让-雅克要去英国，然后再去美国，这是真的吗？"

"是的。"

"你准许他去吗？"

"如果那是他的志向，我没有权力反对……"

"他已经让许多学校寄来课程计划书……剑桥有些特殊学校,可以提供英语……"

他儿子自己写信,都没有和他提起过这些事。他已经独立了,塞勒兰只能为此感到高兴。但是他也有点伤感。

"如果他通过高中毕业会考,我很肯定他会通过的,九月份将开始上课,他计划在那个时候出发……"

他的眼睛突然噙满泪水。现在已经是六月十五。九月很快就要到来。只剩下七月和八月。

他们在这个假期会做什么呢?

"这个夏天你想去哪里呢?"

"我想去一个女朋友家玩十五天,她的父母在莱萨布勒-多洛讷有一栋别墅……"

"为什么你从来不带她来这里玩?"

"我不知道。他们家在孚日广场有一座很大的房子。他们家很快乐,因为霍滕斯有五个兄弟姐妹……他们是茹尔当伯爵的后代……你可能知道……她的父亲是一位很有名望的律师……他们很久以前就有这栋别墅了,霍滕斯很小的时候,她经常去那里……他们很富有……她有一个哥哥才十八岁就已经有汽车了,她到了可以开车的年龄,也会有一辆汽车……"

他听到这里时,感觉心被捏紧了。他的收入不错。他们什么也不缺。但是他不是很富有。

他还没有意识到孩子们会去比较,这种比较的结果总是他们的父母不行。

"你应该听到别人谈起过他……他代理过一些很有名的案子,他为特拉桑辩护,特拉桑是最近小朱莉被绑架案的主谋。"

他模糊地记得自己在报纸上看过这个故事,当时这个新闻在报纸上是头版头条。

"那个男人很英俊,也很年轻,斑白的两鬓让他看上去更加有吸引力……他有很多情人……"

"你是怎么知道的?"

"因为他毫不隐藏……他妻子知道这事,但是一点也不担心,因为她知道他最终总会回到她身边……"

"那他的孩子们呢?"

"那些年纪较大的对此还很骄傲……有一个这么成功的父亲,他们觉得很高兴……"

这时她意识到自己说了蠢话。

"所以,想到那些优雅高贵的女士戴的首饰几乎都是你创作的,难道你不觉得很得意吗?"

女儿紧紧地握着他的手。

"父亲,你知道吗?你才华横溢……我只在他们家玩两星期……然后就回来陪你……你想去哪儿?"

"你想去蓝色海岸吗?"

她高兴地拍手。

"去圣特罗佩吗?"

"不是……那里有一点嘈杂,那里的环境跟我们这里太不同了,我们在那里会迷路的……我想到了波克罗勒岛……"

"我永远都不会去一个岛上的……"

让-雅克也加入到他们的谈话中来,他没有穿外套,衬衫的领子开着。这几个月他经常刮胡子。

"你们俩看上去很激动……我在房间里就听到你们的声音了……"

"我们在讨论假期……"

"那你们精心制定了什么计划呢?"

"我呀,我得去霍滕斯在莱萨布勒-多洛讷的家玩两个星期……"

"就是那个她父亲是律师的胖乎乎的女孩?"

"是的……"

"然后呢?"

"父亲建议去波克罗勒岛……"

"太棒了!我可以去海上钓鱼……只要我通过毕业会考,并且有人能给我提供必要的工具……"

"我会给你买的……"

塞勒兰有时间去弥补。他得花很多年的时间发现孩子们!曾经妻子才是最重要的……他曾经漫不经心地和他们拥抱,说话也不多。

让-雅克对妹妹说:"我敢打赌,你肯定跟他说了剑桥的事……"

"我不应该说吗?"

"我宁愿自己去完成……我收到十几个学校的课程计划书……最好的学校会教授一些超前课程,六个月之后我就能通过剑桥大学的考试……"

"然后呢,去美国吗?"

"我还不知道要去美国哪所大学……那些最好的大学很难考上……我喜欢哈佛,但没抱多大希望,因为申请的人太多……吸引我的还有西海岸的加州大学伯克利分校和斯坦福大学……"

塞勒兰感觉自己完全是在另外一个世界听他们谈话。他们不询问他的意见。但是他还是觉得很幸福,因为他们让他知道了这件事。

"你想选哪个专业?"

"可能是心理学或者社会科学……"

是母亲的工作让他产生了这个想法吗？

"孩子们，很抱歉，我得去睡觉了……顺便告诉你们，星期天我一整天都不在家。"

"你要去哪儿？"

他得跟他们交代自己的行程安排。他们很习惯知道父亲所做的一切，这在他们看来是很自然的事情。

"我要去布拉西耶家……还有两三个人也受到他的邀请……他们为新修的游泳池举行落成仪式……"

"你可以去那里游泳了……"

就像每天晚上一样，他亲吻了孩子们的额头。

"你们不要睡得太晚……"

"我再看不到一个小时的书就去睡觉……"

"晚安，孩子们……"

他去和娜塔莉说晚安，娜塔莉正在那里削第二天做饭用的土豆。

"晚安，乔治先生……"

这是一天中最艰难的时刻：推开空荡荡的卧室的房门，床上孤零零地躺着一个枕头。

那天晚上，他感觉异常孤独。他根本没想去布拉西耶位于圣让-德莫尔托的家这件事。

他们俩还是很友好，但是他们从来就没有过真正的友谊。说到底，塞勒兰是一个谦卑的人，他记得自己的出身，也为自己的成功感到高兴。他不再奢求更多东西了。在不属于自己的领域，他会觉得自己笨手笨脚的，他会感到不自在。

他的孩子们已经进入人生新阶段。让-雅克如此自然地谈论哈佛大学和加州大学伯克利分校。他回来的时候，如果有一天他会回来，他已经成为一个男人，一个陌生人，他将会用一种好奇的目光打量自己青年时代住过的这套公寓，就像塞勒兰他自己打量父亲的简陋小屋一样。

布拉西耶是一个野心勃勃的人。他曾经是南特一个五金制品商的儿子，但是他已经切断了和过去的一切联系。他对自己充满信心，而他选择埃夫利娜可能是因为她的美貌和优雅。

因为她只有这两个优点。他回忆起她萎靡不振地躺在长沙发上，抽着烟，听着唱片。

星期天早上他还是踏上去朗布依埃的大路。让-雅克决定学习一整天，只有娜塔莉和他一起吃中餐，因为马莱娜去茹尔当伯爵家吃饭了。

他又胡思乱想了。他想孩子们想得太多，他没在想孩子们时，思绪必然会回到阿内特身上。

白色的别墅让他想起了埃默农维尔。塞勒兰从车里走出来时，听到了欢呼声。

布拉西耶跟他说只会来三四个人，结果他周围有十几个人，有的在游泳池里，有的坐在扶手椅里。

"你能来我真的很开心。等会儿这里安静下来之后，我要告诉你一个计划……赶紧去换上泳衣……"

他带上泳衣，朝更衣室走去。大多数客人都在游泳，他很难向大家介绍自己。他也下水了。他只会蛙泳，而他周围几乎所有人都在自由泳。由于缺少锻炼，他已经有小肚子了，他为此感到很羞愧。

大部分客人的皮肤都晒成了褐色，因为他们之前去了南部或是山区。

塞勒兰羡慕他们的自信。这群中年男女的肚腩比他的还要大，但是他们却并不烦恼。

他认出香榭丽舍大街的一个大珠宝商，塞勒兰曾经为他工作过，但是珠宝商没有认出他来。

他们几乎所有人都用名字来彼此称呼。

"哈里，你是坐哪辆车来的？"

各种声音都混杂在一起。

"玛丽-克洛德，你真是越来越漂亮了……"

"不要对我说这个……在这方面我可是什么都没做，那都是我的按摩师的功劳……"

埃夫利娜·布拉西耶是最后一个出现的。她用一种扭摆的步态向前走来，一套极小的比基尼只遮住了她身体很小的一部分。

"孩子们，继续玩你们的吧。大家好。待会儿有社交活动。"

然后她朝跳板走去，完美地完成了一个跳水动作。

对于塞勒兰来说，这一天过得真是度日如年。他感觉自己在一个密封的环境里，他根本就不能融入其中。他也不想融入进去。

天台上有个吧台。客人们一个接着一个去换衣服。他是最早去换衣服的客人之一，因为所有其他人都是古铜色皮肤，而他的皮肤却显得那样惨白，他对站在他们身边感到羞耻。

"香槟还是马提尼干白？"

穿着白色上衣、戴着白色手套的膳食总管用一种极度冷漠的神情郑重其事地为大家服务。

女人们穿着彩色裙子或者是用几乎透明的布料做的裤子。大部分男人都穿着翻领运动衫，他是唯一一个穿着常服的人。

布拉西耶时不时走过来友好地拍他一下，好像可怜他一样。

"还好吗？你想要什么叫就是了……"

他也会把塞勒兰介绍给经过他们身边的人,后者寒暄了几句礼貌话之后就离开了。

他捕捉到几句零碎的对话。人们说得最多的是马。一对夫妇来自巴哈马,一位非常年轻的少妇一边装作脸红,一边承认自己刚看完一本小说。

埃夫利娜完美地演绎着女主人的角色,塞勒兰很欣赏她身上的那种轻松自如。她身上那种习惯性的无精打采顷刻间荡然无存。她穿着一条裤子,裤子边上的开衩一直到髋部,白色的衬衫在胸部下面打了个结。

鸡尾酒一杯接着一杯,香槟酒也没有断过,大家说话时都提高了音调。一个侍应生穿梭在一群又一群人之间,给大家提供各种各样的食物:鱼子酱、奶酪、鳀鱼……

塞勒兰闷闷不乐地待在一边,一边自问在这里干吗。他一点也不羡慕布拉西耶,也不羡慕那些客人,大部分客人都没有注意到他的存在。

餐厅很明亮,家具白得像墙壁一样,长长的餐桌镶满闪闪发光的水晶,每套餐具前面都摆了四个杯子。

一个侍应生不停地往不同的酒杯里倒酒,一边小声地念着大家听不懂的名字。

第一道正菜是一盘巨大的冷蛙鱼,蛙鱼被摆在一个大银托盘里,这道菜精致的装饰引来阵阵喝彩。

随后上的是全羊,这头羊是在花园尽头用铁钎烤的。

他坐在两个不认识的女人之间,他只能跟她们交谈。其中一个很年轻,欢快地和坐在自己左边的人聊天。另一个女人有点老,是在场所有人中较年老的一位,似乎和塞勒兰一样孤独。

"您认识布拉西耶家很久了吗?"为了找点话说,她这样问塞勒兰。

她微笑地看着塞勒兰,塞勒兰后来才意识到她有点耳背。

他们从金色烟盒里抽出香烟来抽,甜点蛋糕端上来了之后,香槟又出现了。

塞勒兰每个杯子里的酒都只喝一口,但他还是上脸了。桌上的碟子里摆满小点心,但是很少有碟子被动过,很少有碟子中间空了。

好像听到了信号一样,埃夫利娜站了起来,所有人都跟着她,朝天台或是花园走去。

布拉西耶在过道上拦住塞勒兰。

"我来给你介绍梅耶尔先生,香榭丽舍的梅耶尔,你经常为他工作,但是你不知道……"

"很荣幸认识您。"

他认出那个谢顶的大肚子男人,之前在游泳池里就注意到了这个人。他穿着一件黄色翻领运动衫,黄色的运动衫显出他真正的胸部轮廓,他那胸部估计连女人看到了都会嫉妒。

"梅耶尔先生想和我们谈几句。我觉得唯一不会被打扰的地方就是我妻子的小客厅……"

他们沿着黑色铁栏杆爬上楼梯。经过走廊时,塞勒兰看到一张床上盖着白色缎子。房间里主要的颜色是白色。

"来这边……"

小客厅被装饰成金黄色,家具都是路易十五时期的风格。

"我不会把办公室搬到这里来,因为我来这里是休息的,我可不想在这里工作……请坐……"

两个窗户打开,能隐隐约约听到下面宾客们的喧闹声。

梅耶尔先生点燃一支烟,就好像这是一项讲究而重要的活动。

他问布拉西耶："谁来说？"

"最好是您来说……"

"好吧。"

他转向塞勒兰。

"我非常欣赏您创作的珠宝，当然我不是唯一一个欣赏者。我一些最好的客户经常问我有没有新作……你的作品是现代的……极具时尚魅力……与传统珠宝的单调和一成不变完全不同，在传统珠宝里宝石是最重要的……传统珠宝在于利用和突出钻石、绿宝石以及红宝石的价值……在您那里，一切都很重要，您创作的珠宝和以前的不一样，却同样美妙上乘……"

他很满足地把雪茄从嘴里抽出来，一缕烟雾浮现在蔚蓝的天空下。

"刚刚都是我的赞赏之词。现在，我们还是回到我的想法上来。我在多维尔有一家满是灰尘的商店，这家商店没让我挣钱，倒是花了我不少钱……人们不会到戛纳、多维尔或者圣特罗佩买一块巨大的宝石……应该卖点其他东西……您恰好能够创作这些其他东西……

"我已经对布拉西耶说过这件事了，这两周他来我在香榭丽舍大街的商店看我。我的想法是让多维尔商店里的东西跟香榭丽舍大街商店里的东西完全不一样……"

他几乎没有头发，眉毛却很浓密，他的鼻子和耳朵里也冒出一些毛发。他对自己很满意。他转到扶手椅后面，看着塞勒兰，就好像给了塞勒兰生命当中最大的礼物。

"总而言之，我建议我们三个人联合起来……您创作的珠宝上会标有布拉西耶和塞勒兰的名字……客户们都习惯这一点了……还是不要加上梅耶尔的名字，不然他们会觉得迷惑……

"说到底，我就是出资人……我来付商店的装修费用，商店应该很快就能装修好……我们在那里请两位漂亮优雅的女孩，刚开始一个就够了……你们提供珠宝，你们设计得多现代都行……

"我们来签订一个合伙条约。百分之五十归我，另外百分之五十你们俩分……

"我不需要独家，你们可以保留现在的作坊和客户。"

布拉西耶担心地看着塞勒兰。这不是他想出的主意吗？

"您怎么想？"

塞勒兰小声说着："我不知道。"

"我尽量不影响你。生意上的事情我在行，大家都会这么跟你说，我从来没有做过一次亏本的生意……我大概知道您的营业总额……我肯定两年后将会翻四倍……"

布拉西耶急切地打断他们。

他说："我们的那份可以对半分……"

"我们将会在广告里特别说明每一件珠宝都是独一无二的……"

如果塞勒兰能在那个时候分析一下，他可能会发现自己主要的感觉是不舒服。

他们给他提供的不是什么大机遇。他们俩都需要他，焦急又担忧地等待着他的回答。

因为说到底，这些珠宝是他个人的作品。有时候他需要花五到十天绞尽脑汁地思考稍纵即逝的方案。

他不知道多维尔在哪儿，但是知道梅耶尔先生在香榭丽舍的商店，那是全巴黎最好的商店之一，在伦敦以及纽约都有分店。

布拉西耶说："如果有需要，我们可以再招一两个工人……"

"我们把他们安置在哪里呢？"

"我们总可以找到一个更大的作坊吧……"

不要!坚决不能这样。他是在这个作坊开始的,他要继续在这个作坊工作下去。

"我可以草拟合同了吗?"

他因为疲倦才屈服了。他并不藐视钱。他需要钱给儿子和女儿上学。他听说美国大学的学费非常高昂。

他带着抑郁的心情说:"好吧!但是得说清楚的是,我不会做系列产品。"

"我就是不想要系列产品才找你帮忙……我已经在想招牌了,但是还没想到……大体是:私人珠宝……"

布拉西耶非常确定地说:"我们会想到的。梅耶尔先生,您可以草拟合同了,就以合伙合同的形式……合同准备好之后给我们打个电话,我们过来签字……"

这个胖男人掩饰不住内心极大的满足。别人可能会以为他刚刚得到一幅自己垂涎很久的勒鲁瓦或毕加索的画。

"我还打算问您,为了庆祝这件事,我可以为您做点什么……我忘了这不是在我自己家里……"

他深情地握紧他们的手。然后他们下楼。梅耶尔先生站到三个在玩扑克牌的人后面,他们面前堆着厚厚的钞票。

"我可以加入吗?"

"再过几分钟……"

他过去找一把椅子,满足地长舒一口气,坐下来,好像刚刚在小客厅发生的事让他筋疲力尽了。

"你过来一下好吗?"

布拉西耶把合伙人带到花园深处。一些客人在那里玩滚球。他们在一丛树后面找到一个安静的角落。

"你想说什么?"

"我还不知道。"

"无论是对我还是对你,这都是一次好机遇。而且这并不会破坏我们的独立性。当然老梅耶尔先生也没有失去什么。这是一个狡猾的人。我认识他很久了……但是,说到底,还是我们获利大。一旦合同签好字,我就得去多维尔转一圈,看一下那个商店,看一下我们从中能得到什么……"

他友好地拍了拍塞勒兰的肩膀。

"你会看到的……我们俩将走得更远……想到作坊……我估计你将要摆脱只有三个同伴跟你一起工作的状况了。"

他不想谈话。他并不为自己感到自豪。他甚至不知道自己为什么要答应。他本来有自由,有一个手工艺人的自尊心,但他刚才把这份自尊卖掉了。

"我想我该回去了。让-雅克可能一个人在家里。"

"他最近怎么样?"

"他在准备中学毕业会考,九月份就会动身去英国读书。"

"去读多久?"

"如果我没记错的话是六个月……他想在去美国读大学之前提高英语水平……"

布拉西耶惊愕地看着他。

"他已经要读大学了吗?我记得不久前他还是个小男孩……他喜欢船只,做些小模型……那马莱娜呢?"

"我想中学毕业会考之后,她也会飞去国外的……"

"这一切来得真是太快了!"

"是啊……不要想着明天或是明年似乎很远,它们会突然就来到我们面前……请你帮我跟梅耶尔先生道个歉……对于其他客人，他们都不认识我，也没有注意到我的出现……"

"老兄，晚安……很感谢你能来……"

他在跑车和加长豪华轿车中找到自己的小汽车。两个穿着制服的司机在吃着小点心，点心可能是厨师给他们送过来的，他们把手放进鸭舌帽里。

赛车。阳光依然暖煦。他看了看自己旁边的座位，阿内特本应该坐在那里。她从来没有想过要开车，因为她总是说自己注意力太不集中。

确实是这样。要是你仔细观察，会发现她无论在做什么，思绪似乎都在远方。

有时候塞勒兰会突然问她：

"你在这里吗？"

她哆嗦一下，然后看着他，好像刚刚从睡梦中走出来。

"你为什么这样问我？"

"因为你好像已经到距离这里有一百英里的地方去了。"

阿内特会建议他签这份合同吗？她很少跟他谈论生意上的事情。他跟她描绘他正在做的珠宝时，她还是一副心不在焉的神情。她说：

"好……好……肯定会很漂亮的……"

他很生气。他和她一起生活了二十年，但是他没有真正了解她。难道这是他自己的错吗？难道是他太专注自己的工作了？

或者她在秘密地过着自己的生活？

因为堵车，他开了很久才到巴黎。他要是再晚一点离开堵车会不会不那么严重？

他可不想像布拉西耶那样买一栋别墅。穿上著名裁缝剪裁的衣服都会让他感觉不自在。他的公寓已经布置好家具，还能添置的就是一两张桌子。

也许换一辆再大一点再快一点的汽车能让他女儿开心？他决定从今以后要更多地照顾她。为什么星期天不去出游呢？他们可以周六中午出去，在一个四周风景如画的旅馆过夜……

他这样梦想着。他知道现实是另外一回事，他的女儿和儿子都有自己各自的生活，他们和同龄的同学在一起玩得更开心。

他们两个都很爱他，但是他们应该把他当作了一个喜欢待在家里的怪人，他活在真正的生活的边缘。

在这一点上，他和阿内特不是一样的吗？他有自己的作坊，小小的工作台就像他的另一个家。而阿内特把自己完全奉献给了那些老人和残疾人。

这些想法总是在他脑子里挥之不去，就像偏头痛那样纠缠着他。

为什么？

他们如果是正常的夫妻，可能会花更多的时间陪孩子。但他们根本就不是正常的夫妻。例如，除了早上和晚上，他们从不拥抱。

他也从来没有看到过妻子洗澡。她穿衣服脱衣服时，希望塞勒兰离开卧室。

他仿佛又看到阿内特在孚日广场的餐厅里，那是她头一次愿意和他共进晚餐。她看起来那么的弱不禁风。

阿内特睁大眼睛看着他，眼睛里流露出一种担忧。

他本来想把阿内特抱在怀里，跟她说两个人的生活是多么令人兴奋，请她不要害怕。

后来她可能多了一些信心，但是塞勒兰确信，到目前为止，阿内特还从来没有完全把自己全身心托付给他。他是阿内特的丈夫。阿内特很爱他。他们拥有两个完全不让他们操心的小孩,他们还幸运地找到了娜塔莉这颗珍宝,她能为他们排除一切困难。

塞勒兰迫切想理解妻子。他极力在记忆中搜寻那些虽小却有意义的事情。

她在诊所生下让-雅克的时候……第一天,塞勒兰用指尖摸一下小孩的脸蛋时,感觉妻子在监视他……

到了第三天第四天,他想轻轻吻一下婴儿的额头。

她说:"最好还是不要吻他吧。"

"但是你吻了?"

"我是他母亲……"

好像小孩只属于她一个人,和塞勒兰毫无关系。

她从不当着塞勒兰的面给婴儿喂奶,她会到卧室去。

这意味着什么?马莱娜出生后情况依然如此。是她给孩子取名字。她只是简单地说道:

"我们叫他让-雅克……"

然后是:

"我们叫她马莱娜……"

他明白这没什么好争论的。他有时甚至觉得这很正常。孩子们还很小的时候,阿内特把所有的时间都奉献给了他们,别人说她就是为拥有一个大家庭而生的。

几个月之后,她又出去工作,把孩子交给娜塔莉。

不是给他,而是给娜塔莉。

阿内特对他没有信心吗?阿内特对他有什么不满吗?

他发现儿子在客厅里听音乐。

"就一会儿……"

他让唱片停下来。

"我需要放松放松。真希望考试能再晚个两周举行……"

"这在人生当中只有一次。"

"你相信这个吗？我申请的大学可能需要我参加一个入学考试……这一次，是用另一种语言，不是法语……"

"我能问一下你为什么更想去美国读大学吗？"

"我想了解两个大陆……选择哪所大学无所谓，反正都会是一次有益的经历……"

"你能在假期回来看我们吗？"

他微笑着说道："如果你能帮我付路费，当然没问题……"

"昨天我可能还不能给你肯定的答复……但是今天，我刚刚谈好一笔生意，这笔生意会让我赚足够多……"

"我希望你能继续干原来的工作，你会留着作坊吗？"

让-雅克小时候经常去那里，对各式各样的微型工具赞叹不已，也惊叹于巴黎的房子。

"太美了，这里……"

"是的，儿子。我保留了自由。但我会和巴黎最大的珠宝商合伙，我们将在多维尔开一家商店……一家只卖珠宝的商店……"

"那布拉西耶呢？"

"我们当然还是合伙人……"

"多维尔那家商店也是你们合伙的项目吗？"

"是的……"

他儿子对此似乎不高兴。

第 五 章

现在他来到作坊后谈话会戛然而止，每个人和他打招呼时似乎都没有以前那么亲切了。这是对不幸男人的尊敬吗？他觉得，他们除了这样还能做什么呢？

他已经意识这一点，但是不能有所反应。他想强迫自己多说话，但这根本不是他的性格。

是什么压垮他的？他可能会答：

"所有的事情！"

首先是妻子的死，他一直感觉身旁有个地方是空的。这是他一天早上穿衣服时感觉到的。阿内特的牙刷还在杯子里。然后他打开大衣柜找整套西装时，在衣柜左边看到了妻子的衣服。

娜塔莉在阿内特去世几周之后问他：

"先生，这些衣服怎么办？有很多可怜的女人需要衣服……"

"我想在每个地方都留一样东西……"

她的牙刷，梳子……房子里面到处都是阿内特的小物品……

马莱娜已经跟母亲一样高了，曾经问母亲能否穿她的羊毛套衫，但是她母亲竟然拒绝。马莱娜为此感到很惊讶。

"但是既然这些东西已经没用了？"

对于塞勒兰来说，只要他妻子的东西还在原来的地方，房子里就还有她的一部分存在。有时，他会突然转过身去，以为妻子还会走过来跟他说话。

有一种想法像一阵阵针扎似的烦扰着他：他和阿内特一起生活了二十年，却并未真正了解她。

难道这是他的错吗？难道是他不能给一个女人带来幸福吗？他理所当然地认为他们相爱，并且对此感到满足。他现在想到的是，阿内特是不是更愿意过另一种生活，他是不是应该给她更多的关怀。

他完全专注于作坊。阿内特完全投入在社会公益工作中。夜晚来临，他们回到家了之后，并没有什么可以互相倾诉的。

他们有点像家庭式膳宿公寓的两个房客，吃饭时相聚，但也只是安安静静地吃饭，然后躲到电视机前面看电视。

他比妻子更了解孩子吗？让-雅克就要出发了，投身于一个完全不同的环境，他这完全是在躲避父亲。

他能回忆起自己童年的一些什么事情呢？

马莱娜也走了之后会怎么样呢？

空虚……

他继续工作。他工作得更刻苦了，好像在接受挑战。

同事们观察着他。他们窃窃私语道：

"他又过了一个痛苦的晚上……"

或者是：

"今天早上他好多了……"

布拉西耶将近十点钟时到了,他跟科坦特斯夫人打了招呼,科坦特斯夫人正在做发票。然后他走进作坊,绕着作坊仔细察看了一圈。

"这里确实没有地方再多放一个工作台了……我想通知你我要去多维尔,我要把科隆麦带过去……他是一个时尚的室内装潢师……商店应该装潢得十分现代……"

塞勒兰对这件事已经不再感兴趣了。

"我们将在星期四签合同……我觉得签合同还是在办公室比较好,但是梅耶尔先生坚持要我们和他一起去银塔餐厅吃午餐,他要在那里预订一个包间……陪他一起去的还有他的律师,布鲁泰特律师,这是为了防止我们提出一些反对意见……他想要我们这边也请一个律师过去……"

"带律师干吗?"

"我正是这么跟他说的……"

"有件事我是一定要坚持的。那就是店内不得销售系列珠宝……"

"我已经跟他说了。"

"他同意了吗?"

"这关系到的不仅是我们的利益,还有他的利益……我要走了,因为一刻钟之后我和科隆麦有个约会,我们得马上出发……"

第二天,布拉西耶无比兴奋又迫不及待地来到赛维涅街。

"商店比我们预想的还要大……应该留一个十分精致的隐蔽空间……商店位于赌场的对面,离诺曼底只有一步之遥……"

包间的墙壁完全被细木护壁板覆盖,房间看起来庄严朴素,但又不失奢华。梅耶尔先生把他们介绍给他的律师,那是一位非常年轻的律师,可能才三十几岁,但是大家对他有足够的信心。

"我们先吃饭吧。吃饭之前先来一瓶波尔图葡萄酒怎么样?"

服务员给他们上了用大玻璃杯装的年份很久的波尔图葡萄酒。梅耶尔好像对塞勒兰很满意,他两次友好地拍了拍他的肩膀。

"我很高兴能见证这一好事,并且有幸见到这位鼎鼎有名的天才……"梅耶尔的律师说。

菜已经事先点好。他们吃了塞碎肉的龙虾,还在等出名的血鸭。

"科隆麦说了什么?"

"他已经有了一些想法。从现在起之后的一星期,他会给我们看几张最初的草图。商店将焕然一新。"

塞勒兰吃着他不知道具体是什么的甜点。里面肯定放了甜烧酒,但他吃不出是哪一种甜烧酒。

"来点上等烧酒?"

"不要了。我还要工作。"

"您呢,塞勒兰先生?"

"我也不要。"

梅耶尔点上香烟。侍应部领班把桌子上的碗碟撤走。律师过去拿他之前放在一个角落的公文包。

"我开始读吗?"

"您读吧,好……等一下……再给每个人复印一份,好让大家都能跟上你读的内容……"

总共有五页打印出来的大开纸张。

"签署人……"

塞勒兰认真地听着。布拉西耶点燃香烟,好像有点怯场。

在签署这类合同时应该考虑到的都写进去了,梅耶尔还将给塞勒兰投保人寿保险。这一条款并不适用于布拉西耶,好像他没有那么必不可少。

合同也说明不会售卖或者展出与赛维涅街相同的珠宝。

"好啦！我希望我考虑全面了……最重要的是生意得让各方都获利，我们就是秉持这种精神拟合同的……"

布拉西耶说道：

"我不是很明白第七条……您规定合同三年期满后你可以要求解除合同……为什么这一条是单方的？"

"因为是我承担店铺的所有费用，而且这一费用很高。在最初的几个月，甚至是第一年，我们可能会亏本，这些损失是我承担的。我只能这样考虑，也请你们理解。一切计划都不会如我们所想的那样一帆风顺。

"所以我给合同定了三年的期限。如果三年过后，我们还是处于亏本的状态，那我有权解除合同，有权从这项生意里抽身出来，而你们可以另找投资人。"

他把烟从嘴巴里抽出来。

"还有疑义吗？"

布拉西耶说："我这边没有了。"

塞勒兰小声说道："没有了。"声音那么小，别人几乎听不到。

律师从口袋里掏出一支金色的笔，递给梅耶尔先生。他同时又拿出第四份合同复印件。

"您在这里签名……"

"我习惯了，您知道……"

然后轮到布拉西耶签四份合同，最后是塞勒兰。

梅耶尔应该是按了装在机织割绒上的铃铛。膳食总管像变戏法一样出现了，还带来了一九二九年的香槟。

"塞勒兰先生，生意就是这样谈的。星期天上午，我还不认识您。今天是星期四，我们已经是实实在在的合伙人了……"

塞勒兰大笑起来。

"为我们的新公司干杯！"

塞勒兰连着喝了三杯，好像是为了挑战自己，也可能是因为其他原因。他饭前喝了作为开胃酒的波尔图葡萄酒，饭中也喝了红酒，此刻他已经有些摇晃。

塞勒兰突然站起来，没有对任何人说再见就离开了。他忽然被悲伤情绪击中。阿内特要是知道他参加了这样一个仪式，会怎么想呢？她会不会站在他的角度来看他呢？他漫无目的地漫步街头。他走到自己居住的那个区附近。他整个一生都很少喝酒。他都不记得自己有没有喝醉过。

拉图尔内勒码头尽头，他走进一个小酒馆，然而他的步伐是迟疑的。

"来一杯白兰地。大杯。"

他把手靠在吧台上，看着酒瓶后镜子里的自己。老板只穿了一件衬衣，系了一条蓝色围裙。酒馆里只有一只红棕色的猫，它走过来用身体蹭他。

他低声说道："瞧！这又是一个对我感兴趣的……"

然后他重新看了一下镜子里的自己。老板刚刚接待过别的客人，所以心情还不错，跟他聊起天来。

"嘿，这不是今天的第一杯吧？"

"第一杯什么？"

"第一杯白兰地啊……"

"好吧，先生，您弄错了。我刚刚只是喝了一点一九二九年的伯瑞香槟酒……三杯……不，是四杯……在这之前我还喝了点尚贝丹……在喝尚贝丹之前……我也不知道了……"

"您想要告诉我您刚刚从银塔餐厅出来吗？"

"再对不过了……在一个包间……我现在有点醉了……我可能早就醉了，当我妻子死的时候，但是我那时没有想到这一点……再给我倒满……"

"您相信吗？"

"不要害怕……我不会大吵大闹的……我不是个会伤害别人的人……您明白吗，不伤害别人……"

他对着镜子里自己的脑袋伸了伸舌头。

他几乎都点不着香烟，因为他的手在发抖。

"我住在河的另一边，博马歇大街，但是我不会马上回去……我还得去作坊……他们一直需要我……那些家伙很有才华，他们是巴黎广场最好的金银匠……"

"您是金银匠吗？"

"是的，先生……而且，从今天开始，我将拥有自己的商店了……你觉得我的商店会在哪里？"

"我不知道……"

"在多维尔……我从来没有去过多维尔……好像那里有更好的客户……"

他不停地说着，同时也想哭。

"我该给您多少钱？"

"三法郎八十生丁……"

他翻开口袋，找到硬币。

他在往门口走之前说："您是一个好人……"

他一边穿过塞纳河一边注意着车辆。

"家里发生过一次事故已经足够了……"

然后他笑了。

"梅耶尔还没来得及签保险单呢……"

可恶的梅耶尔打算给他买份保险,以防他遭遇不测。

"我倒要看看我值多少钱……"

他很想赶走这些糟糕的想法。他还能够使妻子复活吗?妻子已经死了。每个人都会死。她被葬在伊夫里墓地,他选了一块不引人注目的墓碑竖在墓上。他总有一天会去找妻子的。

孩子们只想着自己。他们没有真正关心过他。就是这样。让-雅克建议他再婚,好像做鳏夫是件很可耻的事。

要是他想就这样继续做鳏夫呢?

他又来到市政厅前面,去见玛曼夫人。她是负责人。她长得就像是干这一行的。阿内特应该是她最喜欢的员工之一。所有人都喜欢阿内特。大家都怜悯地看着塞勒兰。她的身躯那样瘦小那样弱不禁风,但她精力充沛。她从来不为自己想。她都是为别人想。

那么他呢,别人是怎么看他的呢?别人从来就不会注意到他,作坊里的同事和娜塔莉除外。

娜塔莉很爱他。不过娜塔莉年纪很大了,不可能再工作很久了。她死了之后他怎么办呢?

这些是他不喝酒时想都不敢想的问题。他不仅是个鳏夫,将来还会成为老鳏夫。他将一个人出现在社区里,买一个人吃的食物……

他又回到赛维涅街,他扶着栏杆,慢慢地爬着楼梯。科坦特斯夫人惊愕地看着他进来。他明显喝多了。

"到作坊里来……我有个重要消息要告诉大家……"

她局促不安地跟着进去。大家觉得有人喝醉了很正常，但他喝醉了就不正常了。

大家从来没有看到他喝醉过，他勉强站直身体。

"好啦，孩子们……事情已经弄好了，大家都会感兴趣的……我刚刚，当然，是和布拉西耶一起，签署了一份十分重要的合同……

"装修一旦结束，我们就会在多维尔拥有自己的商店，就在赌场对面……那家商店只卖我们这个作坊做的珠宝……"

他们盯着他，不知道应该高兴还是忧伤。

"我们将和梅耶尔合伙……当然不是与他在香榭丽舍大街上的生意合伙……而是在多维尔的商店……你们不为我庆祝吗？"

"我们怎样满足客户的要求？您要再招工人吗？"

"我们把新工人安置在哪儿？"

朱尔·达万不信任地问道：

"您没打算带头换掉作坊吧？"

"我只要还活着，就不会……我是在这里开始的，我要在这里一直做到死……"

他对皮埃罗说：

"去弄两瓶酒来……我们喝几口……"

工人们惊愕地面面相觑。他们不知道应该怎么想。他们对塞勒兰有太深的感情，所以看到他这样不禁担心起来。

"多维尔的事情是真的吗？"

"您觉得我去哪里吃午饭了？银塔餐厅……然后，午餐之后，律师看着我们三个人签的合同……有时可能需要加几个小时的班……但是我立即，从下个月开始，给你们每个人加工资……"

"布拉西耶说了什么？"

"布拉西耶先生什么也没说。是他还是我要被投人身保险呢？因为，没有我的话……"

他的眼睛里涌出泪花。

"我是个傻瓜……我喝太多了……我喝了很多，但感觉很好。我说话时像个醉鬼……"

科坦特斯夫人建议道："要不要我给您泡杯咖啡？"

"咖啡让我想吐……算了！我已经开始了……我得坚持到底……达万，如果我能站稳，请你把我送到出租车上去……"

皮埃罗买了酒回来，其他人更加担忧地看着老板。他们开始喝了。他也喝了。

"干杯……为我们的新商店干杯……"

他们都喝了，带着一种悲伤。

"从现在开始，我们得飞快地干活，为了商店开张时有库存。"门铃又响了。过道的门被打开，塞勒兰叫道：

"哟！帕皮娜夫人……"

"是帕皮。"她纠正道。

科坦特斯夫人试着去解围和关门，但是他把她推开了。

"您是不是要去多维尔度假啊？"

"我在三公里外有栋别墅……"

"那好，从今往后，您会在那里找到一家只卖我们珠宝的商店……"

"你们要搬到那里去吗？"

"永远不会！拿着。和我们喝一杯……我们在庆祝这家商店……"

科坦特斯夫人跟她做手势，表示她无能为力。

"不要害怕……就一口……"

她喝了一口，觉得一阵恶心。

"您今天给我们带来了什么？"

她看着科坦特斯夫人，好像是想问她自己接下来该做什么，科坦特斯夫人对她做了一个小小的肯定的手势。

"一块绿宝石……原来镶嵌在一条十分古老的项链上。应该是我姨母从她母亲或者祖母那里继承来的……"

她从包里拿出一块用薄纸包住的十分漂亮的绿宝石。

"您想把它变成什么？"

"做戒指的话太大了……我觉得首饰别针应该可以……"

"就待在这里……等一下……我马上给您画出别针的样子……"

他歪歪斜斜地往画板方向走去，在一张纸上画出宝石的轮廓。

"您想要很现代的东西吗？"

他拿起笔开始画，他也不知道自己会画出什么来。

他停下来喝点酒，把杯子喝空了。

"请不要不耐烦，不要害怕……我是醉了，但我清醒得很……呃，我刚刚说的话很滑稽吧……但这是事实……"

"精致的笔画代表小草和麦秆……给我点时间画宝石……"

他把宝石放在草图中央。

"当然，这只是张草图……这里代表的是个鸟窝……一个用单线条勾勒的鸟窝……归根到底，大家会见识到您那块宝石令人赞赏的绿色……"

所有人都看得入迷了。就在短短几分钟的时间里，在大家的眼皮底下，塞勒兰创造了他最漂亮的作品之一。

朱尔·达万和他一起坐出租车去他家，因为他好像已经不能独自回家了。他最后还是从口袋里掏出钥匙,但没能插进钥匙孔里。

"现在到你家了……我想你还是赶紧去睡觉,明天就待在床上休息一天吧……老兄,再见了……"

达万是唯一一个称他为"你"的人。他们一起在圣奥雷诺街工作,达万五十四岁,比他年长。

塞勒兰把他拉回来。

"先别走……听我说……我应该立即就请你喝一杯……不!我就要……不要忘了今天是个值得纪念的日子……"

他非常开心找到了这个词,他一边笑一边说。

娜塔莉过来抓住他的手臂,并示意达万快走。

她说:"来吧,如果您还想喝,我陪您喝。您的朋友已经喝得烂醉,不能再喝了……"

他既吃惊又高兴地问道:"达万吗?"

"我不知道他的名字,但是我看到他走路都摇摇晃晃了。"

孩子在各自的房间里,这时候应该正在做作业。

她把塞勒兰带到他自己的卧室。

"好好待在这儿。我马上给您拿酒来。"

她真的马上就把酒拿了过来。塞勒兰目光呆滞,半天没有动静。

"您不和我干杯吗?"

"您知道我不应该喝酒的……"

"您听到我说的那个词了吗?"

"哪一个?"

"纪念……今天是个值得纪念的日子……我在银塔餐厅吃了午餐,签了一份合同……"

"把您的外套给我。"

他思绪翻飞。

"娜塔莉,告诉我……您是我的朋友,我最好的朋友,我真不知道要是没有您我该怎么办……您也是我妻子的朋友……她应该对您说了很多知心话……"

她帮塞勒兰把领带解下来,让他坐在床上。他就像个小孩一样任由娜塔莉摆布。

"您觉得她爱我吗?我说的是真正的爱,您明白我的意思吗?"

"我确定她爱您……"

"您这么说不是为了让我开心吧?我是个粗俗的男人……我在养猪场出生,在那里长大,我没受过多少教育……而她,她很精致……这个词用在她身上很合适……精致。"

他瞟到床头柜上的杯子里还有一半的酒。

"您可以把杯子递给我吗?"

他一饮而光。最困难的是给他穿上睡衣。他那么沉,而他自己帮不了娜塔莉。

"现在请您赶紧睡觉。如果您还需要什么,请立即叫我……"

"孩子们在哪儿?"

"在他们的房间里……正在写作业……"

"别让他们看见,我真的感到羞愧……"

"他们不会看见您的……睡吧……"

她蹑手蹑脚地走出房间,塞勒兰的眼睛差不多已经闭上了,他张大嘴巴开始打呼噜。

事实上,娜塔莉已经跟马莱娜和让-雅克说他们的父亲提早回来了,他觉得自己有点咽峡炎的征兆,所以已经上床休息了。

"你们不要把他吵醒了……"

晚上她两次起床过来看一切是否都好，两次都看到他都睡得很沉。

他真是筋疲力尽。他竟然没有做零零碎碎的梦。他时不时翻过身，接着整个身子一下子倒下去，床垫里的弹簧颤抖个不停。

六点钟，他像往常一样睁开眼睛。他看到阳光透过百叶窗漏进来。他坐在床边，感到头疼难忍，他以前从未体会过这种头痛。

他的眼睛也疼得厉害，他好不容易才把一些回忆拼凑到一起。他出神地看着自己的睡衣。他不记得自己何时被脱下了衣服，更不记得自己什么时候穿上了睡衣。

他摇摇晃晃地站起来，摸索着朝浴室走去。他看到镜子里的自己的那一霎那，吓了一大跳。他的胃剧烈地痛起来，他靠在洗脸盆上试图吐出来，但吐不出来。

药品箱里有阿司匹林。他就着一杯水吞下三片阿司匹林，这杯水让他又一阵恶心。

他之前喝了科尼亚克白兰地。嘴里似乎还有那种酒的味道。但是他在哪里喝白兰地的呢？他想不起来了。

他头晕得厉害，所以又睡下了。他几乎马上就睡着了，再次醒来时，闹钟指向十点钟。

他光着脚下了床，将门打开一半，叫道：

"娜塔莉！娜塔莉……"

娜塔莉没有马上过来，他有种自己被遗弃了的感觉。

纪念……

为什么在他的脑海里会浮现出这个词？除了他喝醉酒这件事情，还有什么值得纪念？

他身上裹着床单，而娜塔莉看上去精神焕发。她系着方格棉布围裙，头上围了一块做家务时候围的头巾。

"您感觉怎么样了?"

"不好。我觉得很羞愧……"

"如果所有喝多了的人都感到羞愧,这个地球应该已经成了一个流满泪水的河谷了。"

"娜塔莉,是谁帮我脱掉了衣服?"

"我啊。"

"孩子们看到我了吗?"

"他们都没有进您的房间……我跟他们说您着凉了,想早点上床休息……"

"请您帮我泡一杯浓咖啡好吗?"

"您刚才叫我时,我就已经把开水倒进咖啡壶了。"

他坐在床上,背后靠着枕头,头发乱蓬蓬的。他觉得自己完全仰仗娜塔莉。他就像个小男孩,乖乖地等着娜塔莉。

"小心。很烫……"

"您已经出去买过东西了吗?"

"我已经打电话给肉店老板了,他会把肉送过来,还要买点蔬菜……"

"您是不是害怕把我一个人丢在家里?"

"您可能会需要我。"

"我昨天晚上没有让您觉得恶心吧?"

"没有啊!您表现得很有分寸……"

"我说了些什么?"

"您说您刚签了一份合同……"

"这可不是我的想象。我确实签了一份重要的合同……我想想我是怎么签的……是布拉西耶让我签的……"

"您至少没有卖掉作坊吧?"

她不喜欢布拉西耶。因为她觉得这个人太有野心了。她看不懂埃夫利娜。她是这么说她的:

"她是只知道关心自己容貌的那种女人。我肯定十年前她做过整容手术,把脸上的皱纹去掉了。她整天都干了什么啊?"

"没有,我没有卖掉作坊。相反……等等……我觉得……对,我在作坊时,我们最好的顾客之一来了……我不记得我在她面前是什么样子……但愿我没有说过多的蠢话……"

咖啡让他觉得好多了。

"我可以再要一杯吗?"

他那么谦恭地提出这个要求,娜塔莉忍不住温柔地笑了。他就像个做错了事的大孩子,想尽量寻求大人的宽恕……

他拨通赛维涅街作坊的电话。

"喂!科坦特斯夫人吗?请您帮我叫达万过来接电话……"

他听到脚步声渐渐远去,又渐渐清晰。

"喂!"

"朱尔?很抱歉打扰你。我今天上午可能不去作坊了……"

"没关系……"

"嘿,我昨晚真的喝醉了吗?"

"醉到不行……"

"那告诉我……我没做什么蠢事吧?"

"完全没有……"

"我有个模糊的印象,我好像看到了帕皮夫人……"

"你叫了她帕皮娜,但很快就改口了……"

"我跟她说了什么?"

"你告诉她说你很快就会在多维尔有家商店……她想知道你是否还会待在巴黎,你是否还会继续为你的顾客服务……"

"我完全不记得这些了。"

"还有更精彩的呢……你会看到的……她带来一块二十克拉的绿宝石,那是她从姨母的祖母或是曾祖母那里继承过来的……她问你能不能把那颗宝石镶嵌在一枚别针上……"

"你盯着宝石看了好大一会儿,然后冲到画板前面,很快就画满了整张纸。大家刚开始以为你是乱涂乱画……不到五分钟之后,你把宝石放在画的中间,那是你创造的最美的珠宝之一……"

"你确定我没做荒唐可笑的事,使人不愉快?"

"我确定。你乖乖地让我们把你送进出租车。我陪你回家了,因为你一直在说还要再喝一杯科尼亚克白兰地……"

"我知道我喝了科尼亚克,但是不记得什么时候在哪里喝的了……"

"我也不知道。您在作坊时让人去买了两瓶葡萄酒。"

"他们说了什么?"

"谁?"

"同事们。"

"什么也没说。他们有点惊讶。大家第一次看到你这样……他们也害怕你去多维尔定居,因为你一直不停地在说一个令人惊叹的合同,和一个在多维尔的商店……"

"确实是真的。我们会在那开家商店,但是我们会继续在巴黎工作……谢谢你,老兄……请跟他们转达我的歉意……也对科坦特斯夫人说一下……"

娜塔莉站在他面前,两只手交叉放在肚子上。她看着塞勒兰喝下第二杯咖啡，这一杯似乎没有之前那杯那么苦。

"昨天我跟您说了很多话吧？"

"没多少……"

"我一点也记不起我说了什么……我能记起来的最后一件事是派了个学徒去买两瓶酒……"

"我在想，总归来说，这对您还是有好处的。"

"为什么？"

"您之前几周过得太紧张了，把自己完全封闭起来……"

"我一直在想阿内特……"

"您可以继续想着她，但这不再是个摆脱不开的烦恼……"

"我觉得我没有像我本应该做的那样对她……"

"您的意思是？"

"我想了很多……一个女人需要的是温柔，细心的照顾……对于我来说，这再简单不过了……我觉得我们既然是相爱的，那我没必要总是去跟她重复我爱她……她那么脆弱、敏感，我就在她身旁，却完全没有意识到这一点……"

"恰恰相反，您很温柔……"

"还不够……现在，我很内疚……"

"您没必要自责……她需要做点自己的事情，总的来说，我觉得她比您坚强……"

"我们怎么处理她的这些衣服？"

他终于明白他不能永远把衣服留在衣橱里。他每天早上看到那些衣服悬挂在衣架上，觉得它们就像一个个空荡荡的身体。对于他来说，这确实是个打击。而把衣服压缩到行李箱里再放到阁楼上去，绝对是最坏的解决办法。就像第二次埋葬。

"我们可以把衣服给谁呢?"

"我在一些商店里看到一位身材十分矮小、但是却非常有干劲的夫人,她是个寡妇,有两个很小的孩子。她把两个孩子都抱在手上……我不知道她的地址,但可以问肉店老板……"

"就这么处理吧……把阿内特的所有东西都给她吧。"

他昨天晚上如果没有喝醉,可能不会采取这种措施。他的头痛没那么厉害了。但是胃还是隐隐作痛。

他最后提出顾虑。

"我要是在街上碰到她刚好穿着我妻子的裙子怎么办?"

"您不会注意到的。夫人没有买过专卖店的衣服,她买的衣服都是批量生产的。"

他赞同道:"确实。"

和娜塔莉说一会儿话让他感觉好多了。他把这些东西看得太重了。

"您知道……她就是我的一辈子……"

"我一直都知道……"

"但她没有爱得那么深。她曾经是我妻子……她像一个妻子应该爱丈夫那样爱着我。没有更多了……是这样吗?"

"我不敢跟您说得太多,因为我们永远不知道别人心里和脑子里是怎么想的……不要忘了,她对工作投入了全部的精力……她是穷苦人的姐妹……"

"孩子们没有说起她吗?"

"很少。有时也说,比如我做意大利面条,他们就会说:'这是妈妈最喜欢吃的……'"

"您已经知道我们即将失去让-雅克了吧?"

"他几星期前就告诉我了……"

"他也把这事告诉他母亲了吗？"

"我觉得没有。他跟母亲不是很亲密，他更愿意跟我说知心话……"

"几年后马莱娜也将远走高飞，到时候就只有我们两个人相依为命了……"

"到了那个时候，我可能需要一根手杖甚至是拐杖来走路……"

"我到时候会请个小保姆来帮您……"

"您还真以为我会接受一个小保姆来做我的跟班啊！您要么把我一直留在家里，要么把我送去敬老院……"

难道是饮酒过度引起的口干舌燥让他更敏感了？他突然哭了起来，眼泪止不住地往外流。

娜塔莉就这样地看着他，什么也没说。这让他感觉很好。他没哭多久，把脸藏在手后面，说了一个词：纸巾。娜塔莉给他拿了一张过来，然后又给他递来一条清水浸润过的毛巾。

"把毛巾放在额头上……"

他一直被认为是个坚强的男人，然而这几周他一直没能找到生活的平衡点。

"我应该表现得像个伟人……"

"我去给您放洗澡水。您可以在水里多待一会儿，如果您的手抖得不是很厉害，您可以自己刮一下胡子……"

"我的手发抖吗？"

"有一点。这很正常。"

"我没有在这里喝科尼亚克白兰地，对吗？"

"我只给您端了一杯红酒。如果我拒绝给您酒，您可能会生气，而孩子们当时在自己的房间里……"

她走过去打开水龙头。塞勒兰听到了水流那熟悉的而又令他安心的声音。

"您洗澡的时候,我去热蔬菜了……"

"现在几点钟了?"

"还不到十一点……您少穿点,天气很热……我还是建议您不要整天都待在床上。您还是去作坊吧,这样对您应该好点……"

"是的,我也这么觉得……"

他很想拿起娜塔莉的手亲吻一下。娜塔莉走过去关上水龙头。

"首先请您站起来,让我看看您能做什么……"

她说这话时语气就像在开玩笑,但是她心里确实就是这么想的。塞勒兰站起来,一直走到窗边,又走回来。

"怎么样呀?我通过考试了吗?"

"嗯……我可以让您一个人待着了……"

他花了很长时间刷牙,希望能把嘴里难闻的气味去掉。然后他脱掉睡衣,躺在浴缸里。

他的脸刮得比平时更干净,他穿上自己最好的一套西装,戴上一条浅色领带。他想精神饱满地出现在孩子们面前。

马莱娜先回来。

"啊!你起床了啊?"

"昨天我的感觉错了。昨天下午,我觉得喉咙里不舒服,担心又要犯咽峡炎……"

"哇,你今天真雅致!你要去见谁?"

"同事们……"

让-雅克这时也回来了,惊呼道:

"你起床了啊?"

"你看……疾病不接受我……"

孩子们确实没有见过他一整天都待在床上。

他吃饭时喝了一杯红酒,他觉得这有益于他的身体。

"你什么时候会考?"

"三天后……"

"我敢肯定你会以非常优秀的成绩通过……"

"我也想像你一样肯定……但形势越来越严峻了……"

他回到工作的街道,看到斑驳的阳光,他感觉自己似乎很久没有看到过阳光了……他与行人擦肩而过,他对他们一无所知,他甚至不去看一下别人。每个人都有自己的弱点,有时候还有点英雄主义。

他对科坦特斯夫人大声叫道:"早上好!"

科坦特斯夫人婚后第三年就失去了丈夫。她的丈夫是个军官,他在森林里撞到一个树枝,从马背上摔了下来。

她全心全意地投入到工作中,渐渐又找回平衡和好心情。

他一边走进作坊一边大声对大家说道:"大家好!"

他突然看到自己前一天画的草图。达万没有骗他。这是他在职业生涯中创作的最好的作品。

第 六 章

他一个人在起居室里,坐在电视机面前,反复思考。然后他听到旁边有人在动。是马莱娜,她静悄悄地走进来,所以塞勒兰刚才没听到。

她羞怯地把自己的手放在父亲的手上一会儿,然后小声说道:

"我在假期去朋友家的别墅玩一段时间不会让你很伤心吧?能和你去波克罗勒岛同样让我很开心……"

他沉默了一会儿。电视机屏幕上出现一群牛仔。

"让-雅克会和我们一起去吗?"

"我不知道。他还没有谈起过假期。我让他自己安排吧……他可能也有一些朋友……"

"你真是个好父亲。"

然后她在父亲脸上亲了一下,啪一声响。

她和让-雅克可能都注意到父亲自从母亲死后生活得很忧郁,但因为腼腆，这两个孩子都不怎么敢亲近父亲。

那天晚上他睡得更好了。第二天早上他注意到衣橱和衣柜的抽屉里阿内特的东西都被清空了。他不知道自己听从娜塔莉的这个建议到底对不对。

像往常一样，他先吃饭，因为他得第一个出门上班。他在博马歇大街的一个角落碰到一个穿着制服的警察。他转过身，认出那个警察就是费尔璐队长，就是告诉他坏消息的那个人。队长也转过身来。

塞勒兰开玩笑地说："这里似乎不是您的辖区啊？"

"是的，我上班之前先来这里办点私事。"

他仔细地盯着塞勒兰一会儿。

"您好点了吗？"

"挺好的，像我可以的那样好。"

费尔璐犹豫着，最后说出了他很想问的问题：

"您去过华盛顿大街吗？"

"去那里干吗？"

警察似乎很后悔刚刚说出的话。

"我不知道……比如，去您妻子出来的那个房子……"

"您确定她是从那条街的一座房子里出来的？"

"不管怎么样，有两个证人可以证明这一点。"

"您已经调查过了？"

塞勒兰一头雾水，心想警察是不是对他隐瞒了什么事情。

"她是否是从一栋大楼里出来，或者她是不是从更远的地方出来都与我们无关。我们的调查只关心事故本身……"

塞勒兰焦虑而又怀疑的眼神让他感到很不舒服，他赶紧握住塞勒兰的手。

"不好意思。还有人在巴士底狱广场等我……"

队长没有提供任何信息。他只是提出了一个问题,但是这个问题足以让塞勒兰心绪不宁。他是不是应该亲自去问一下那些证人呢?他对那个问题一点都不关注的态度是不是让队长很是惊讶呢?

赛维涅街的作坊里,所有人都已经开始工作。朱尔·达万忙着给帕皮寡妇镶嵌首饰别针,这个别针镶嵌起来很麻烦。

"有什么新情况吗?"

"没有。一切都好。"

"我上午会出去一会儿……"

他很遗憾地说出这句话。他一点也不喜欢将要去做的那件事。他对阿内特有种负罪感。

他没有开车。他从来不会开车来上班,因为路程很短。

他坐上公交车。天气很热,太阳照耀万物。露天咖啡座里零星坐着几个人。

他在乔治五世站下了车,这个站位于华盛顿街的角落,他刚好要转半圆。预感告诉他这么做是错的,阿内特有休息的权利。

他还是去了那家卖时鲜果蔬的店铺,店铺是黄色的,上面漆着吉诺·马诺蒂的名字。

老板和妻子在店里,忙着清空装柚子的柳条箱。

"有什么能为您服务的?"

他有浓重的意大利口音,长着南方人的那种黑头发。

"我叫乔治·塞勒兰……"

"您说您叫什么名字?"

"乔治·塞勒兰……"

"您是业务代理吗?"

"不是。您还记得之前在您铺子的正前面有一个女人被卡车给撞倒了吗？我就是那个女人的丈夫……"

"我还记得……"

然后他用意大利语和妻子交流。

"那个场面真可怕……好像有人说她是故意冲到轮子下面去的……但这怎么可能！她在湿漉漉的地面上滑了过去……"

"她是从哪里出来的？"

"从一栋房子里面……"

"哪一栋？"

"我猜是四十七号……另一位证人当时正在人行道上，他说是四十九号……"

"您以前见过我妻子吗？"

"您知道，每天有好多人从我的店前面经过……"

"非常感谢您……"

他没有另一个证人的名字或地址，所以他去了圣奥雷诺街区的警察局。

已经有一些人坐在长椅上等待了。他刚要坐到那排人的后面，栏杆另一边的一个警察示意他过去。

"您有什么事？"

"我是乔治·塞勒兰……"

警察皱了皱眉头，好像这个名字让他想起了什么事情。

"您就是在华盛顿街被一辆搬家车给轧死的那个女人的丈夫……"

"我知道……我对那件事有点模糊的印象……是费尔瑙队长负责的。他现在不在……"

"我知道……我刚刚碰到他了……"

"那您过来有什么事?"

"我找到了吉诺·马诺蒂,就是经营时鲜果蔬店的那个商人……"

"那是一个很善良的人……"

"我想要另一位证人的名字和地址,一位当时看见事故发生的路人……"

警察几乎用一种和队长刚才一样的眼神看着他。

"我得找到那个案件的笔录……但是现在这里只有我一个人……您要不过半个小时再来……"

他走了。他只能这样。他走进一家酒吧喝了一杯咖啡。

他忽然变得特别敏感。别人目光里的一点光芒或是眉头的一丝颦蹙都足以激起他的怀疑。

这半个小时似乎特别漫长。他在一家商店二十多个货架前面停下来,浏览所有的陈列物品。

他回到警察局,刚刚那个接待他的警察给他递过来一张纸,纸上面有一个名字和一个地址。

热拉尔·凡尔纳

乌伊勒斯·贝洛尔的代理

让-饶勒斯大道

伊西-莱穆利诺

他马上搭地铁,迫不及待地想要找到那个代理的住所。他爬上二楼。到处都是女人做家务和门房打扫楼梯的声音。

他按响门铃,一个穿着拖鞋和室内便袍的女人给他开了门。

"您有什么事?"

"凡尔纳先生是住这里吗?"

"他是住这里,但是他感冒了,现在还在床上。"

"我能进去跟他说两句话吗?"

"您是贝洛尔的监察员?"

"不是。"

"您也不是医生?"

她不由警惕起来。

"我去看看他有没有醒……"

她过了一会儿又回来了。

"屋子里很乱,不要在意。我还没有打扫完……"

女人把他带到一间很狭窄的卧室,一个男人躺在床上,他脸上的胡子至少两天没刮了。他背靠靠垫,勉强坐起来,好奇地盯着这个来访者。

"我从来没有见过您,对吧?"

"是的。但是您见过我的妻子……"

"您的意思是?"

"您是华盛顿街那起车祸的证人。"

"确实是的。您是谁?"

"我是她丈夫。"

"那您想知道什么?"

"我想知道您是不是看到我妻子从一所房子里面走出来……"

"您到现在才来问我这个吗?您可真沉得住气啊……"

"您看到她了吗?"

"就像我看到了您一样真切。事故发生后,我还去看了那栋楼的号码。是四十九号。左边的那扇门上有两块铜板,那是一个医生的家。

警察已经知道这些了……"

"她是跑步出来的吗?"

"不算吧。只是走得非常快,好像是个急性子的人。然后她突然想穿过街道……当时下着毛毛细雨……她滑倒了,刚好就倒在一辆车的轮子下……"

"您确定她是从一所房子里出来的吗?"

"我清楚地看到了,所以很肯定……"

"谢谢您……很抱歉来打扰您……"

他搭地铁回到乔治五世站。现在才来调查这件事情确实晚了点,如果说到目前为止他还什么都没有做的话,那是出于对妻子的尊重。同样,在二十年的婚姻生活中,他从来没有打开过妻子的抽屉。

他从四十七号开始问,他找到门房。他的钱包里一直放着一张阿内特的照片。

女门房正在屋子里做洋葱煮牛肉,味道很好闻。门房看上去还挺年轻、挺讨人喜欢的。

"您是要租公寓吗……"

"不是……"

他把照片递给门房。

"您见过这个人吗?"

她仔细看了看,为了看得更清楚又朝窗边走了走。

"我想起了一个人……我一看到这个小小的白皙的脖子就想起了她……这不是在这里被轧死的那个夫人吗?……"

"是的。她是不是来拜访过您这里的房客啊?"

"这个我不清楚,一般有人进来了我都会知道。尤其是下午的时候,我会在小客厅里做针线活……"

"谢谢您……不好意思，打扰了……"

他一直在道歉。这可能缘自童年时代的胆怯。

旁边的那栋楼很豪华。门房正在楼梯上，他站在门房的玻璃门前等了好一会儿。门房下来了，一只手拎着水桶，另一只手拿着扫帚。

"有什么事？"

她比四十七号的门房年长一些，小小的眼睛里充满警惕。

"我叫塞勒兰……"

他觉得所有人都应该知道事故的细节，都应该知道死者的名字。

"您觉得我知道您想说什么吗？"

她一边打开门房门一边加了一句：

"等我收拾完。"

一只黑猫从椅子上跳下来，椅子上面有一只丝绒靠垫。黑猫的背拱得老高，过来蹭客人的腿。

"请进来吧……清楚地告诉我您想干什么……我猜您不是卖吸尘器或者百科全书的吧？六楼的那个通灵者差不多一年前就去世了……没想到还有人来找他……"

他有点不情愿地把照片递过去。

"您认识这个人吗？"

她迅速抬起头，又仔细地看了看照片。

"您是她丈夫？"

"对。"

她明显在迟疑。

"您已经去问过警察了吗？"

"如果有需要我还会过去。"

他的胸膛顿时抽紧，膝盖也开始发抖。这个门房很明显知道点事情,而且会是令他不愉快的事情。

"你们结婚多长时间了?"

"二十年……"

"她来这里十八年了……"

他的喉咙似乎被什么东西掐紧,他几乎说不出话来。他开始埋怨起费尔瑙队长和他那意味深长的表情。

"她经常来这里吗?"

"不是每天都来,但一周至少来三次……算了!您是她丈夫,有权知道这些,对吧?他们刚租下房子时,我还以为他们是一对夫妻……那个男的负责买家具,买墙饰、门帘等所有的东西……我想告诉您他们的房间真是豪华啊……"

"那个男的解除租赁合同了吗?"

"没有。他还时不时来这里……我记得他们只在这里过过两次夜……一次是三年前……"

那个时候他刚好去安特卫普买宝石,还在那里待了一小段时间。

她慢慢地说道:"另一次就是几个月前……"

"可以说他们俩确实很相爱。布拉西耶总是给她带小甜点,他总是先到……"

"您说那个人叫什么名字?"

他不敢相信自己的耳朵。

"布拉西耶先生,就是这个名字。他签租约用的是真名……我刚开始以为他和这位年轻的女人不会持续很久,他还会有其他女人……但是没有……他们一直和当初一样相爱……"

"您说的是让-保罗·布拉西耶吗?"

"难道我还会说其他人吗?"

"他们会在上面待很久吗?"

"他一般三点钟之前来,女的会稍微晚一点。女的会在五点到六点之间走,每次都匆匆忙忙的……"

"谁做家务?"

"我啊……所以我才对他们这么熟悉……您想象一下卧室的墙上挂满黄色丝绸……到处都是丝绸……女人进来和离开时,都没怎么打扮……她几乎每次都穿着套头女服或者天蓝色裙子……但如果您看到楼上房间里的内衣和质地考究的女式睡衣……"

他不敢要求上去。他脸色苍白,毫无血色。这个打击比妻子的死更猛烈。

他的妻子?他都不敢用这个词了。

这根本就不是什么一夜情,也不是什么只持续几周或几个月的一段情。

十八年以来,她经常来华盛顿街,不是在随便哪个备有家具的出租房,而是在一所按照她的意愿用家具布置的公寓。她还在这里放了内衣。

他去看望父亲回来之后,阿内特漫不经心地告诉他(好像在说一件无足轻重的事情):

"我昨天晚上不得不去陪一个临终的可怜老人。那里没有人帮他上天堂……"

阿内特对他撒谎。阿内特对他撒了十八年的谎。她不是他妻子。她更像布拉西耶的妻子。

布拉西耶每次说到自己下午的行程安排时同样骗了他。

埃夫利娜知道这件事吗?有可能。但她太关注自己,可能没有时间吃醋。

"谢谢您，夫人……"

他拖着脚步离开那里。他没有想到去喝酒。他漫无目的地朝香榭丽舍大街走去。

他从来就不是十分欣赏布拉西耶，现在更是恨他。相反，他倒不恨阿内特。这是他自己的错。对于她来说，他不是个丈夫。他把阿内特当成一个很简单的小人物，一个只知道奉献的人。他从来不知道妻子是这样的人。

可以说她是因此而死的。她奔跑着。她可能迟到了。她想快速冲到地铁里去，她本来应该有时间平静下来，就像其他日子一样从容。

她爱的不是他，而是布拉西耶。

然而她选择和他生活在一起。她做了他十八年的妻子。

他能怎么办呢？杀死合伙人吗？

他可不想去买把手枪，等着布拉西耶一走进作坊，二话不说就一枪崩了他。

那样做能改变什么呢？他甚至忘记去坐地铁了。

他走着。有时候嘴唇会动一动。他再度点燃那支已经熄灭、一直粘在上嘴唇上的香烟。

在之前的二十年里，他一直都是世界上最幸福的男人。他过着一种简朴的生活，他有一个自己选择的妻子，一份能够满足日常生活所需的工作。

他还跟阿内特说过：

"你知道吗，我觉得自己太幸福了……有时候都会为此感到害怕……"

他确实有理由感到害怕。不是因为阿内特死了，而是因为她爱着另一个人。布拉西耶参加了葬礼。塞勒兰没有怎么注意他。塞勒兰当时完全被击垮了,没有注意到任何人。但他还记得布拉西耶是第一个把花扔进坟墓的人,他只扔了一朵红玫瑰。

那是阿内特最喜欢的花。他很少会想到给她买。那不是他的性格。他如果带些花回家给阿内特,会觉得尴尬。

难道他对阿内特的爱不重要吗?

他从来没有想到过自己会满足不了妻子。布拉西耶想到了这些事情,他在"他们"的房间的墙上铺满金黄色的丝绸。

那里也有一床白色的缎子床罩吗,和圣让-德莫尔托的别墅里一样?

他就这样下意识地走到协和广场。他要去哪里,去干什么?

有那么一会儿,他想回家,和娜塔莉诉说衷肠,寻求心灵的安慰。娜塔莉不是一直更喜欢他而不是阿内特吗?她有没有从女人的角度看出些端倪来?

把自己的失望转移一部分到另一个人的肩膀上确实是懦弱的做法。该发生的事情已经发生,他应该直面现实。

这个现实就是阿内特已经死了两次。

他走路时两只手摇晃着,仰面朝天,就像个乡下佬。他撞到路人后会非常吃惊,然后含糊不清、结结巴巴地道歉。

别人应该把他当成了醉鬼。他很想去喝酒但知道那样会让情况更糟糕,那样只会使他的痛苦更加剧烈。

他不知道自己走到了哪里,他大步走到里沃利街,脑子里出现新想法时就会时不时停下来。

他没有勇气去面对作坊里的那些同事,他走进一家酒吧,要了四分之一公升维希矿泉水,还要了个电话费筹子。

"您好，科坦特斯夫人……那边都好吗？"

他还是有点清醒的意识，知道怎么礼貌地问候对方。

"请问您要我叫达万过来接电话吗？"

他听到科坦特斯夫人在叫达万，然后作坊那边传来脚步声。

"怎么样，老兄，还是不舒服吗？"

他们还没有习惯看到别人已经到了而他不在作坊里，自从作坊开业以来，他还从来没有连续缺席过三天。

他小声说道："不是很严重。"

"你在床上吗？"

"没有。我要去城里办点事情。"

"你去看医生了吗？"

"没有。"

"你应该去啊。对了，布拉西耶在这里。你想跟他说话吗？"

"不想。我只是想告诉你我接下来几天可能都不过去了。"

"我们可以去看你吗？"

"你真好，但我还是不想……"

"但愿你快点好起来。"

"谢谢。再见。"

他回到家里。所有的窗户都已经打开，娜塔莉正在用吸尘器打扫客厅。她从机器上抬起来头，仔细地盯着他看，然后把电源切断了。

"您一点都没有好，对吧？"

"是的。"

"您今天早上受到了一个很大的打击。"

"是的。巨大的打击。"

"回您的房间去吧。您需要休息。您一到床上去我就会给您吃点东西，食物能让您熟睡几个小时。您没有喝酒已经很好了……"

他怀疑娜塔莉知道点什么，密切地留心她的反应。

"您为什么马上跟我说什么很大的打击？"

"因为像您这样的一个男人不会无缘无故地处在这种状态之中……"

"您知道了？"

"我亲爱的先生，我知道，我也不知道。女人的眼睛可以看到很多东西……您的朋友们来家里做客时，我无意中觉察出一些迹象，眼神的交流，您妻子的眼睛闪耀着光芒，脸色也比平时更有活力……"

"我们说的是同一个人吗？"

"是的，布拉西耶先生。"

"您觉得他妻子也知道吗？"

"我确信她知道，但她根本不关心发生在身边的事情……"

"他们很相爱……"

"是的……"

他脱下外套，因为他很热。

"您去了华盛顿大街？"

"我刚从那里回来……您是怎么知道这个地方的？"

"当我知道她从一所房子里出来，急着冲向另一边的人行道时，我马上就猜到了……我很怕您有同样的想法，我很怕您去那里……"

"他们俩租了一套房子足足十八年，门房说他们房子里面装饰得富丽堂皇……只要是……"

"只要是什么？"

"只要是她跟我说……"

"她没有勇气把您从生活的巨大快乐中拉出来……您是那么幸福，那么信任她……您活在您自己的幸福世界里……"

"确实是这样。有时候我会害怕……这可能是一种预感……"

"现在不要想这些了,到明天就都过去了……您很恨她吗?"

"我不知道……我还没有问过自己这个问题。"

"不要恨她。谁也无法抗拒一份那么强烈、那么持久的感情。我肯定她是迫不得已才对您撒谎的。"

"您是这么想的吗?"

"她是一个坚持到底的女人……"

"那他呢?"

"我对他从来就没有好感,因为他太自信了。但是他们这段十八年的关系让他增色不少。他们如果没有真正的爱情,肯定无法忍受那样的定期约会。"

他大声喊道:"为什么?"

为什么是他?为什么是他们?如果没有那场荒谬的车祸,他可能永远都不会知道,他还会继续过着天真的小日子。

"据那个门房说,她在那个房间里有很精致的内衣,很怪诞的室内便衣……"

"我知道……"

"您是怎么知道的?"

"一天晚上她在我面前换了……我的眼睛马上被一件我从来没见过的内衣给吸引住了,她的脸立马红了,匆忙穿上一件室内便袍,要我去厨房找我不知道的一个什么东西……那件内衣不像她平常在这里穿的……"

"我一直以为她的品位很朴素……"

"除了在华盛顿街……她在那里可能受到布拉西耶的影响……"

塞勒兰面无表情,高大的身体似乎软弱无力。他看着床、窗户,好像不知道要干什么，不知道去哪里。

"我要对孩子们怎么说？"

"我已经告诉他们您身体不适，您还没有完全从风寒中恢复……"

"可怜的孩子们。他们对此毫不知情……"

"我现在去厨房给您准备点果汁。您先换上睡衣吧……"

他遵照娜塔莉的吩咐换上睡衣。他真不知道要是没有娜塔莉他会怎么样。走在香榭丽舍大街和在去往里沃利街时，他不下十次想到过自杀。

这是最彻底的办法。他不用再想这些事情。不用再受折磨。但是孩子们怎么办？他们已经没有了母亲，而且他们已经开始慢慢亲近他了。

他朝药箱走去，想找出阿内特睡不着时服用的那种安眠药。

"不！不是这些药。这些药是孩子们吃的。我去我房间里帮您找一点。我有时候也需要这个。您看，每个人都有脆弱的时候……"

她回来了，用碟子带来三粒淡青色的药片。

"把这三片都吞下去……不要害怕……"

"我还要二十片……"

"那我得把您送到医院去，医生会把一根这么粗的管子插到您的胃里……您觉得那样做很聪明吗？"

"现在不要说话了。赶紧睡觉……"

娜塔莉把百叶窗关上，拉上窗帘，整个房间顿时染上带点金黄色的阴影。

"好好睡吧……不要担心孩子们……我知道怎么跟他们说……"

他仰面睡着，眼睛盯着天花板。他确信尽管服用了娜塔莉的药片，他还是会睡不着。然而，几分钟之后，他的思想开始变得模糊起来。他看到自己已经忘记的一些画面，特别是童年时的画面。他甚至闻到了母亲做的汤的味道。

他很小的时候母亲就死了,他几乎不记得母亲的样子。而今天,母亲的脸却惊人清晰地出现在他脑海里。

草地的尽头有一口水塘,水塘旁边有两棵垂柳,他在那里钓青蛙。

一切都是那样明亮那样多彩,好像画册中的景象。他还看到留着尖形的胡须的小学老师,一个长着兔唇的学生,有人在扯肉店老板娘的鞭子。

然后这些模糊起来。他的呼吸逐渐均匀。他睡着了。

他当晚并未醒来,一直睡到第二天早上。他睡得那么香,还想继续睡下去。他正做梦做到一半,他不记得梦到了什么,但想看到结局。

他看了一下闹钟。六点半了。

他起床穿上晨衣,走到厨房。娜塔莉正在桌子另一边独自吃早餐。

"您起床啦……"

"早上好,娜塔莉……您吃完吧……我去泡杯咖啡……"

"您不饿吗?"

"不饿……"

从今以后,他应该学着想想别的事情,学着如何生活。

"孩子们还在床上吗?"

"让-雅克昨天考完会考了……他之前神经太紧张,所以筋疲力尽,也没吃饭就睡下了……我让他睡个饱……马莱娜还有一个星期的课。我过一会儿去叫醒她。"

娜塔莉正在吃涂着果酱的巨大面包片,看到这一幕,他感觉饿了。他把咖啡放在桌子上,往一片面包上涂上黄油,又在上面盖满醋栗果酱。

这又是童年的一个记忆。

"您的药真奇怪……我梦见了我以为自己已经忘掉了的回忆……"

"这令您很不舒服吗?"

"没有。那是一些关于童年的记忆……"

他一连吃了三片面包,娜塔莉起身为他泡第二杯咖啡。

"我得去提醒马莱娜了……她在浴室待了太久了……"

跟他不一样,马莱娜总是在最后一刻出发,所以经常跑步出门。

他稍微梳一下头发,刮了胡子,他还穿着睡衣和室内便袍。然后他在公寓内游荡。马莱娜到餐厅来吃已经准备好的早餐,很惊讶地看着父亲。

"已经好了吗?"

他差点就回答说自己永远好不了了,但克制住自己,尽量用开玩笑的口吻说道:

"你瞧……我并没有得什么重病……"

"但你还是没去作坊……"

"今天不去了,接下来几天很有可能也不会去……我需要休息……"

"你有很多烦心事吗?"

"有一点。"

"我猜你不能告诉我?"

"确实,我不能告诉你。"

她在蘸面包吃两个带壳煮的溏心蛋,就像她小时候那样。

"您知道让-雅克已经考完试了吗?"

"知道了。他很高兴吧?"

"你了解他的。他不会自认为是佼佼者。成绩二十六日才会贴出来。从现在到那个时候,他还是会忧心忡忡的。"

让-雅克确实有忧心忡忡的习惯。他从不谈论自己,也不会谈论高中的同学们。但他也不是个内向的男孩。

"他还在睡?"

娜塔莉凑过来说:"是的,让他睡吧。"

娜塔莉跑过去找马莱娜的毛巾,马莱娜在父亲的额头上留下一个湿润的吻。

"待会儿见……好好照顾自己……"

"到客厅去坐吧。我去给您拿报纸。您看看报纸,我去给您整理房间……"

他坐在扶手椅里,扶手椅的皮就像一只用旧的古老烟斗一样结满烟垢。他试着看看报纸。一个年轻女孩在塞纳河投河自杀,有人在最后一秒救了她。四个犯过多起持械入室抢劫的盗贼今日被解送到重罪法庭受审。

他还是看不下去。他做了最大的努力,他看报纸只是为了不让娜塔莉失望,但他还是不断地想起其他事情。

有种刺人的阵痛在纠缠着他。就像在按一颗疼痛的牙齿,他不断回想起那些最令他痛苦的画面,有时画面可怕而又精确。

"去洗澡吧……"

他躺在热水里差点睡着了。然后他慢慢地打肥皂。他无所事事。他在休假中,就像他儿子。但是对于他来说,这次休假的意义不一样。

他只穿上裤子和一件衬衣。他不想穿衣服,不想出门。他几乎不愿意离开自己的房间。

然而他还是在厨房遇到了让-雅克,让-雅克在厨房转来转去,想看看冰箱里还有没有什么好东西。

"早上好,父亲……"

"早上好,儿子……"

"你好点了吗？"

"比昨天好点了，但是还没有完全康复。"

"你到底怎么了？"

"我不知道。可能是小流感……你对这次考试满意吗？"

"应该说不是十分不满意……二十六号就会公布成绩……"

"那你假期打算做什么？"

"今年的假期短一些，因为我九月初得去英国……对了，你得签一些文件……你得帮我支付预科班一个学期的学费……很不好意思让你帮我付这么高昂的学费……"

"你等会儿去把文件拿给我……你知道你妹妹得先去莱萨布勒-多洛讷的一个朋友家玩十五天吧？"

"是的。她已经跟我说了。然后她会去波克罗勒岛跟你会合。"

"就是这样。我想知道你是不是也会去那里。"

"我可能会去两三天……因为我可能会有好几年都不在法国，所以想多了解了解法国。我会和一个同学一起背包旅行，从一个村庄到另一个村庄，如果有机会，我们会搭顺风车……"

塞勒兰没有说什么。他本来就没指望儿子会和自己一起度假。

"你们已经选好线路了吗？"

"没有。我们会漫无目的地行走，我们将从英国开始……"

他还有什么用？他曾经发挥过什么作用？

如果没有他，阿内特不用被迫生活在谎言里。因为他的存在，阿内特只得忍受这一切。她和布拉西耶为什么都没有要求离婚呢？因为孩子吗？或者埃夫利娜坚决不肯离婚？

他更相信后一个假设。她喜欢奢华。她对钱很感兴趣。布拉西耶认识她时她是个珠宝销售员。

他们两个月后就举行了婚礼。

她已经四十多岁，几乎没有机会再找到一个成功的丈夫。她为什么要离婚？阿内特也没有要求离婚。塞勒兰如果早点知道她不爱自己，爱的是另一个人，会成全他们两人。他甚至会把错误归结到自己头上。

这种结果难道不比二十年之后突然发现之前的二十年都是假象更好一点吗？

他对阿内特敞开心扉，对她的信任胜过世界上的任何人。他从不向阿内特隐瞒自己内心最深处的想法。

阿内特听着。阿内特看着他一边刮胡子一边做鬼脸。他有很多次惊奇地发现阿内特从不谈论自己。

她为什么要向一个陌生人谈论自己呢？对于阿内特来说，他只是一个不隐藏自己的陌生人。一个跟她在同一张床上睡觉，跟她做爱的陌生人，这个陌生人天真地向她讲述一切。

阿内特有时候可能想让他闭嘴。但是以什么理由呢？他们是夫妻。他们还有两个孩子……

两个孩子……他们俩都不满十八岁。阿内特一周三次去华盛顿街。

埃夫利娜没有给丈夫生小孩。

难道让-雅克和马莱娜是……

他开始烦躁地在房间里走来走去。他差一点从窗户跳出去。

半个小时之前，他还觉得自己至少还有让-雅克和马莱娜……

他们都是他的孩子吗？如果他们不是他的孩子，肯定就是那个人的。

他不敢再想下去。这对于他来说太残忍了。

他把娜塔莉叫过来，用一种惊慌的眼神看着她。

"告诉我实情。不要照顾我的感受。我已经接受一个打击了，我现在什么都能想通。让-雅克跟我长得像吗？"

"他的脸比您的更长一点，头发的颜色更浅一些……"

"他的眼睛是灰色的，对吧？灰蓝色，就像布拉西耶的眼睛……"

"很多人的眼睛都是灰蓝色的。我们也不能说他的眼睛像他。"

"那马莱娜呢？"

"如果说她长得像谁，那就是像她母亲，不过她比母亲高一点……我不断替她把裙子和蓝色牛仔裤改长……"

"她一点也不像我……"

"这说明不了什么。您脑子里在想什么呢？"

"她和他做爱的次数比我多……我还记得一个细节。让-雅克出生，她还在诊所时，我想用嘴巴轻轻碰一下我认为是自己儿子的孩子，而她做了一个手势阻止了我。那个手势那么本能和不由自主，我感觉到了一些事情。

"她后来跟我解释说，大人应该尽量少跟新生儿接触……"

"我可怜的先生……"

"是的，可怜人……您能想象到一个空虚的心灵忽然被填得满满的吗？"

他们听到音乐声。让-雅克在放唱片。

"没有什么能证明您不是在胡思乱想。"

"没有什么能证明这不是事实。娜塔莉，听着……我再也受不了了……我感觉自己能做出任何蠢事，包括用这双手去杀死布拉西耶……我不需要什么手枪……我这双手艺人的大手掌足以……"

然后他喊道：

"不！"

随后他抽噎起来。

第 七 章

他好像正在自己的橄榄山①中，同样的状态持续了五天。

"娜塔莉！您还愿意给我昨天那种药片吗？"

他想在梦中逃避，在童年时的画面中游戏。这一次他并没有看到儿时的画面，他看到的是阿内特。在整整十八年里，阿内特每天下午，每个晚上，还有每个早上，都不得不演戏。

每天早上，娜塔莉做家务时，他就穿着睡袍和拖鞋，在公寓里拖着脚走，觉得自己已经毫无生气。

他就像生活在时间与空间之外。他把博马歇大街看作剧院的布景，这里跟那些天知道为什么会跟在公共汽车后跑的人一样不真实。

到餐厅吃饭真是一种巨大的折磨，因为他知道孩子们在观察他。让-雅克表现得没有妹妹那么明显，但他比平时更沉默，更忧虑，好像

---

① 位于巴基斯坦境内，耶稣被捕前祈祷之地。

在等待另一场不幸。

他没办法开玩笑，也没办法笑。有时为了打破沉默，他会对他们提一些问题，但是他跟他们没有任何直接的交流。

"你朋友的父亲是做什么的？他叫什么名字？"

"霍滕斯……"

"你知道她父亲是做什么的吗？"

"他是律师……他很厉害，霍滕斯是班上最胖的女生……你在听吗……"

"是的，我在听。"

"那跟我重复一下我刚刚说的最后一个词。"

"律师……"

"你看！我可怜的父亲，你得振作起来，否则我要请医生来了。"

他没有胃口。他几乎没吃什么。

他急着回到自己的房间。如果可以，他可能会睡一整天。

他经常坐在扶手椅里，旁边是开着的窗户，因为天气十分炎热。他没有注意到窗外人们的活动和声音。这一切都发生在他之外，在他的新世界之外。

娜塔莉从来不会让他一个人待很久。她知道他手上没有枪。但她还是害怕他会自杀，比如说从窗户那儿跳下去。在他那种状态下，一切都有可能发生。

他知道娜塔莉偷偷过来看他。

"娜塔莉，不要害怕……我不会自杀的……我已经度过那个难关了……我刚开始是想过，但现在那个想法已经远离我了……"

"您最好还是穿上衣服和我一起去走一圈吧……"

他就像是一个必须被看管的重症病人。

"我一点也不想出去……"

他脑子里闪现的总是同样的想法，或者说几乎相近的想法。好像他能从自我折磨中得到一种有害的快感。

这两个家庭，布拉西耶家和他家，他们经常一起吃饭。那对情人不觉得这是一种痛苦吗？

他确信埃夫利娜是知情的。那么所有人当心提防的人就是他了。他们都在演戏。他们都不怎么看对方。他现在想起来，阿内特有两次对布拉西耶说了"你"而不是"您"，她还因此跟布拉西耶道了歉。

"您知道，在两个老朋友之间……"

那么这一切都是假的。所有的这一切都在吱嘎作响，发出尖锐刺耳的声音。他们生活在一个永恒的谎言里。

他现在很后悔把妻子的衣服和内衣给了别人，因为他有时候觉得需要重新找到她的气味。

有解决的办法吗？没有。甚至连赛维涅街的作坊都是属于布拉西耶而不是他的。

孩子们……

有证据吗？比如说通过血液鉴定？

他的内心世界时而愤恨狂热，时而又退缩犹豫。是他把孩子们养育成人的。是他每天晚上到孩子们床边，把被子和被单的边角塞在褥子下面。同样也是他，在他们很小的时候星期天带着他们出去溜达。

不管他们到底是谁的孩子。现在他们属于他，布拉西耶没有权利把他们夺走。

应该把这些问题都想清楚。阿内特属于谁？肯定不属于他。不过他确信，婚后头两年，阿内特试图爱他。

他们做爱时，阿内特明显想尽量和他和谐一致。她那么诚实，不会假装。她又不行了,躺在那里一动不动,有时甚至会哭。

"你跟我结婚是个错误。我可能有性冷淡。我也不知道怎么回事……"

他还是很有信心。

"慢慢来……不要紧张……有一天晚上你会被自己突然震撼到的……"

她可能确实被震撼到了,不过是在布拉西耶的怀抱里。

假期期间他们得忍受多么大的痛苦啊!分隔两地。也不能给对方写信。他又在幻觉中看到了阿内特,在里瓦-贝拉折叠式帆布躺椅上。

他那时候很幸福,心满意足的幸福。他认为自己是世界上最幸福的男人。

布拉西耶是他的亲密朋友,合作伙伴,他们几乎每天都会见面。两个家庭也经常见面。

"埃夫利娜好吗?"

"还是老样子。最近她开始阅读一些有点严肃的书籍了,但她还是会看杂志的……阿内特呢?"

"她把时间都贡献给了那些老人家……几乎忘了自己还有两个孩子……"

他握紧了拳头。所有这些话那么真切。所有人确实说了这些话。

那么现在呢……

什么也没有了。生活对他而言,就像食物一样难以下咽。达万打电话过来询问他的情况。

"你怎么样了?我们很担心你。"

"开始好转了……"

至少他没有再拿头撞墙!

"我已经完成了帕皮夫人的别针……"

"哪个别针?"

"就是她想要改造的那块绿宝石……你几分钟就完成了设计图……"

他那时喝醉了。有时候他还想再喝醉一次,但是他害怕自己喝醉之后会做出什么事情来。

"那个由金线和金片组成的鸟巢制作起来非常麻烦,我晚上还花了一些时间赶工……她坚持要在今晚戴着这个别针去参加一个大型晚会……要我拿过去给你看一下吗?"

"不要了。"

"你一点也不感兴趣吗?"

"不感兴趣。"

他充满苦涩地加了一句话,像是为了让自己更痛苦:

"给布拉西耶看吧……"

每天早上他都勉力刮一下胡子,这全是为了孩子们。让-雅克已经出发去度假了,他和一个朋友一起去背包旅行。他临走穿的那件衣服让人想起童子军的衣服。

他保证说:"我会去波克罗勒岛见你。"

马莱娜也在准备出发。

"我可以买一件轻薄面料的短袖上衣吗?"

"那是什么衣服?"

"就是有折叠式口袋的上衣,衣服是用轧别丁毛料缝制的,还有配套的裤子……"

她得去孚日广场找她的朋友霍滕斯。她再三恳求吻一下父亲。

"试着出去走走,我亲爱的老父亲……你不能老是这个样子……"

他的嘴角浮过一丝淡淡的微笑。

"我保证尽力。"

"好,那十五天之后,在波克罗勒岛,我希望能看到一个和生活重新建立了联系的父亲,好吗?你知道你应该做什么吗?"

"不知道。"

"带上娜塔莉。她也需要度假。把她一个人留在公寓里可不好……我可以对她说吗?"

她这是希望娜塔莉能照看父亲。

"娜塔莉……过来一下……我有一个好消息要告诉你……父亲决定带你一起去波克罗勒岛……"

她开玩笑道:"他想在那里把我淹死好摆脱我吗?我游起泳来像一块石头。"

"父亲,你住哪一个酒店,我应该不需要到处找你吧?"

"金岛酒店。我会打电话再订一间房。"

"你会开车去吗?"

"我还不知道……"

够了!① 孩子们都走了。公寓里只剩下他和娜塔莉两个人,此时的公寓显得有点太大。

"让您一起去波克罗勒岛不会为难您吧?"

"一点也不为难啊。我敢打赌这一定是马莱娜的主意。"

"对……我想她害怕把我一个人留在那边待两星期……"

有些时候他又像个正常的男人,有时候又极度消沉。

一天早上,他像往日一样刮胡子,洗澡,穿上睡袍,走到客厅。

---

① 观众倒喝彩用语。

他拿起电话,拨通作坊的号码。

"科坦特斯夫人,早上好……"

"您的声音今天听起来明亮了一些。"

"布拉西耶在那里吗?"

"他刚来……您要我把电话给他吗?"

他紧绷着脸,但是他自己看不到,娜塔莉透过半掩的门往里瞟了一眼,发现他比往日好多了。

"喂……"

"我是塞勒兰。"

"布拉西耶。"

"我得跟您谈谈……"

他无意中说出了"您"。要知道他们很多年以来一直以"你"相称。

"什么时候?"

"越快越好。"

"您想来作坊吗?"

"不想。"

"去我家?"

"也不要。"

"去您家?我们可以在周边找个餐厅?"

"餐厅人太多了。"

"大酒店的大堂……"

这完全是布拉西耶的风格。但塞勒兰不会去乔治五世酒店或者克里永酒店和他见面。

"孚日广场和帕德拉米卢街交汇的角落有个小酒馆……"

"我知道在哪儿……"

"到露台上,下午刚开始时那里几乎没人……我们两点钟在那儿见吧……"

"好,我会准时到……"

塞勒兰挂断电话,在镜子前凝视着自己。

"饭桌旁没有孩子感觉好奇怪啊……"

娜塔莉和他孤独地吃着饭,娜塔莉经常看看两个空位置。实际上有三个空位置,其中一个将永远空着。她的眼睛湿润起来。

"您想对他说什么?"

"我不知道。"

他穿得像要去工作一样。布拉西耶会像往常一样衣着整齐笔挺,可能还会开着最近买的那辆红色捷豹。

塞勒兰先到了,他在露台等着,那里一个人也没有。酒吧里也没有几个顾客。这个时间就是如此。

"您要点什么?"

"四分之一公升的维希矿泉水……"

他的心脏跳动得那么厉害,他把手放在胸前,好像想使其镇定下来。一辆红色小车很快就停在露台前面。布拉西耶下车,朝他走过来,装出要和他握手的样子。

"不要。"

塞勒兰凝视着他,似乎想发现布拉西耶身上可能发生的变化。他不可能再跟原来一样。他那种绝对的自信消失了,至少有时候消失了。他的目光似乎在躲避塞勒兰。

侍应生出现,他叫道:"一杯科尼亚克酒。"

然后他又把侍应生叫回来:"大杯……"

两个人都沉默着。侍应生端着科尼亚克酒走进露台座位。布拉西耶喝了一半，声音低沉地说：

"事情不是你想的那样……"

"你觉得我想什么了？"

他又不由自主地用了"你"。

"认为我是卑鄙下流之徒……"

塞勒兰不说话了。

"站在我自己的立场，我不知道你可能会干什么。如果我没有早两年结婚，那么和我结婚的会是阿内特……"

"但是你没有跟她结婚……"

"我妻子不愿意离婚，在十八年的时间里，她小心翼翼，不让我有任何抱怨她的机会……"

"所以你和阿内特，你们两个就偷偷摸摸地见面……你还租了一套公寓，你还在里面布置了家具，你……"

塞勒兰说不下去了。

"我只是做了能让她幸福的事情。"

"因为她爱你。"

"是的。她很希望我们都离婚。这不是短暂的外遇，也不是普通的婚外情……"

"不应该持续十八年……"

"她死的时候我和你一样痛苦，而且我，我还不能表现出来……"

"你往她的墓穴里扔了第一朵花……"

"那是本能的行为……一朵红玫瑰……她最喜爱的花……公寓里一直都有……"

"我家里没有……"

布拉西耶盯着塞勒兰，布拉西耶的眼睛有点湿润。

他问道："你打算怎么办？"

"你打算怎么办？"

"我猜我们不可能继续一起工作了。"

"确实，不可能了……"

塞勒兰困难地呼吸着。他羡慕地看着布拉西耶的那杯科尼亚克酒。

"是你让作坊走向成功的……所以作坊应该给你……"

"那你怎么办？"

"应该会有很多人请我，如果他们知道我退出来了……"

该提出最重要的问题了，塞勒兰犹犹豫豫地问：

"孩子们呢？"

"我不知道……阿内特自己也不知道……我们俩血型一样……"

"谁告诉你的？"

"阿内特看了你的证件……你是 AB 血型……我也是……"

"但是你和她做爱的次数比我多……"

"也许吧。但这并不代表什么……"

塞勒兰坚定地说道："孩子们是我的。"

"不管怎么样，我不可能把他们从你身边夺走。正式地说，他们属于你……另外，埃夫利娜也不想……"

塞勒兰从认识布拉西耶以来，第一次在他的眼睛里看到谦恭。

布拉西耶叫道："服务员，再来一杯科尼亚克酒。"

然后他又说道：

"乔治，我来这里不是想和你成为仇人……我很久之前就想和你谈谈了……"

"你对我说的是实话吗？"

"是。我知道我可能伤害了你,但我想我们之间最好还是不要有谎言……

"我去你家吃晚餐的时候,我看见让-雅克和马莱娜的时候……"

他把头转过去,塞勒兰等着他恢复常态。

"他们现在在哪里?"

"让-雅克中学毕业会考取得了非常好的成绩,他正在和一个朋友在法国境内徒步旅行……"

"马莱娜呢?"

"她要去莱萨布勒-多洛讷的一个朋友家玩半个月,然后会去波克罗勒岛和我会合……"

"你可以让我再见他们一次吗?"

"只要你不跟他们说起过去的事……"

"我还不至于那么残忍……让-雅克以后打算做什么?"

"他九月份会去剑桥的一个学院学英语……"

"然后呢?"

"他还不知道。他不想轻率地做决定。他是个很认真的男孩子,有点太认真了……他对心理学和社会学感兴趣,他想去美国学习……"

随后他们沉默了很长一段时间,在这期间,乔治·塞勒兰往拱廊那边瞟了一眼,拱廊围着洒满阳光的广场,广场上有很多孩子在高声地玩耍。那里的房子全都是纯粹的路易十三时代风格,所有的房子排成一个规则的四方形。让-雅克还很小的时候,阿内特和他会带他过来散步,他们开着那辆小汽车过来。后来他们也带马莱娜过来,经常是塞勒兰推着有篷童车。

那是非常美好的一天,是所有的爱人都会在他们整个一生中回想起来的一天。露台上,距离他们三张桌子的地方,有一对情侣手拉着手,又不想让别人看到。

布拉西耶先打破沉默。

"今天上午是我最后一次去赛维涅街……"

塞勒兰什么也没说。他的眼睛一直盯着孚日广场,盯着一个在玩钟顶的小男孩。现在很少能看到小孩玩钟顶。

"我的律师将会签一些必要的文件……"

"我会偿还你的投资本金的……"

"我已经赚回来十倍还不止了……"

"我一定会……"

"我的律师会写信给你。勒福尔律师,地址是库塞尔大道……当然,他不能把孩子们写到条约里面去,但是我会给你寄一封信……"

"不要。"

"为什么?"

"因为这些事情是不能写出来的……而且我家没有任何家具是上锁的……"

"服务员!"

"是我定的约会……所以我来付账……"

他们两个人都那么不自然。他们都在犹豫着要不要先站起来。

最后是塞勒兰没有坚持下去。

他眼睛没有看布拉西耶,结结巴巴地说道:"再见……"

布拉西耶也说道:

"再见,乔治……"

塞勒兰消失在帕德拉米卢街深处,他身后响起捷豹发动机的轰隆声。